战"疫"家书

薛保勤 主编

向英勇奋战在疫情防控一线的工作者致敬！

陕西师范大学出版总社

战"疫"家书
ZHAN YI JIASHU

主　编　　薛保勤

参　编　　（按姓氏音序先后排序）

曹联养　成少彦　程　嫒　代　妙　杜　云
宫　敏　关　婷　郭梦嫒　侯海英　胡　彤
胡　杨　李　昊　李腊梅　李冉冉　李少莹
刘锋利　刘田菁　刘　岩　马文星　石　乔
宋　兵　王　森　王　婉　魏　宁　温彬丽
杨　澜　杨　沁　尹　鑫　张　翠　张慧君
张　璐　张秦胤　张　甜　张　艳　赵　敏
赵南南　赵　倩　赵荣芳　周天鸿

编者的话

薛保勤

家书是一种重要的书信形式和别样的文化载体。对于家庭，家书是传承家风的有效手段；对于社会，经典的家书也是别具特色的精神文化财富。在特殊的历史时刻，家书所散发的浓浓亲情、所折射的时代精神、所寄托的家国情怀，更显珍贵。战"疫"家书，就是在特殊时刻，一群特殊的人面对特殊的"战场"，给亲人发出的特殊的书信。

新型冠状病毒肺炎疫情发生以来，党中央高度重视，习近平总书记亲自指挥，全国上下团结一致，万众一心，众志成城，坚决打赢疫情防控阻击战。中国加油、武汉加油，成为这个春天最强的音符。疫情就是命令，防控就是责任。全国三百多支医疗队、四万多医务人员驰援湖北，医护人员与公安干警、记者、超市员工、车间工人、清洁工、货运司机、快递小哥……成为战斗在疫情第一线的最美"逆行者"。于是就有了年迈的父母送儿女、幼小的孩童送爸妈、妻子送丈夫、丈夫送妻子，甚至是父子两代并肩战斗、夫妻携手上战场。他们也有家人，生命同样珍贵，但大疫当前，他们义无反顾，践行着自己的誓言和对人民的忠诚。

连日来，一封封来自抗疫一线的家书在网上刷屏，字字句句，动人心弦。陕西师范大学出版总社组织、采编的《战"疫"家书》一书,通过一封封给家人的"信",讲述防疫、抗疫一线的感人事迹,诉说平凡英雄的真情大爱。书中有后方年迈的父母对儿女勇猛"杀敌"的勉励;有孩子对前线父母的想念;有前线的夫妻对老人和孩子的牵挂;有前线的丈夫写给新婚妻子的"保证";有妈妈写给儿子的叮嘱;有爸爸写给儿女的鼓励;有同在抗疫战场的警察丈夫写给护士妻子的"你守在病房,我守在你身后"的情怀;有17年前共抗"非典"疫情、这次疫情再度出征的妻子与丈夫的共勉:"还孩子们一个灿烂的春天"……字里行间的见字如面,纸短情长,小情大义,有不舍,有牵挂,有嘱托,有承诺……我被这些家书深深地感动,久久不能释怀。

《战"疫"家书》就要和读者们见面了。它是对这段刻骨铭心历史的真实记忆,是平凡英雄奋勇抗疫心灵的写照,我想我们收获的不仅仅是感动、是希望,还有对这个春天敢打必胜、志在功成的信心和力量……

请允许我用一首刚刚创作的小诗作为本文的结尾。

远 行

孩子
妈妈就要远行
你不要泪眼蒙眬
病魔肆虐国难当头
山河呼唤护佑苍生

是医生就必须出发
救死扶伤是我的使命
妈妈远行的日子
你要听话快快长大
要懂得小家与大家的不同

妈妈
儿子就要远行
您不要忧心忡忡
疫情告急举国悲痛
全民动员决战寒冬
是战士就要出征
好男儿需要担当的忠诚
儿子远行的日子
您多保重等儿凯旋
告诉您平凡与涅槃的不同

祖国
我们已经远行
除夕的灯火为我们壮行
忠诚在瓢泼大雨中出征
为了病魔无处藏身
为了不再万巷俱空
为了百姓歌舞升平
为了神州的杨柳春风
您的召唤就是命令
请不要把我们当英雄

我们只是尽了自己的本能
远行的日子
请相信
我们是您骁勇的士兵

我们不流泪
我们不沉重
医生自有医生的使命
战士自有战士的忠诚
祖国的需要就是命令
迎难而上逆风而行
面对死神志在功成
风雨中昂首才是真人生
砥砺中前行我们最光荣

2020 年 3 月

目 录

爱是担当

亲爱的航哥，我们家的大白 / 002

如果我出现什么问题，把儿子抚养成人 / 004

你守在病房，我守在你身后 / 006

为完成心中的梦，自愿申请支援武汉战"疫" / 009

关键时候，我们绝不拖你后腿 / 010

这一次，我们并肩作战 / 013

17 年前我们各自为战，17 年后我们并肩作战 / 015

咱家人齐了，啥时候都是年 / 017

不同的一线，相同的期盼 / 019

你的理解与担当，让我前进的脚步更加坚定 / 020

亲爱的琴，盼你平安归来 / 022

逆流前行，替我，替千千万万个警察兄弟姐妹勇敢地战斗 / 024

你在前线救人，我在家乡战"疫"等你 / 026

你是前线的勇士，是我身边的天使 / 029

亲爱的，我会永远陪着你 / 032

家里有我，你放心工作吧 / 034

你们的笑容是我的奋斗目标 / 035

小家交给我，一线交给你 / 037

家书里的牵挂 / 040

别忘记一家人的约定——平安凯旋 / 042

情人节，抗疫夫妻的最美情话 / 045

亲爱的老头，我为你骄傲 / 053

老婆，你是我的自豪 / 057

当看到生命被拯救，就觉得一切都值得 / 059

有你在我身后，我愿披荆斩棘，守护这座城 / 062

等我平安归来，我们就结婚 / 067

等春来，我们再相拥 / 071

其实我想告诉你：我只想要我的英雄平安回家 / 073

爱是奉献

武汉有许多孩子在等着妈妈 / 078

在天使面前，一切魔鬼都会烟消云散 / 080

妈妈，我已经 4 天没有见到你了 / 082

妈妈为你们准备好了年夜饭，在冰箱里 / 084

您一直是令我骄傲和自豪的父亲 / 087

我们一直相信你 / 088

这会成为你成长路上重要的洗礼 / 089
你拿你的奋不顾身，换来我的平安喜乐 / 091
用拳拳赤子之心践行初心使命 / 093
海淀"婉清"写给战"疫"一线父母的家书 / 095
我给你带来了一枚党徽 / 102
宝贝，缺失的陪伴只有以后才能弥补 / 103
妈妈加油 / 105
爸爸坚信我们能取得胜利 / 107
大墙内外，我们共同努力 / 110
大家都说你是勇士，有气概 / 112
你是我们家的英雄，我们家的骄傲 / 113
爸爸，我想去公安局看您 / 115
"为你骄傲""等我凯旋" / 117
我看到有张照片像你 / 119
爸爸绝不允许自己倒下 / 120
希望疫情快点过去，我的女儿好早点回家 / 121
妈妈要像照顾你一样，照顾那些生病的人 / 124
你的勇敢和担当，让爸爸为你竖起大拇指 / 127
责任扛肩上，当好守护人 / 129
时时扶杖倚门望，置酒布宴待凯旋 / 131

等你们长大了，爸爸一定带你们去武汉，那里的人们很坚强很勇敢 / 133
守住"疫"线，就是守住团圆 / 136
爸爸也是一名共产党员，秉承的宗旨就是"当先锋、担重任！" / 138
爸爸妈妈在努力成为你们的榜样 / 140
送你一个关于勇气的故事 / 144

爱是无疆

我在这里挺好，你们也要好好的 / 148
愿岁月同我继续爱你 / 150
妈妈，我真的很想你 / 152
只有你们安全，你们好，我才更好 / 153
待到山花烂漫时，我们一家三口再给您补过一个生日 / 155
对不起，原谅儿子不告而别 / 157
舍小家，为大爱 / 159
爸爸，请放心 / 161
爸爸妈妈，赶快赶走病毒，早点回家 / 164
坚守好各自岗位也是一种战斗 / 168
我是一名党员，没有理由不上战场 / 170
我时刻没有忘记您的教诲 / 172

妈妈，您是我心目中的英雄 / 174
妈妈，爸爸，我想你们了 / 176
你们忙吧！家里的事有我们 / 179
爸爸，对不起，陪您过年的承诺，我食言了 / 181
写给我那个傻乎乎黑乎乎的哥哥 / 183
这仗我不打，面对不了自己 / 186
陕西援鄂医生全家互通书信，相互鼓劲儿加油 / 188
瞒着父母上"战场"的护士 / 192
宁夏援鄂医疗队队员写给家人的信 / 195
我在武汉，我们一起加油 / 199
爸爸，长大后我也要成为你那样的人 / 202
疫情结束，我立刻去看你们 / 204
爸爸，想我们就看一眼照片 / 206
好想和妈妈吃一顿火锅 / 207
家书有情，大爱无疆 / 209
你们的儿女都是好样的 / 213
"爸爸妈妈，你们安心也放心""儿子，你要坚强" / 215
爸爸、妈妈，等战"疫"结束，女儿再向你们"赔罪" / 218
你们才是闪闪发光的明星 / 221
爸爸，我一点都不想你 / 223

请微笑着，等我回家 / 225
这是我的家，我们守护它 / 227
我听到了春风敲门的声音 / 229
旅美老兄的大爱，跨越千山万水而来 / 232
爸，请你放心，我将不畏艰险，勇往直前 / 234
我一定会保护好自己，你们就当我上大学去了 / 237
"您把我的名字写在防护服上""我们一定会安全胜利地回来" / 239
阴霾会散去，让我们共盼春来 / 244
妈妈的职责就是救死扶伤 / 249
放心，我们一切都好 / 251
在时代洪流中，做到不负自己 / 257
爸爸，等春来，盼您归 / 261
我会照顾好母亲，与她一同，等您凯旋的那一天 / 263
妈妈一定是惦记我了，所以才会托梦于我 / 266
医生有千千万，我的爸爸只有您一个 / 269

家书节选 / 271

编后记 / 281

爱是担当

家中安好
万事有我
见字如见面
万望安康归

湖南省郴州市新婚妻子写给丈夫的家书

亲爱的航哥，我们家的大白

● 湖南省郴州市第四人民医院心血管内科医生李毅航的妻子　李鹏

> 【家书背后】李毅航是湖南省郴州市第四人民医院心血管内科的一名医生。新婚不久的他，面对突如其来的疫情，在本该万家欢聚、共庆团圆的时刻，义无反顾地奔向战"疫"一线。面对丈夫的决定，90后新婚妻子除了担忧和一丝失落，更多的是为丈夫的责任感、正义感而骄傲。为了让李毅航安心在抗疫一线工作，妻子李鹏写下了这封让我们在这个寒冬备感温暖，也为奋战在一线的勇士增添力量的家书。

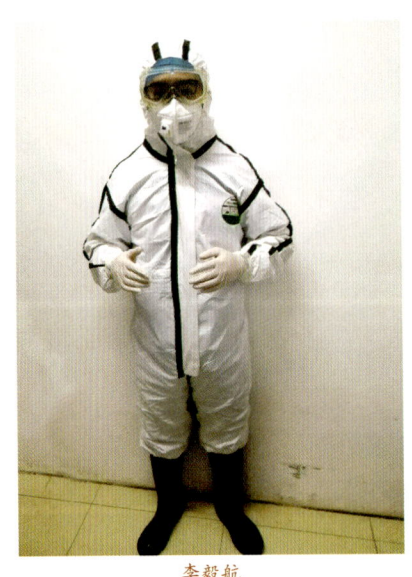

李毅航

亲爱的航哥：

你好棒！

2020年的第一天我们步入了婚姻的殿堂，按照习俗，新婚的第一年你应该带我回家过年。农历（腊月）二十九，我在家搞好了卫生，收拾好行李，等你下班回来贴好对联，我们就一起回家过年。

前几天，你说科室同事们考虑到我们新婚，春节排班给你排出了4天假，可以一起回家过年，我好开心。因为我对你365天无休的工作有过很多抱怨。我们恋爱几年，你没有陪我出去玩超过1天，因为你每天早上8点都得在病房里查房。平常，我们一周也很难在一起吃两次饭。这次新年你终于有几天假了，我也很开心你能睡上几天懒觉。

可是下午5点多，我接到了你的电话，说要去发热门诊隔离病房值班，有

李毅航、李鹂夫妇

一例疑似新型冠状病毒感染的患者需要留观,要明天下午6点才能下班。我说:"那我们还回家过年吗?"你说:"打电话给妈妈,不回去了。"挂了电话,虽然失落假期泡汤,空等了你两日,但是更多的是担心。

怕打扰你上班,我只能发信息给你,提醒你要注意保护好自己。果然,你很久没有回复我的信息,妈妈还特意打电话来要我时刻提醒你保护好自己。晚上10点多,你给我发视频叫我看你全副武装的样子,让我放心。

你说,你作为一名心血管内科的医生,有心脏治疗、重症监护和抢救的丰富经验,在抗疫第一线能帮上忙!你说,你的职业使命让你义无反顾上前线,如果武汉需要,国家召唤,你也一样会上!

你放心,我会照顾好家人,也会照顾好自己。航哥,我为你的责任感、正义感感到骄傲!

2020,爱你爱你!唯愿平安,我们一起过关!

爱你的鹂姐
2020年1月24日凌晨

如果我出现什么问题，把儿子抚养成人

● 山东省日照市中心医院护士　孙锡花

【家书背后】"请战！我是一名医护工作者，我得上一线。"2020年1月22日，日照90后女护士孙锡花向医院递交了请愿书，请求参加应急医疗救援队。没有多余的豪情壮语，也没有丝毫的犹豫，孙锡花果断的反应获得了丈夫兰海洋的理解和支持。得到家人的支持，孙锡花非常感动，但如果说还有什么割舍不下的，那便是2岁的儿子。于是，她给丈夫发了这样一条微信……

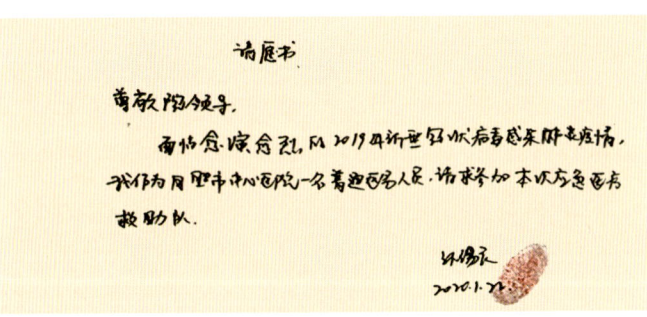

孙锡花的请愿书

请愿书

尊敬的院领导：

　　面临愈演愈烈的2019年新型冠状病毒感染的肺炎疫情，我作为日照市中心医院一名普通医务人员，请求参加本次应急医疗救助队。

孙锡花
2020年1月22日

孙锡花一家三口合照

微信内容（摘录）

老公，我前天晚上偷偷写了一封信，在衣柜的抽屉里面（现在坚决不能看），如果我出现什么问题，一定把儿子抚养成人！

孙锡花和丈夫的微信聊天截图

你守在病房，我守在你身后

- 山东省立医院感染性疾病科护理专业主管护师　林辉
- 山东省济南市公安局槐荫区分局特巡警大队民警　于静洪

【家书背后】林辉是山东省立医院感染性疾病科护理专业主管护师，她的丈夫于静洪是山东省济南市公安局槐荫区分局特巡警大队民警。2020年1月24日，除夕夜，林辉接到医院驰援武汉的通知后，主动请战，成为山东省第一批援鄂医疗队的成员。丈夫于静洪也在疫情出现后，服从组织安排，投入战"疫"中。因为两人的值班时间总是错开，他们每天通话的时间只有几分钟，为了让对方知道自己的情况，他们就抽空给对方写家书。

林辉

（一）

江城冬日阴冷，时常飘雨。

来到武汉，入住酒店已经凌晨2：30了，下着雨，气温很低。打开手机，各种信息一下子涌入，几乎全是亲人、朋友、同事们的祝福和嘱托，瞬间感觉到"平安"二字如此让人感动。

组长介绍了这边的疫情和工作计划，明天参加培训，愿早一点投入这边的工作，祝愿大家各自安好……

林辉

2020年1月26日凌晨

（二）

今天上午学习了国家卫健委下发的关于新型冠状病毒感染的肺炎疫情防控方案。下午休息调整，醒来又见到满屏的祝福与嘱托，不能一一回复，感谢大家支持，请勿挂念，老叔微信叫我一句——孩子！老姨打来电话叫我一声——妮儿！瞬间让我落泪，一切尽在不言中，不为光环，不为名利，只因患者需要，医者担当！家人们请放心！

林辉

2020年1月26日19时

（三）

林辉：

家中一切安好，勿念。

回首相识相知二十载，以前春节，多是我不在家，或是巡逻，或是警卫，或是执勤，或是出差，越是假期越忙，聚少离多。今年，单位领导春节主动带班，让我们除夕、初一团聚，却不想随队出征不在家的是你。

其实，公安民警和医护人员本就是同行，护士守护健康，警察守护安全，我们都在守护生命，守护人民。

今天我值班。身为特巡警，对党忠诚是永恒的信念。全大队都已动员待命，各司其职，服从召唤，随时准备处置有关警情。疫情就是命令，你在前方一线奋战，我必严防死守，保后方平安。

孩子大了，能照顾自己。家中安好，万事有我。

注意身体，等你平安回来，一家人补年夜饭。

你守在病房，我守在你身后。

爱你。

于静洪

2020年1月27日

于静洪在工作中

（四）

全副武装，一个班下来，累到腿软。大楼刚刚使用，还没有供暖，小腿冻得没了知觉，回到酒店直到中午才暖和过来。一个夜班，接了很多患者入院，开展病情评估、健康宣教工作；给予没有陪护的患者心理护理；遵医嘱给予患者吸氧、心电监护。一夜忙碌，不少患者出现乏力、憋喘、咳嗽咳痰、血氧饱和度很低的状况，情绪也极度紧张焦虑。我告诉他们，我们是山东医疗队，是来这边支援医院的，你们放心，你们很快会康复！患者听了激动得不行，一下从床上坐起来，连声说："谢谢！谢谢！你们辛苦了！！"

医者仁心，此刻护目镜又蒙上了一层水雾……湖北加油！！

林辉

2020年1月29日11时

哈尔滨医科大学附属第四医院医护人员冯旭写给新婚妻子的保证书
为完成心中的梦，自愿申请支援武汉战"疫"

● 黑龙江省哈尔滨医科大学附属第四医院医护人员　冯旭

【家书背后】哈尔滨医科大学附属第四医院的医护人员冯旭自愿申请去武汉抗疫前线，为了让妻子放心，他写下了这样一份保证书。危难时分，这份小小的保证书让我们看到了他的担当和柔情，看到了洋溢在平凡夫妻间那份真挚的爱情。

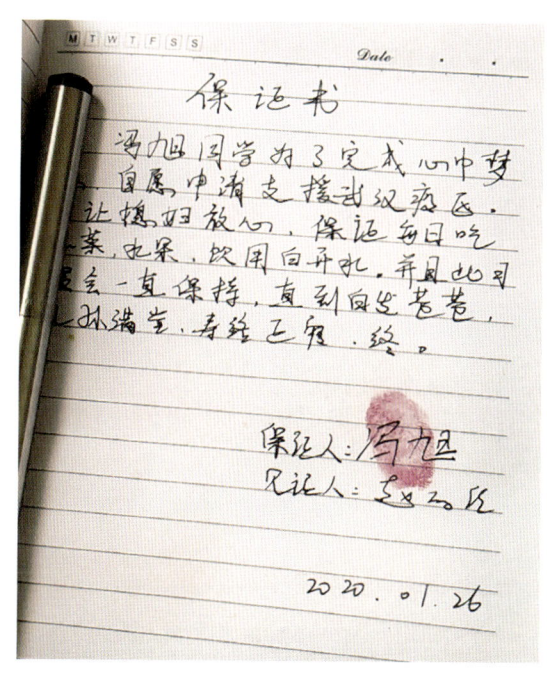

冯旭的保证书

保证书

冯旭同学为了完成心中的梦想，自愿申请支援武汉疫区。为让媳妇放心，保证每日吃青菜、水果，饮用白开水，并且此习惯会一直保持，直到白发苍苍，儿孙满堂，寿终正寝。终。

保证人　冯旭

2020年1月26日

湖南教师与抗疫一线的爱人互通书信

关键时候，我们绝不拖你后腿

- 湖南省长沙幼儿师范学校教师　丁建武
- 湖南省宁乡市中医医院院长助理、医务科主任　杨晓明

【家书背后】杨晓明是湖南省宁乡市中医医院院长助理、医务科主任，自2020年农历腊月二十七到大年初三，一直坚守在抗疫一线的工作岗位上。丈夫丁建武和儿子一起用实际行动支持自己的妻子。以下是夫妻二人互通的书信。

丁建武：全力支持你的工作

亲爱的老婆：

辛苦了！

今晨，又看到你额边的一簇簇白发了！

新冠肺炎疫情发生以来，自农历腊月二十七到今天大年初三，你未曾休息过一天！作为你的家属、你的老公，我的内心还是有点担心，担心你被传染，担心你的血压又高了，甚至，怕你脑中风……但看到你每天精神饱满、忘我地工作，我没有理由阻止你，也没有理由拖你的后腿。

现在是抗击疫情的特殊时期，我和儿子商量好了，我们一定用实际行动来支持你！我是一名教师，儿子是高三学生，我们都有这个觉悟，一定全力支持你的工作，关键时候绝不给你拖后腿。

你昨天晚上回家提出要和我分床睡，不和我们一桌吃饭，并把行李箱都准备好了。我们看在眼里，疼在心里，也非常理解你爱我们的心。你是做好了万一被传染，随时不回家的准备。你不在家的日子，家里安静多了，但这个春节，我们多么希望每天能听到你大大的嗓门指挥我们、呼叫我们！

前天临出门前，你要我们在小区内做做宣传，我们都听进去了。平时不出

杨晓明、丁建武和儿子一家三口

门,做"宅男";出门做宣传,戴好了口罩,并且回家都洗手消毒了。我们家的地板都用84消毒液拖了,门把手等易接触的地方都用酒精喷洒了,还每天开窗通风,家里的事你不用操心。

对了,儿子今天跟我说了,他要像妈妈一样当名医生,说要争取考到广州中山大学。你在宁乡中医医院工作27年了,我们两个大男人早已和宁中医是一家了,抗疫路上,我们永远在一起!

爱你的老公　建武
2020年1月27日

杨晓明:医院需要我,医师们需要我

亲爱的建武同志:

中午好!

今天收到你的来信,说实在的,有点意外,特别感动!

谈恋爱时,收到过你的200多封来信。后来,科技日新月异了,写信的方式早已经被短信、QQ、微信替代了。在我与医院融为一体、全面抗击新冠肺炎疫情时,你的信如及时雨一样,给我送来了信心、温暖,谢谢你,谢谢儿子!请你们相信,我一定会给你们父子交出一份合格的答卷!

杨晓明

由于领导的信任，我担任着医院医务科主任这一职务，这个岗位赋予了我更多的责任、更多的担当。医院需要我全面调度，以确保每个医疗岗位有人值岗；医院需要我组织全院培训、专家会诊，以确保医务人员在做好自身防护的同时服务好广大群众；医院需要我协调处理好全院各部门的工作；医师需要我关心；全院的大抢救需要我组织协调……

老公，医院需要我，医师们需要我，我的手机24小时畅通，我始终在努力做好医院和医师们的坚强后盾，我是在回报他们对我的深深的信任！

按照国家卫生健康委的要求，医院正在通过多方争取，备足防护物资。我也坚信，在院党委的领导下，集全院之力（何况还有广大医护人员家属的支持），我们一定能发挥好中医院特色优势，打赢这场没有硝烟的战争！

对了，这一向天气潮湿，衣服干不了，请用电烤炉烘干我们的衣服吧，新型冠状病毒对紫外线和热敏感，56摄氏度30分钟，可以有效灭活病毒。还有我用过的碗筷都用微波炉高温消毒后再洗，洗完以后再在液化气灶上烧开水煮30分钟。至于跟你说的分床，没办法，医务人员的敏感性太高了，这段时间我们就分床而睡吧。希望我们每个人都能百毒不侵，希望全国人民健康平安！

晓

2020年1月27日

乌鲁木齐民警写给战"疫"一线妻子的家书

这一次，我们并肩作战

● 新疆维吾尔自治区乌鲁木齐市公安局特警八支队民警　陈晓峰

> 【家书背后】电影刚刚开场，丈夫却转身离去；饭菜刚刚上桌，丈夫囫囵吞了几口就走了……李思怡的丈夫陈晓峰是一位民警，平日里聚少离多，陈晓峰总想多陪陪妻子。原本计划今年过年能一家人和和美美地吃顿团圆饭，不料疫情暴发，身为医务工作者的李思怡果断放弃了这来之不易的团聚时光，赶赴疫情防控第一线，陈晓峰也迅速回到自己的工作岗位。他用书信写下思念：这一次，我们并肩作战！

陈晓峰

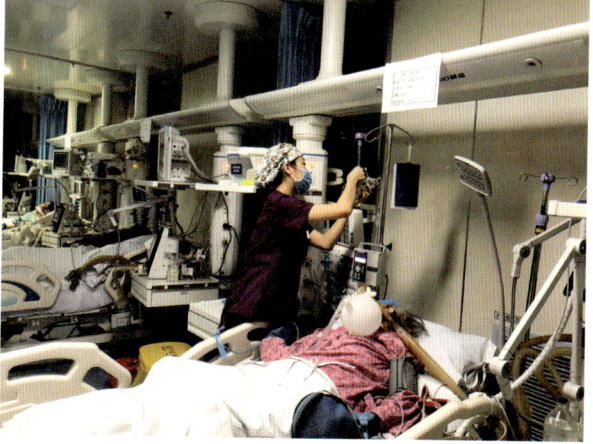

李思怡在工作中

亲爱的妻子：

原谅我的不善表达，

只能用书信的方式来表达我对你的歉意。

全力防控新型冠状病毒感染的肺炎疫情下，

身为医护人员的你没有丝毫的退缩和犹豫。

陈晓峰为大队民警讲解外出执勤时个人防护器材使用的注意事项

万家团圆时，你站在了防控疫情的第一线。
你说，这是你们那身白衣下的天职所在，
就如同我藏蓝色警服下的职责一样。
如今，我却抽不出时间去看你一眼，
哪怕当面的一声叮嘱。
平时，我保家卫国，你是最坚强的后盾；
这次你主动请缨抗击疫情，想到此我无比自豪，
这也让我明白，
这身藏蓝警服身后守护着一位天使！
你放心，你叮嘱我的事项我已一一铭记在心；
你放心，我们的付出一定会为更多人带去希望。
这一次，我们并肩作战！
疫情如战场，逆行保平安；
见字如见面，万望安康归。

爱人　陈晓峰

不同的战场，同样的使命

17年前我们各自为战，17年后我们并肩作战

● 湖南省疾病预防控制中心检验员　李剑

> 【家书背后】李剑是湖南省疾病预防控制中心检验员，她的老公徐飞是湖南省第二人民医院（湖南省脑科医院）检验科员工。17年前"非典"疫情时期，参加工作不到一年的他们分隔两地抗击疫情，仅以电话守望彼此。17年后的今天，为了同样的使命，他们再次走上抗击疫情第一线，这一次他们在不同战场并肩作战！

孩子爸：

当看到新闻里钟南山院士奔赴武汉的消息，你若有所思地对我说："这个春节估计会很忙。"果然，这场我俩从（2019年）12月就开始关注的疾病最终还是在大家的担心中迅速蔓延开了。接踵而来的就是武汉封城、湖南省启动重大突发公共卫生事件一级响应，你们医院也迅速在前坪搭起了发热预分诊的棚子……还没等到春节，湖南所有的医务工作者就已经很忙了，忙的活儿却不是打扫和办年货。

这不禁让我想起17年前的"非典"疫情，那时候咱俩刚从医学院毕业参加工作不到一年，当时你还在血站工作，北京血库储备告急，你单位接到指令全力支援，于是年轻的你担起重任在实验室一待就是几天几夜。年轻的我也在单位24小时待命，每天都要练习穿脱防护设备，学习不断更新的疫情防控措施和指南，随时准备加入机动队去疫情第一线。那时候还没有智能手机，分隔两地的我们只能抽一点点时间打个电话问候彼此，电话的那一头你疲惫的声音仿佛还在我耳边响起。所幸，2003年的"非典"疫情湖南仅报告了6例输入性病例，没有二代病例，也没有医务人员感染。

没想到17年后的2020年，发生了新冠肺炎疫情。随着各地市州确诊病例的增加，我们深感这一次不会那么轻松过关。于是你经常不喝水甚至不吃早餐就出门，然后顶着一头因长时间穿防护服而汗湿的头发回家。我也提前返岗听从单位调遣。

你说这段时间最要感谢的是咱爸咱妈。是的，因为妹妹、妹夫也在医院工作，也要坚守岗位，两位老人当机立断，爸爸常驻妹妹家照顾，妈妈过来我们家帮忙。爸爸说："你们安心工作，不要担心孩子们。"妈妈说："做好防护，记得吃饭。"简单而坚定的话语，只因17年前他们也是战斗在一线的医务工作者！疫情就是命令，二老深知此刻我们坚守的责任之重。

今天，我接到单位通知马上要下到社区指导和协助疫情防控工作，而你，昨天去上班现在还没有回家。出发之前，我只想对你说，17年前我们曾各自为战，17年后我们依然可以在不同的战场并肩作战，只为同一个使命，那就是：保一方百姓安康，还孩子们一个灿烂的春天！

祝一切平安！

孩子妈 李剑

2020年1月29日

吉林医务工作者写给战"疫"一线丈夫的家书

咱家人齐了，啥时候都是年

● 吉林省长春市吉林大学白求恩第一医院乳腺外科工作人员　王冰

> 【家书背后】柏文喜和王冰是一对医护伉俪，他们都在吉林大学白求恩第一医院工作。柏文喜作为吉林省第一批驰援武汉的医护人员，目前正在战"疫"一线开展工作。在医院乳腺外科工作的妻子王冰利用空闲时间，给正在一线抗疫的丈夫写了一封家书，家书中饱含着对丈夫的深情告白。

亲爱的老公：

　　原谅我从来没有这样称呼过你，更是经常喊你的大名：柏文喜！你我相识于繁花似锦的大学，从2007年相识到2010年相知、相恋，再到步入婚姻殿堂，我们已一起度过了13个年头。13年里，我们一起入党，一起并肩奋斗在临床一线，一起取得专科护士证书，一起感受守护生命的喜悦……

　　你我从2012年上班开始，就没有跟家人度过一个完整的春节，你说今年刚好有机会回老家了，谁知除夕的饺子刚端上来，你就接到了援鄂的通知，并第一时间报了名。爸妈一边控制着情绪一边安慰着："咱家人齐了，啥时候都是年。"虽然很担心你，但我知道，如果去前线的任务落在我身上，我也会义无反顾，因为疫情就是命令，无论是作为一名共产党员还是作为一名白衣卫士，都必须在危难时刻冲在前头。

　　今天是大年初五，是你援鄂的第4天。都说夫唱妇随，所以，我也回到了医院预检分诊的岗位，履行着作为共产党员的使命与职责！分诊工作时间很长，但我知道要想战胜疫情，我们需要更长的时间。春节这几天气温骤降，但是全院8个预检分诊岗的护理兄弟姐妹们没人抱怨，没人喊冷，因为所有人都知道严把防控入口关是防止疫情扩散的重要一步。考虑到物资紧缺，要

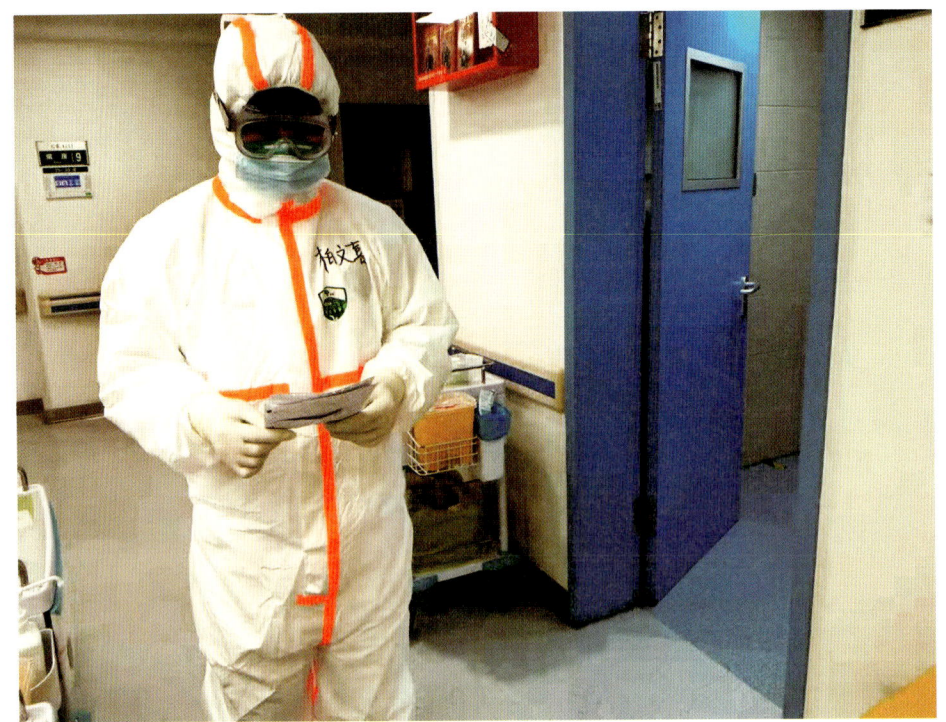

柏文喜在工作中

尽量节省防护用品,把它们留给最危险、最前线的你们,大家尽量不喝水,不上厕所……一起值岗的同事虽然来自不同的科室,却有着相同的默契!

当然,也会遇到群众不理解的情况,认为我们多此一举,但是经过我们的耐心解释,他们都会积极配合。也有人会对我们说:"新年快乐!辛苦了。"听到这句暖心的话,工作的疲惫瞬间散去。

另外,知道你一定想小葡萄了,小葡萄有我的陪伴,情绪还好,但毕竟还是个3岁的孩子,偶尔会问我一句:"爸爸跟病毒打架什么时候回来?"我告诉她:"快了,你看姥爷、姥姥、妈妈什么时候出门不再戴口罩,爸爸就回来了!"你安心地在一线工作,家里一切安好,勿念!

爱人 王冰

2020年1月29日于长春

防疫一线"医生夫妻档"的泪目家书

不同的一线，相同的期盼

● 安徽省阜阳市临泉县人民医院感染控制科副主任　付应敏

【家书背后】付应敏是安徽省阜阳市临泉县人民医院感染控制科副主任，她的爱人韦全剑是同医院风湿免疫科主任。2020年1月28日晚，付应敏看到朋友圈转发的一个短视频：一个身穿防护服的身影，正走在前往发热门诊的步梯上。昏暗的夜色里，这个背影显出些许疲惫，但是脚下的每一步都走得认真而坚定。付应敏瞬间鼻子一酸，流下了眼泪。当她后来得知那个人就是丈夫韦全剑时，心疼和感慨涌上心头，她决定给爱人写一封家书。

先生：

相识十五载，我第一次给你写信，竟是在这个全民奋战，共御疫情，你身赴一线的时刻。

我原本是没打算写的，但前几日，一条被多名同事关注并转发的抖音，深深戳中了我的泪点。那条我常走的感染科门诊步梯，一个穿着防护服坚定前行的背影，瞬间让我泪目。我毅然跟着转发了朋友圈。有同事留言说："防护服的背后怎么没有留下姓名。"我回复道："无须识别，他们就是我们，只要前方需要，我们随时可以成为他们。"

后来看到你的留言，才知，原来那个身影，就是你。你知道的，在关键时刻你做出这种选择，我一定是理解和支持的。一如疫情刚刚席卷而来的时候，我们共同许下的承诺：功成不必在我，功成必定有我！我们同为医务人员，又同一年加入中国共产党，这场来势凶猛的疫情是没有硝烟的战争，也是检验党员、干部初心和使命的考场。既是党员又是干部的我们，责无旁贷。

你在发热门诊一线，我在感控部门指导一线，不同的一线，相同的期盼。为了最终的胜利，请务必配合、落实好我们感控部门要求落实的所有防控措施，保护好自己和身边的同事们。家里的儿子和女儿由他们的奶奶照顾，而我会在工作之余，尽全力照顾好他们祖孙三人，做好你坚强的后盾。我科室的同事们也很照顾我，切勿担忧。

愿君、愿你们：无恙，凯旋！

夫人

2020年1月30日

来自武汉抗疫一线的家书

你的理解与担当，让我前进的脚步更加坚定

● 陆军军医大学第二附属医院健康管理科主管护师　湛又菁

【家书背后】湛又菁性格内向，但她始终用行动诠释着一名党员、一名军队医务工作者的责任与担当。工作中，她心细如发，对待患者体贴入微。她的言行感染着身边的人。在她的号召下，她所带领的护理小组6名同志都积极申请入党。同时她还是一位军嫂，她的丈夫驻守西藏，一年只有一次假期。今年，她的丈夫好不容易回家过年，她却在除夕当天主动请战，奔赴武汉。2020年1月31日深夜，她给丈夫写下了这封令人动容的家书。

亲爱的爱人：

　　我在武汉一切安好，勿念！现在是晚上11时30分，我知道儿子们睡在你旁边，怕吵醒他们，就不给你打电话了，但有些心里话还是想对你说……

　　老公，这几天你在家辛苦了。看到你发的视频，每天你想方设法地逗孩子们开心，陪他们玩耍，让他们不会因为少了妈妈的陪伴而孤单，知道你费尽心思，我必须为你点个大大的赞！

　　说实话，这次执行任务，我知道你非常支持我，但我内心对你还是有一丝愧疚，因为你已经三年没能在家过春节，今年好不容易能全家团聚，高高兴兴吃顿年夜饭，却又因突发情况而改变。还记得大年二十九晚上，我俩驱车近三个小时，赶回老家和家里老人小孩儿团聚！可大年三十一大早，我打开手机，看到工作群里满满的信息，感受到疫情的严重性。武汉需要我们，国家需要我们！作为一名文职人员、一名党员、一名军队医务工作者，我不假思索地向领导发了请战书！发完信息才想起应该和你商量一下，毕竟作为驻西藏军人的你，一年就这么一次假期，能和家人待在一起弥足珍贵。我努力思索着如何才能得到你的支持，于是就把群里其他同事的请战书翻给你看，

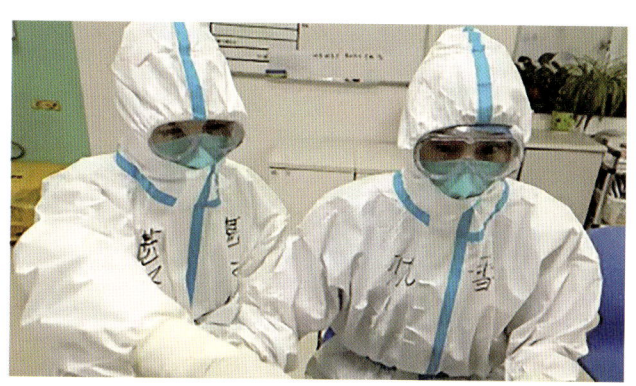

湛又菁（左）

你看到第二封时抬头对我说："你作为文职人员，又是护士长，难道不给科室的同事做个表率吗？"听到这句话，我悬着的心一下就落下了，高兴地告诉你我已经写了请战书。

  吃过午饭，一家人开始为年夜饭做准备。这时，我突然接到领导的电话，让我马上回医院待命，随时可能会出发去武汉。当我把这个消息告诉家人时，父母开始坐立不安，小儿子哭着抱着我说"不让妈妈走"，大儿子不停地追问我什么时候回来，只有你显得特别淡定，赶紧进屋收拾行李开车送我回医院。原本我可以独自开车返回，可你说不放心我一个人开车，说在路上医院一定会有很多通知，担心我开车会受到干扰，所以执意要送我！在路上接到出发的具体时间，你生怕耽误了，不停地问几点钟了，哪一条路最快。还好在出发前30分钟我们成功到达医院，当时队友们已经在做出发前的准备：领物资、打疫苗、换装等。我来不及回家收拾行李，你匆忙跑回家帮我收拾好行李，赶在出发前3分钟给我送到。你满头大汗却笑着对我说："以前是我在前线，你在后方保障；这次是你上前线，我在后方保障。等你们打了胜仗，军功章可得有我的一半。"在去机场的路上，收到你发来的年夜饭照片———一双筷子、一盒方便面和两个鸡蛋。我瞬间泪目！

  谢谢你对我的理解和支持，让我前进的脚步更加坚定有力。

  请你放心，我一定会保护好自己，平安回来！那时或许你已归队，但是我相信你一定会觉得这个春节意义非凡！

爱你的菁菁
2020年1月31日

甘肃医生写给奋战在武汉一线的妻子的家书

亲爱的琴，盼你平安归来

● 甘肃省中医院外周血管病介入科副主任医师 王晨

> 【家书背后】武汉疫情暴发，张燕琴第一时间向医院递交请愿书，成为甘肃省中医院首批援鄂医疗队的一名护理人员。她告别丈夫和儿子，于2020年1月28日奔赴武汉。她的丈夫王晨是甘肃省中医院外周血管病介入科副主任医师。他完全支持妻子的选择，他说："作为一名医生的我，也深知你作为一名党员、一名曾经的ICU护士长，武汉前方更需要你！" 2月2日，王晨写了一封特别的"与妻书"。

王晨送别妻子

亲爱的琴：

　　见字如面，你在武汉市中心医院一线工作还好吗？武汉的天气有些湿冷，我们北方人可能不太适应，你要多穿一件背心，多注意自己的身体。我和儿子、家人都很好，勿念！很多亲人、同事、朋友知道你出征武汉后，都打电话、发信息问候你，都在叮嘱一句话：一定要做好个人防护！

　　想想这次武汉疫情暴发正值春节，当你第一时间向医院递交请愿书时，我就完全支持你！同样，作为一名医生的我，也深知你作为一名党员、一名曾经的ICU护士长，武汉前方更需要你！此时，医院党组织、领导选你作为第一批援鄂医疗队队员，你是合适的人选，这是组织对你的信任！

　　记得临行的那一天早晨，当医院同事们为你们的出征壮行时，你虽然面似平静，但从你的眼神中透出一丝忐忑与不舍！我最懂你，你忐忑是因为不完全

全家福（张燕琴与
王晨之子绘）

清楚前方的疫情，生怕辜负了医院领导及同事的重托；你不舍是因为此去尚不知归期，我和儿子成为你的挂念。"临别殷勤重寄词，词中有誓两心知。"你没有忘记你的誓言，也没有忘记你的责任，背起厚重的行囊，毅然决然地奔向征程。

这几天，你已经投身在一线临床护理工作中，上班时不能喝水、上厕所，也无暇顾及时间的匆匆。我和儿子整天盯着电视看武汉的疫情进展，也时时盼望着手机里的短信与视频，不忍心主动给你发信息、连视频，生怕打扰你的工作。但是，我们又想了解你的近况和生活。每当我们看到你们工作时的照片，儿子总要从中仔细找找哪个是你；当我看到你不高的身躯穿戴着厚重的防护装备时，我能感受到你内心的坚韧与强大。

给你分享一下，儿子这两天画了一幅画，是我们的全家福。他说要发给你，让你时不时地看一看，这样你就可以更安心地工作。

琴，你要坚持，你也一定能够坚持！因为后方的家人是你最坚强的后盾。我们期盼着你早日回家，到那一天，没有阴霾，春光旖旎、山花烂漫之时，抛掉口罩，我们全家团圆，一起去感受春天的气息。

祝工作顺利，平安归来！

爱你的 王晨
2020年2月2日

来自"墙外"的家书

逆流前行，替我，替千千万万个警察兄弟姐妹勇敢地战斗

● 宁夏回族自治区银川女子强制隔离戒毒所女警姚瑶的丈夫

【家书背后】姚瑶是宁夏回族自治区银川女子强制隔离戒毒所第一批参与封闭隔离管理的女警。在封闭隔离管理的7天里，因工作繁忙，在与丈夫通话时，总是寥寥数语就挂断了电话。2020年2月2日，姚瑶的丈夫（一名监狱警察）给她写了一封信，然后用手机拍照后发给了她。这封信表达了丈夫对妻子的思念和牵挂，也给了妻子很大的精神安慰和鼓励。

瑶：

展信安，不曾想5G时代还能有机会用纸笔来传递思绪，也是够浪漫的哈。

疫情日渐严重，心情愈发沉重。自你回单位值班已经7天了，每天给你打电话，不是"对方忙"，就是草草两句就变"嘟嘟"了，心里压了一堆的担心、委屈、期盼，却不知该向谁说。比起我们精神上的压抑，想想你还要面对每天枯燥繁劳的监管生活，一时真不知该说什么。

作为夫妻，同为监狱警察，在

丈夫写给姚瑶的家书（局部）

这特殊时期，没有人比我更需要你，也没有人比我更理解你。想当初两地分居，为了能和你在一起的时间久一点，我不惜老命连值三天班，换来多一天的休息，那感觉真的很酸爽。现在想想还是一个字——值！而你已经打破了我的纪录，七天七夜不出监门，而且很有可能这只是一个开始，说心里话，我还真有点不服。

2020年注定是充满着未知和挑战的一年，节奏是既快又乱，搞得人措手不及。今天我手机还收到机票、酒店优惠的推送消息，想想年前为如何休假而吵的架，我秉灯夜读的那些攻略，此时唯有一句"呵呵"……

没事，还有机会。

国难当头，想想平日里亲朋好友对我们身上的警服和头顶的国徽的那一份羡慕和敬重，想想我们因此受到的教育和获得的荣誉，我们无怨无悔。你逆流前行，替我，替千千万万个警察兄弟姐妹勇敢地战斗。

媳妇儿，你也是个"小老警察"了，至于监管场所的安全和个人的安危，我就不啰唆了。相信党的政策、要求在你心里早已是如数家珍了，相信你也能做得很好。辛苦自己扛着，委屈都给我攒着。病疫无情人有情，春天来了，一切都会很快好起来的。等千万个家庭都能团聚的那一天，等人们再也不用戴口罩出门的那一天，我会用最温暖的拥抱融化你所有的委屈和不安。

家里一切都好，乐宝每天10点睡，7点醒。喝奶三次，哭闹不计，独唱独跳已变为合唱合跳，爸爸、爷爷、奶奶、太奶奶均为乐队骨干，乐此不疲，并每日不定时给你打电话（用遥控器、计算机、各种玩具）道："妈妈，妈妈，外面好多菌菌，妈妈不能出去，要注意安全。"用你叮嘱他的话，三番五次叮嘱你。我出门时，人家只有一句"拜拜"。

媳妇儿，静下心来把单位的事做好，自己多注意休息，多喝水，照顾好自己，过不过年的无所谓，旅不旅游的不打紧。国事面前无家事，发挥作用，做有意义有贡献的事。我跟乐宝都为你骄傲，为你点赞！跟你一起值班的同事有比你大的，有比你小的，你们相互打气，多沟通，工作之余多关注情绪问题，齐心协力，互帮互助。

你们辛苦了，敬礼！

爱你的丈夫

湖南警察写往湖北黄冈的家书

你在前线救人，我在家乡战"疫"等你

● 湖南省醴陵市公安局治安大队辅警　胡增

【家书背后】这是一对普通的夫妻，丈夫胡增是湖南省醴陵市公安局治安大队的一名辅警，妻子何琳珊是醴陵市湘东医院的一名护士。除夕之夜，何琳珊在得知单位要组建医疗队前往湖北前线支援的消息后，主动请战，大年初一奔赴湖北省重疫区黄冈。胡增作为辅警，在当地协助相关部门开展疫情防控工作，家中两个幼小的孩子由老人帮忙看护。夫妻二人两地一心，互相鼓劲，各自奋战在抗疫一线，被称为"最美逆行家庭"。

亲爱的老婆：

你还好吗？夜已深，此刻你是否依旧忙碌在医护前线？注意休息，做好防护，即便这些你比我懂，我仍然要多啰唆一遍，你可千万不能掉以轻心啊！

这注定是一个特别难忘的春节，因为疫情，这是自结婚以来第一个没有你陪伴的春节。记得大年三十，刚接到湖南省卫健委关于前往湖北黄冈支援疫情防控的动员通知，你便主动请战如此急迫而艰辛的救援任务，当时的你才刚刚下晚班，甚至都来不及休息片刻。大年初一，一早起来我们一起简单收拾了行李，你就又匆匆回到单位集合做细致的准备、参加出行前的动员大会，紧接着就是随着大巴奔赴长沙，与湖南医疗队的其他队员会合。在电视台采访的镜头前，你表现得如此坚毅，你说家人们都尊重和支持你的决定，并为你感到骄傲。大巴车开动的那一刻，我红了很久的眼睛终究还是让泪水夺眶而出。你知道吗，少有哭泣的我此刻的泪水中饱含着的是激动、不舍、担忧以及自豪。大巴逐渐消失，你正式成为人们口中的"最美逆行者"，也成为我和孩子们

胡增与何琳珊拥抱暂别

心中的英雄。

老婆,你身体还吃得消吧?瞧,我又啰唆了。根据省里和市里发布的消息,我们这边也确诊了3例新冠肺炎。由于疫情,家里这边也少了往年的热闹,亲戚朋友们也都响应政府和专家们的号召,不聚餐、不聚会,居家隔离,线上拜年。我得说我们的亲戚朋友还是明事理、超给力的,大家都明白你们在前线忘我战斗,我们在后方不能可劲添堵啊。悄悄告诉你,我们公安局治安大队也被列为市公安局新冠肺炎防控工作领导小组成员单位。这些天我也着实没闲着,不是参与定点医院等中心区域的秩序维护,就是配合卫健部门、街道办、镇政府等单位开展人员排查等工作,前两天还协助民警配合市场监督部门查获了一批伪劣口罩。你说这也该算是参加了疫情防控的战斗吧?虽然比不上你们医护一线的付出与牺牲,但是我们警队在疫情防控中的工作也是很有意义的,我更愿意这么说,这些天我一直在和你一起并肩战斗呢。今天市公安局政委杨帆率队到咱们家慰问来了,还称赞我们一家是"最美逆行家庭"。

我上班的时候孩子们都是爸妈在照顾。他们也是有难得的假期,不过老人家都很理解我们的工作,老爸老妈跟我说,一定要做好本职工作,在这个岗位就要把这个岗位的责任担起来。你们坚守好岗位,就是为国为民做了贡献。爸妈照顾小孩非常给力,他们兄弟两个在这段时间里也超乎寻常地听话,好

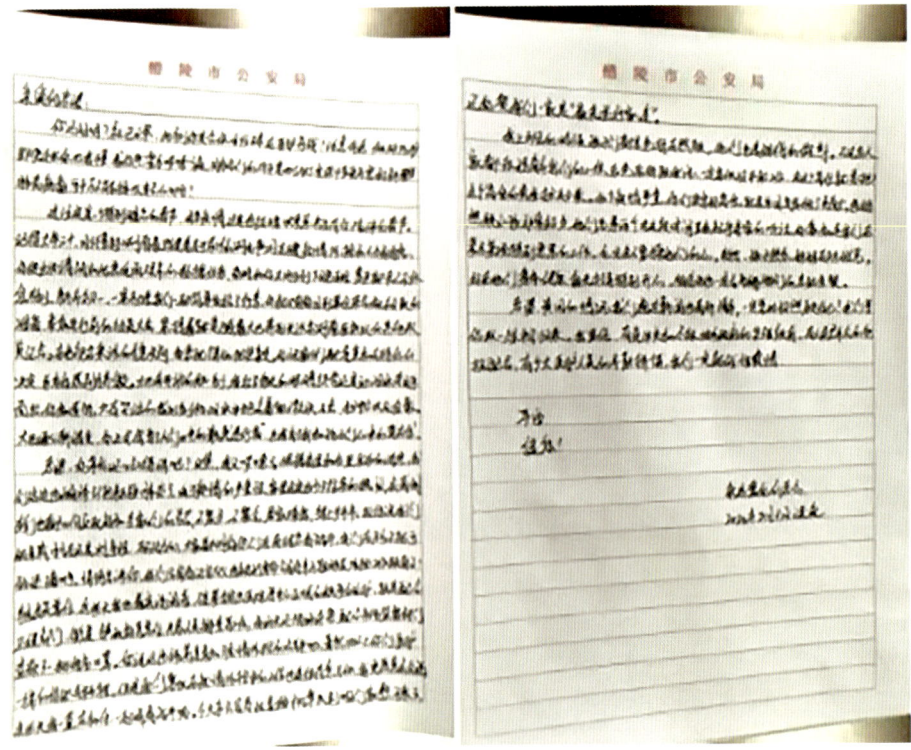

胡增写给何琳珊的家书

像知道我们在参与某项特别要紧的工作，你完全不要操他们的心。当然，孩子想念妈妈在所难免，好在他们身体健康，每天过得特别开心，相信你也一定会为他们的表现点赞。

老婆，黄冈的情况我们通过新闻也有所了解，一定要好好照顾自己！我们等着你从一线平安归来。我坚信，有党中央和各级地方政府的坚强领导，有人民群众的积极配合，有广大医护人员的辛勤拼搏，我们一定能战胜疫情。

平安，健康！

永远爱你的老公
2020 年 2 月 3 日深夜

一封来自后方的家书

你是前线的勇士，是我身边的天使

● 山西省太原市山西医科大学第一医院神经内科护士长唐珊的丈夫

【家书背后】唐珊是山西医科大学第一医院神经内科护士长，也是山西省第二批援鄂医疗队副队长。唐珊是湖北天门人，因为工作繁忙，她今年春节又没能回老家看望年近古稀的父母，大年三十是她父亲的生日，可是她已经3年没能赶回去陪父亲过生日了。2020年2月1日晚上，唐珊接到医院驰援湖北的通知后，第二天就告别家人，义无反顾地和全省118名医护人员组成山西第二批援鄂医疗队启程奔赴湖北。

珊珊：

　　几天前你在眼前

　　转眼间你在天边

　　离别时拍拍双肩

　　转身已泪流满面

　　不敢相信你已在前线

　　无畏的奉献故事不会再改变

　　祝愿你和所有"勇士"都能平安

　　天使就在我身边从未走远……

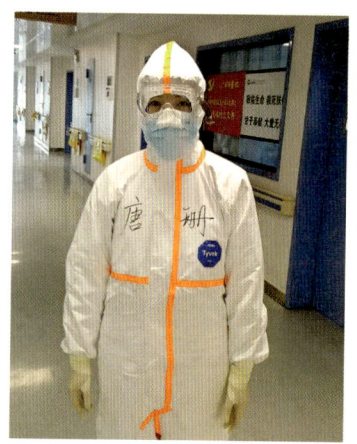

唐珊

大家都说你这是别样的"回家之旅"，是啊，因为你的老家在湖北天门。可是今年过春节你都没能回天门去看看年近古稀的父母，大年三十是爸爸的生日，你已经3年没陪他过生日了。但一接到支援任务，你就主动请缨，斩钉截铁，义无反顾。你说："这次有幸回去支援，是职责所在，无论是作为护士还是湖北人，都义不容辞。"

2020年2月1日晚上，你接到医院的指令。2月2日，你就和全省118名医护人员组成山西第二批援鄂医疗队,启程驰援湖北。从1月26日山西向湖北派出首支医疗队,进驻潜江市、天门市及仙桃市开始,你就一直通过朋友、同事,了解、关注疫情变化和前线的工作情况。虽然你清楚地知道,第一批医护人员在湖北每天的工作很辛苦,工作环境很复杂,可你依然选择出发,毅然决然!你问了前线同事注意事项后,早早就列上清单,收拾行装,甚至买了纸尿裤,做足了准备。我知道,你这样做就是为了到武汉后,能全身心地投入到战"疫"中。

果然,前方传来支援武汉的消息。一下飞机,你就和同事们一刻不停歇,全速前进,岗前防护培训到凌晨1:30。你们即将承担的是在集中收治危重症患者的病区做危重症患者的集中管理工作。说实话,我万般担忧,但还是支持你,做你坚强的后盾。

大年初三,你离开家回到工作岗位时,把刚满5岁的孩子留给了爷爷奶奶。她是多想让你多陪陪她,陪她搭个积木、拼个"美人鱼"的拼图。没办法,她只能拽着你的衣角大哭一场,说你不爱她了,因为她不知道,你即将奔赴的,是"战场"。我对孩子说:"妈妈是天使,是去帮助有困难的人,是去守护他们的健康了,他们更需要妈妈。"

珊珊,请你放心,爷爷奶奶一定会照顾好孩子,孩子也能自己拼起来"美人鱼"的拼图了。

 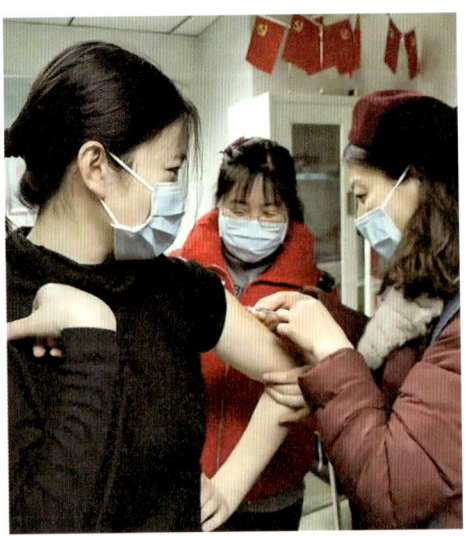

山西省第二批援鄂医疗队出征前的场景

山西省第二批援鄂医疗队队员（部分）

最后，我还想跟你说，记得 2003 年"非典"暴发时，我和你一样，都是山西医科大学的学生，当时，我们一起刻苦学习专业知识。17 年过去了，你现在成了临床一线的护士长，一人当"兵"，全家骄傲，我们都以你为傲。同时，我真切希望你做好防护，早日战胜疫情，平安归来！

爱你的家人

2020 年 2 月 3 日

湖南温情丈夫写给护士妻子的家书

亲爱的，我会永远陪着你

● 湖南省长沙市中南大学湘雅三医院感染科护士阳玉姣的丈夫　毛海锋

> 【家书背后】阳玉姣是中南大学湘雅三医院感染科的一名护士，自与丈夫毛海锋相识以来，她几乎没有和家人欢度过一个完整的春节。这次新冠肺炎疫情突然来袭，阳玉姣依然义无反顾坚守工作一线。为了让妻子安心工作，平日不善言辞的毛海锋写下这封家书，表达对妻子的关心和支持。

我亲爱的老婆：

　　时光如流水，岁月如飞梭！十年时间弹指一挥，瞬间而过。记得十年前的10月10日，你我第一次见面时，你婴儿肥的小脸一下子吸引了我，从此我们相伴到现在。在这十年里我们相识、相知、相爱、组建家庭、生下可爱的儿子小树苗，到现在儿子也快4岁了。在这十年里我们有卿卿我我的幸福甜蜜，也有为家庭琐事争吵委屈时的伤心流泪；有初为人父人母的喜悦，也有为小树苗教育问题的争吵。但不管怎么样，你我感情依旧，我对你的爱依旧。

　　作为一名医护人员，你的工作会很累很辛苦，从认识你的那一刻起我就有了心理准备，但作为重症监护室的一名护士，你的工作强度还是超出了我的想象。常年的三班倒、众多的晚班，颠倒的工作作息让你婴儿肥的脸日益消瘦，如今已成美丽的瓜子脸。每次看见你上完晚班回来，拖着疲惫的身躯，吃饭也没胃口，我都很心疼。

　　十年来，你几乎没有一个完整的春节假期，大年三十也很少和家人团团圆圆一起看春节联欢晚会。今年，你我的春节假期终于同步了。但这次新型冠状病毒肺炎疫情突然来袭，又让你陷入了紧张的、高强度的工作中。虽然心疼你、担心你的身体，但我知道工作需要你，病人更需要你，我能做的就是

阳玉姣在工作中

支持你的工作。作为一名共产党员,我虽然不能站在抗疫工作第一线,但你放心,我会照顾好家、照顾好儿子,做好你的后勤工作,让你无后顾之忧。

我相信,在党的领导下,在你和你的同事,还有其他医务人员的努力下,我们万众一心,众志成城,一定会战胜疫情,迎来春天。

爱你的老公　毛海锋

2020年2月3日

吉林奶爸写给援鄂爱妻的家书

家里有我，你放心工作吧

● 吉林省长春市吉林大学第二医院急诊病房护士孙艳茹的丈夫　沈昕彤

【家书背后】29岁的孙艳茹是吉林大学第二医院急诊病房的护士。她的女儿只有18个月大，正是依赖妈妈的时期，但面对新冠肺炎疫情的发生和蔓延，孙艳茹毅然暂别女儿，踏上援鄂的征途。在这个特殊时期，丈夫沈昕彤选择用写家书的方式将自己的关心与思念传递给爱妻。

孙艳茹援鄂前的家庭合影

艳茹爱妻：

在这个岁末年初之际，很多家庭沉浸在喜庆团圆的欢乐之中，而新型冠状病毒肺炎疫情肆虐武汉，武汉告急。作为医护人员的你主动请命奔赴一线，还沉浸在家庭团聚气氛中的我得知这个消息，心中产生了不安、焦虑与不舍，但更多的是理解和支持。

武汉人民需要你和你的同事，你们是他们黑夜里的点点星光，给予他们希望，照亮那片夜空。你能毫不犹豫地舍弃小家成全大家，我为你感到自豪，我会作为你坚强的后盾，给你最大的支持和鼓励。

家里有我呢，我会安排好家里的一切，你放心地工作吧！虽然父母的内心充满了担忧，18个月的女儿只知道声声地呼唤妈妈，但我相信，将来他们会明白和理解你的决定，也一定会为你感到骄傲。

丈夫　沈昕彤

湖南省卫生健康委员会驻村帮扶工作队队员写给妻子的一封家书
你们的笑容是我的奋斗目标

● 湖南省卫生健康委员会驻张家界市桑植县柳浪坪村帮扶工作队队员　黄子皓

> 【家书背后】黄子皓是湖南省疾病预防控制中心干部，现为湖南省卫生健康委员会驻张家界市桑植县柳浪坪村帮扶工作队队员。他的妻子胡靖是湖南中医药大学教师。因为工作原因，夫妻俩总是聚少离多，但妻子毫无怨言，在背后默默地支持他。随着新冠肺炎疫情的暴发，他又积极地投身于抗击疫情的工作中，此时他给一贯支持他工作的妻子写了一封家书。

亲爱的老婆：

　　见信好！

　　我前些日子寄回来的土鸡味道怎么样？经过我们两年的努力，现在咱们柳浪坪村有了一条宽敞的入村主干道，加上引进消费扶贫电商平台，村里的土特产销路特别好，几家养鸡大户的收入估计都翻番了，好多村民都说想养土鸡，今年我们的这个产业一定会发展得更加壮大，所以你记得多和同事给我们的土鸡打广告哦！

　　今天是2020年2月4日，时间真像一个小偷，偷走了我们本该在一起的600多个日日夜夜。在这深山密林里的小村庄，即使是冬天的夜晚也能够看见点点星光，这让我想起2018年3月刚刚来到柳浪坪村的那个夜晚，我问你有没有后悔同意我参加驻村帮扶工作队时，你斩钉截铁地回答："我希望我的丈夫是一个有担当的男人，你是中国共产党党员，面对神圣光荣的任务，如果这点担当都没有，我宁愿没有爱过你。老公你尽管去奋斗吧！"谢谢你这句话，两年来它给了我无限的勇气和动力。

　　今年年初，武汉暴发的新冠肺炎疫情波及全国，现在全县上下都团结一心，积极行动共同抗击疫情。这几天我们工作队兵分几路，进行流动人员摸排登记，劝导老百姓不要扎堆串门，向他们宣传个人卫生知识，我每天还在村广播室播报抗击疫情的信息，特别有那种冲锋打仗的紧迫感。

很抱歉，我没能够多陪你几天就匆匆忙忙赶回村里了。但是疫情就是命令，防控就是责任，既然选择了到基层工作，就应该以基层为家。在柳浪坪村，我没有血缘上的亲人，但老百姓都是我的亲人。我在这里交了很多朋友，还有很多老人把我当作他们自己的孩子一样，给予我关心和照顾。有一个阿姨对我说："你们是党和政府派来的，有你们在，我的心里就踏实了。"突然想起曾经对你说："我会给你买零食，帮你领快递，有我在，你在家都不用下楼。"虽然这两年我不能够天天给你做好吃的、帮你领快递了，但我和我的队友们在村里修路架桥，发展致富产业，参加疫情防控阻击战……以前我的眼里只有我们两个的小幸福，现在我正在为老百姓的大幸福而工作！

和你在一起的日子还有很多很多，而驻村帮扶的日子却扳起手指头都能算出来了。我们正在和时间赛跑，想让全村老百姓生活得更好一些，想让大家能够远离疾病的侵扰，想让孩子们学到更多的知识，想为群众留下一个最有战斗力的党组织。相信当你看到这里，一定露出了笑容，而你和老百姓的笑容不就是我的奋斗目标吗？

今年黔张常铁路桑植站正式投入运营，往后桑植也有了自己的铁路，老百姓的生活一定会更加方便，更加富裕！等成功战胜了疫情，我就坐火车回来，和你在家中再次诵读《共产党宣言》，偷偷跑到你的课堂，坐在最后一排听你给学生上课，陪你走在湘江边畅聊我们的理想和初心。让我们一起努力，做党和人民的好儿女，做这个时代的"劲草真金"，做伟大祖国的小小浪花。

写完这些话已经很晚了，但我对你的思念就像我对柳浪坪村的那份热爱，那份真情永远是我奋斗的源泉。

丈夫　子皓
2020 年 2 月 4 日

山东护士妻子写给临床一线丈夫的家书

小家交给我，一线交给你

● 山东省烟台业达医院护士　王振余

【家书背后】张勇与妻子王振余都在山东省烟台业达医院工作。在抗击新冠肺炎疫情的战役中，丈夫张勇作为医院呼吸内科的一名医生，英勇奋战在临床一线。他的妻子王振余是医院十一病区护士，为了表达对丈夫的挂念、支持与崇拜，她写下了这样一封家书。

亲爱的老公：

此时此刻，我再也无法控制泪水，任由它们如洪水般从眼眶涌出，带走这么多天来的压抑和悲伤。我为受新型冠状病毒肺炎折磨的人们难过，我也为你担心。

此次疫情，你所在的呼吸内科是一个高风险的科室，接触的疑难患者比较多。为了家人的安全，在你要回科里上班前，我犹豫着和你商量，让你暂时到新房去住，不要回家。我的话一出口，你毫不犹豫地同意了，那一瞬间，我很想哭，又不想让你担心，就把眼泪憋了回去。

护好小家为大家。老公，为了让你在科里能够安心工作，我也在努力地照顾好我们的小家。作为护士，每天下班回家前，我都会对自己进行消毒，然后进家门，再把家里擦拭一遍，而且每天都要在爸妈面前念叨一下最近的疫情和注意事项，教他们如何防护，能不出门就不要出门。昨天下班回家，听婆婆说你今天回家了，我顿时想发脾气，但是婆婆接下来的话让我的泪水直在眼眶里打转。婆婆说你没有进来，你只是怕我没有时间买菜，买了菜送回来，没有进门，就在门口看了一眼孩子，当时小女儿撕心裂肺地哭喊着找爸爸，你头也没回地走了。虽然我没有看到当时的画面，但我能想象到你当时的心

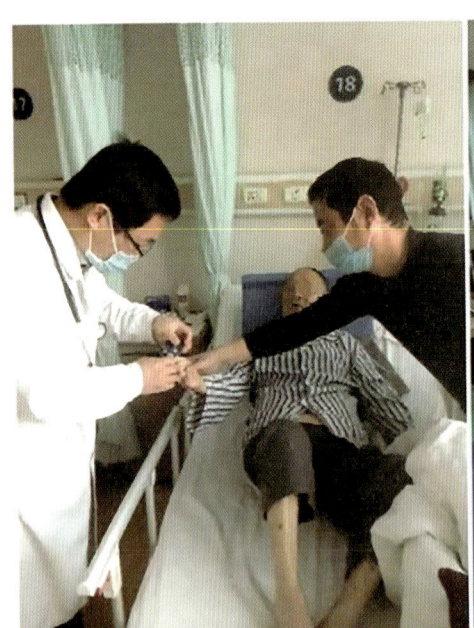 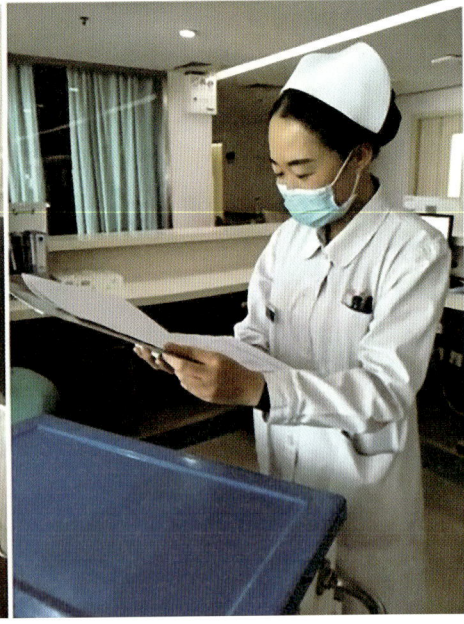

张勇与王振余夫妇在工作中

痛与无奈。平时每次回家女儿都会抱着你亲好久,就像两人好久没见了似的,而现在两人相见了却只能远远地看着……

　　老公,感谢你为我们默默付出的一切,也佩服你的勇气,在这特殊时期一直在临床一线奋战。虽然我们平时会因为一些琐事闹(得)不开心,但是这次疫情让我看到了,你是一个真正的男子汉。你和我说院里有可能随时调你们科的人去湖北,你跟我说你要去。作为你的妻子,从私心讲我不愿让你去,因为我怕,因为我担心你的身体,但是作为一名医务工作者,我支持你去。去年查出你腰椎不好,医生建议你至少躺两个月,结果你躺了一个月就上班了。你说科里忙,你得去。所以,在我的眼里你不是一个合格的老公,但你却是一个合格的医生。以前,我经常会抱怨你为什么对外面的人那么好,却对我不好。同事们以前开玩笑地对我说:"如果你有病找你老公就行。"我还说:"他只会看病号不会看我。"这次疫情真的让我重新认识了你,你在我心里的形象又变得高大了。

　　老公,希望你能好好照顾自己,家里就不用你担心了,我会照顾好家的。咱妈的老寒腿这几天累得又犯了,我已经给她上了膏药,她说好多了。还有件事没有告诉你,那天我去新房给你送饭,汤洒了,我跟你说是我骑(车)

快了颠洒的。其实你不知道，因为我怕饭凉了，就把饭放在羽绒服里藏着，结果没把好车子摔了一跤，汤洒在羽绒服里面，没敢告诉你，怕你说我干活太毛糙。你不用心疼我，没事的，只要你能吃上热饭，保重好身体，照顾好你的病人就行，其他都是小事，因为在这个世界上没有比健康更重要的事情了。

受你的鼓舞，这几天我也在反复思考，人活着是为了什么？不只是为了自己，也是为了他人，对军人的崇拜又重新燃起我奋斗的勇气。当初考研报考第四军医大学就是为了那身闪耀的军装和自己内心（对军人）的崇拜之情，只是后来因为各种原因没有选择继续深造而是工作。如果组织现在给我一个去前线的机会，我一定不会退缩，我会勇敢地承担责任，尽自己一份力量，在国家需要的时候尽自己的力量去帮助他人。我想任何一个临床工作者都会和我有一样的想法。我相信我们一定会渡过这次难关，大家一起努力，一起加油，我们一定会胜利的！

老婆　振余

家书里的牵挂

● 广东省东莞市滨海湾中心医院呼吸与危重症医学科副主任医师梁秋亭和妻子

> 【家书背后】2020年元宵夜,东莞市支援湖北疫情防控医疗队22名队员远在武汉抗击疫情一线,不能与家人团聚,但他们此刻的分离,是为了千万个家庭的团圆。元宵佳节,他们的家人在东莞写下家书,寄托祝福和挂念。"孩子做了礼物,祝爸爸尽快打败'怪兽'""我会守着家、守着孩子等你归来""加油!我的'爸爸'",梁秋亭的妻子将孩子单纯的期盼和自己的牵挂写成一封家书,而远在抗疫一线的丈夫也回复了一封家书。

妻子:祝"爸爸"尽快打败"怪兽"

亲爱的"爸爸":

你投入这场战役已11天。看到你一切安好,我们的心里安定了很多。

我们在家一切安好。孩子们习惯了宅在家里,每天做各种手工、看新闻、打羽毛球、玩滑轮等等,他们也学会了七步洗手法。

你家女儿每当被哥哥欺负,玩具坏了,受伤的时候,都会很自豪地说:"我要等爸爸回来揍你;我要等爸爸回来修;我要给爸爸看一下伤口。"

然后,你儿子神补一句:"爸爸回来还要隔离14天呢,哼!"没你在身边的日子,这份在身边的吵吵闹闹、嘻嘻哈哈的亲子时光就是我最坚强的武器,我会守着家、守着孩子等你归来。

不用担心我们,我们生活上什么都不缺。前几天,医院送来三箱牛奶;今天,医院工作人员又与我联系,询问我们的需要,说还会送口罩和消毒物品过来。

还有,东莞市妇联开展了"你家的菜我来送"的活动,医院工作人员已帮我们登记了。一周会送两次菜到家里,我们现在只需要好好宅在家里,安心顾好家就行。

家里的爸爸、妈妈们都身体健康,他们每天都看新闻,关心动态。看到疫情防控的严峻形势,全家人最近都没有外出了,老人家再三嘱咐我,记得让你做好防护。

今天是元宵节,孩子们一早就做了"一杯鼠",说祝你元宵节快乐,尽快打败"怪兽"。加油!我的"爸爸"。

孩子们做的"一杯鼠"

梁秋亭:等疫情过后,爸爸带你们来武汉

2月9日,看到老婆的信,惊喜加意外。宝贝,看到你们不出门,能听话宅在家里我就放心多了。你们也是在战"疫",好样的!

爸爸在武汉已投入战斗,尽管班次多,时间不定,但爸爸答应你们一定做好防护,和武汉人民一起抗疫到底。

记得1月28日那天晚上到达武汉下飞机时,队长说现在我们就是武汉人,所以守护好武汉就是守护我的家,守护你们!

疫情过后,爸爸明年要带你们来武汉,到晴川阁看看长江大桥,去武汉大学赏樱花,去品尝这里的热干面……

陕西省第二批支援武汉医疗队队员的抗疫家书

别忘记一家人的约定——平安凯旋

● 陕西省西安大兴医院护师李敏娜和丈夫冯子元

> 【家书背后】李敏娜是西安大兴医院护师,也是陕西省第二批支援武汉医疗队队员。2020年2月2日,李敏娜和同事踏上"征途",十几天来,她一直奋战在武汉协和医院西病区抗击疫情的第一线。2月13日是儿子的生日,2月14日是她和老公的结婚纪念日,今年这些对她来说很重要的日子,她都无法与家人相伴了。在这个特殊的日子里,他们一家人用书信的方式,互寄思念。

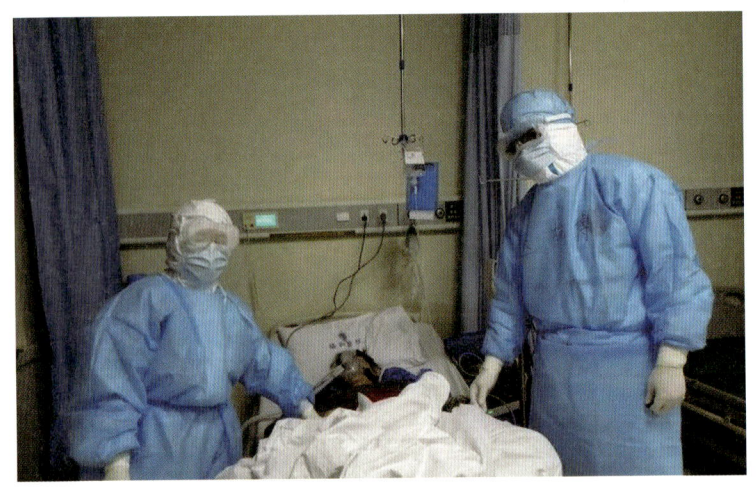

一直奋战在武汉协和医院西病区抗疫一线的李敏娜和同事

李敏娜:等疫情结束,一定补拍全家福

2020年2月13日是我在武汉抗击疫情工作的第11天,也是儿子的生日,虽然今天跟往常一样繁忙而充实,但这一天也包含了我的牵挂。即使再忙碌的夜晚也抵挡不住妈妈今夜对你的思念,宝宝,妈妈想你了。

匆匆一别，来不及吻别你稚嫩的小手，顾不上你心碎的哭声，儿子，别怪妈妈，因为我要去一个叫武汉的地方，那里更需要我的守护。妈妈答应你，待到疫情过后春暖花开，我一定带你到妈妈战斗过的地方游赏樱花。

老公，明天，是我们结婚4周年纪念日，也是我们认识6年的纪念日，在这个特殊的纪念日，本是约好要去照全家福，我答应你，等到春暖花开，疫情结束，我们胜利归来时，再一起补拍全家福！儿子、老公，我爱你们，等我们凯旋。

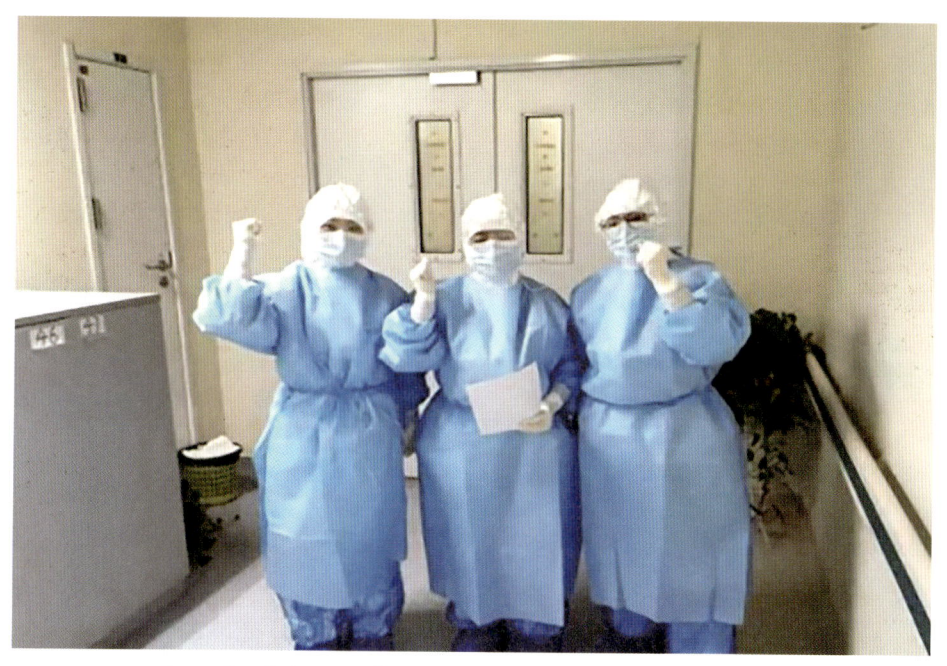

十几天来，李敏娜和同事们一直奋战在武汉协和医院西病区抗疫一线

丈夫冯子元：别忘记我们一家人的约定

2月2日匆匆一别，你已身赴武汉抗击疫情11天了，你现在过得好吗？工作累吗？习不习惯？我每天都很想念你。

2月对我们来说是幸福的，因为它寄托了我们太多美好的回忆。还记得2014年2月14日我们看的第一场电影吗？那是我们初次相遇的日子。后来，这天也成了我们的结婚纪念日。真是老天眷顾，我们的儿子也选择在2月13日来到这个世界，仿佛是上天恩赐给我们最好的节日礼物。

李敏娜的丈夫和儿子

在这个特别的日子里,请不要忘了我们的约定,我们一家人一生一世永远相伴,上天肯定会眷顾你,保佑你平平安安回家,我和北北等你。

陕西抗疫夫妻的坚守
情人节，抗疫夫妻的最美情话

● 陕西省西安市西安交通大学第一附属医院援鄂抗疫国家医疗队队员及其家人

【家书背后】在抗击新冠肺炎疫情这场没有硝烟的战斗中，医护人员舍生忘死，平凡中抒写伟大。截至2020年2月14日，西安交通大学第一附属医院共有153名白衣战士分四批出征武汉！这153名医务工作者当中，有12名队员的爱人同样也是白衣战士，他们坚守在西安的疫情抗击战线上。虽然不在同一个战壕，但共同的信念激励着他们共同向疫情挑战。2020年2月14日，情人节，在这个充满爱的日子里，从他们的感言中，我们读懂了抗疫夫妻的坚守，更看到了爱情最美的样子。

王晓艳　乔晋

援武汉医疗队队员 感控科 王晓艳；丈夫：神经内科 乔晋

听说我要支援武汉前线，乔晋说："面对新冠肺炎疫情，虽然你的身体不是很好，但是发挥你专业优势的机会到了，也是考验你的时候了。虽然我平日不怎么做饭，但从现在起你不要做饭了，就交给我吧，这几天你一定好好休息，保存精力上前线。"每顿饭他做得虽然不那么可口，但都想着营养搭配，还不停地唠叨说一定要吃好休息好。临行前还去超市购买了一堆补充体力的营养食品。同时为了做好出发前的准备工作，他反复和武汉前线的同学联系，了解武汉疫情的准确信息，为医院做好救援物资的准备工作提供了有力的参考。

去武汉前线的欢送会上医院领导和同事的嘱托、家人和朋友的不舍，到武汉后当地政府的细心安排及医院同行提供的工作便利、医院领导和工会对援鄂家属的慰问，这些发自内心的嘱咐和积极支持都激励着我在面对危险时，规范操作，服从安排，尽自己所学和经验努力做好本职工作，为尽快结束疫情贡献自己的绵薄之力。

面对新冠肺炎疫情，我相信有祖国强大后盾的支持和全国人民的共同努力，我们一定会平安归来，取得疫情防控阻击战的全面胜利。

刘昱　周静

援武汉医疗队队员 重症医学科 刘昱；妻子：骨科 周静

1月22日，我俩订好车票打算年三十回老家看父母。23日听说武汉新冠肺炎疫情严重，封城了。下午刘昱对我说他报名去支援武汉，我吓坏了，完全未知的病毒犹如洪水猛兽,我一边给他收拾行装,一边掉眼泪。

24日除夕夜,我院发热门诊也急需医护人员,刘昱支持我报名,他说:"你是党员,应该做先锋带头人,而且你是老兵,我们一起抗击过'非典',上场就能战斗,不怕的。灾难面前,我们谁都不是局外人。"

26日5点起床做早饭,陪他集合,送他去前线,一滴眼泪没掉,希望他踏实安心去救人。虽然穿着防护衣近10小时不能吃喝,虽然穿着纸尿裤上班,虽然每班下来里外衣服全都湿透,虽然隔着防护镜看不清你的脸,但有病人好转了,有病人治愈了,有进了重症监护室心态完全崩塌的患者又被你找回了信心,有极危重症的患者被你从死亡线拉回来了。我们敬畏生命,每个生命后面都有一个幸福的家庭和无限美好的未来。我们深知,我们努力,我们永不停歇。

石秦东　蔡云

援武汉医疗队队员 重症医学科 石秦东;妻子:中医科 蔡云

路虽遥远,心在一起;疫情虽猛,难当万众;待疫消散,与尔共庆。

李丹　王渊

援武汉医疗队队员 呼吸内科 李丹
丈夫：医学影像科 王渊

在我们的小家里，我是一名妈妈和妻子，但是在我们中国这样一个大家里，我是一名党员和医生，在疫情来临的时候，我必须义无反顾向前冲。谢谢我的小家对我的支持，让我毫无后顾之忧在前线奋战！

周博　折剑青

援武汉医疗队队员 呼吸内科 周博；妻子：心血管内科 折剑青

一路风景，一路有你；分身两地，共同抗疫；坚信不疑，一定胜利。待来年樱花烂漫时，武大走起。

林婷　曲凯

援武汉医疗队队员 肝胆外科 林婷；丈夫：肝胆外科 曲凯

　　林婷最大的遗憾是早晨7点钟就准备行囊前往武汉，当时儿子还在沉睡，没有做最后的道别。她说在武汉前线才真正懂得生命的可贵，珍惜平凡生活中的每一分每一秒。她最大的愿望是在疫情结束后，再回到武汉，体会畅快呼吸的轻松，感受熙熙攘攘人群中擦肩而过的温暖。

张春　孙博睿

"如果可以的话，我好想跟你一起去武汉。"

"咱家我来为国出力，家里需要你！"

这张照片（见右）是宝宝满月照的，3年了都没有再照，本来预约了2月4号照全家福的，因为来前线推迟了，等胜利了再补上。

援武汉医疗队队员 肝胆外科 张春
妻子：麻醉手术部 孙博睿

周瑜辉　孙静岚

我们是夫妻，疫情当前，我们更是战友。

我在武汉，你在西安，各自珍重，互祝平安。

待到凯旋日，再叙明媚春天！

援武汉医疗队队员 乳腺外科 周瑜辉
妻子：血管外科 孙静岚

荆江鹏　安蕊

家是最小国，国是千万家。

疫情来袭，每个家庭都会受到影响。祖国召唤，每个儿女都应该挺身而出。

我在武汉前沿阵地抗击疫情，你在自己的工作岗位上守护家园，父母和孩子都会为我们感到骄傲，医院和战友们都是我们的坚强后盾。

分别只是暂时，相聚就在胜利的那一天。

我们夫妻同心，和亲爱的战友们站在一起，和所有白衣天使们站在一起，和各条战线的抗疫勇士们站在一起，全国人民一起齐心协力，共同筑起抗击病魔的钢铁长城！

援武汉医疗队队员 神经外科 荆江鹏
妻子：神经外科 安蕊

李洁琼　郭成

我爱我家，我更爱我的祖国、我的"大家"。疫情就是命令，责任就是担当，助力武汉，保家卫国，永远跟党走。

援武汉医疗队队员 护理部 李洁琼；丈夫：肝胆外科 郭成

白川　冯静

来之前孩子听说我要去武汉，哭着不让我走，问我为什么要去武汉，我就和她说爸爸去武汉去打病毒小怪兽，解救更多的叔叔阿姨爷爷奶奶。

援武汉医疗队队员 心血管内科 白川
妻子：心血管内科 冯静

宋楹卓　史小英

援武汉医疗队队员 东院 宋楹卓；妻子：中医科 史小英

亲爱的老公，今天是情人节！你奋战在武汉抗击疫情的一线，和你同去的还有我们的同事，他们和你一样，为了消除新型冠状病毒肺炎的危害，做着同样的努力！国家有难，八方来助，为国为民，责无旁贷！充分展现了伟大的中华民族气概！尤其是护士姐妹们，为了避免新型冠状病毒感染的风险，剪去秀发战疫情！让人感动！敬佩！

请你放心，家中一切安排妥当！

你在那边一定要照顾好大家，顺利完成组织交给你的任务，同时也要照顾好自己！放宽心、放细心、做好防护，平安归来！相信在医院的正确领导下，我们一定会打赢这场疫情阻击战！加油！我们是你坚强的后盾！

亲爱的老头，我为你骄傲

● 湖南省广电局怀化中波转播台职工　彭华

> 【家书背后】湖南省广播电视局怀化中波转播台职工彭华是一名警嫂。她的丈夫曾爱萍是怀化市公安局鹤城分局迎丰派出所天生塘社区民警，有十年警龄、二十九年党龄。自疫情发生以来，曾爱萍一直战斗在抗疫的第一线，已经二十天没休息了。灯光下，彭华给丈夫写下了这封家书。

曾爱萍

亲爱的老头：

　　夜已深，听着你疲惫的呼噜声，我知道你已经很累了。本想和你聊天，可不忍心耽误你睡觉，睡不着的我只好写点心里的话，让你知道老婆对你的心疼。

　　当我叫你"老头"的时候，别人也许会奇怪并不显老的你，怎么被我叫成了"老头"。其实我知道你心里懂我，知道叫你"老头"，就意味着我们会

工作中的曾爱萍

相伴到老，白头相守。

老头，二十天了，从年初一到年二十，你每天都是早出晚归，不曾有过一天的休息。我知道是这该死的疫情，把你拴在了外面。

老头，记得年初一一大早，你就跟我们母女俩说，疫情来了，这个年我们过不了啦，你得去抗疫了。于是我们一家三口分属两处，你要我们母女俩哪也不许去，就在家里待着，你自己却只有到了晚上，才会拖着疲惫的身子回家。

老头，每晚回来，你也会跟我讲起你今天又在社区爬了几栋楼、敲了几家门，你说你这是在排查，要一个不漏、一户不少，可偏偏，你却漏掉了我们娘俩这个小家。

老头，你有时也会跟我发牢骚，讲一些"牌鬼"不怕死，这个时候还聚在一起打牌，你又掀了几桌牌、骂了几家人。我知道，作为社区民警的你，心里只有社区这个大家，你这是在为那些大家庭里的人们在疫情告急时不听号令，仍心存侥幸而焦急。

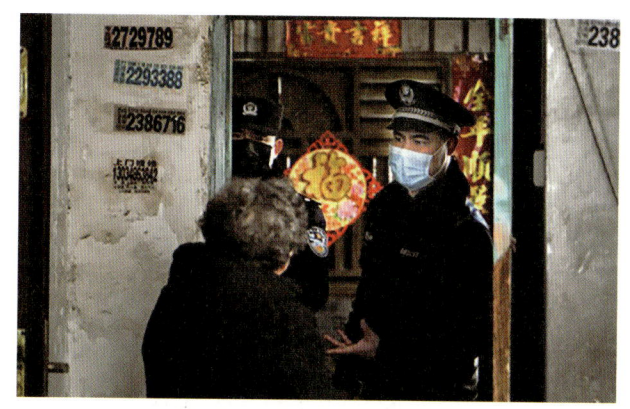

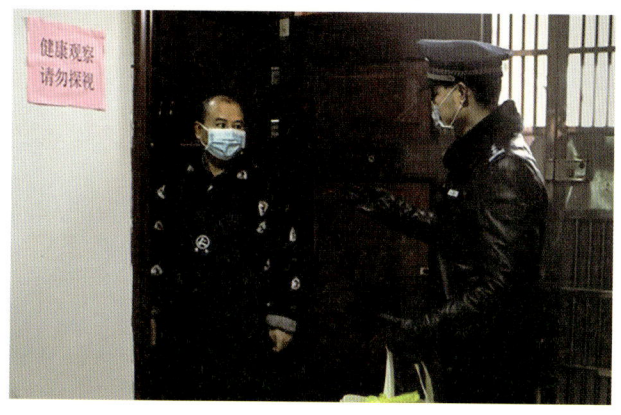

工作中的曾爱萍

老头，你有时会向我们娘俩炫耀你今天微信运动又占了多少朋友的封面，又破万、上二万了，我知道，你是在用另一种方式，释放自己的劳累。这二十天来，你哪一天的微信运动步数不是占据榜首呀！就你那巴掌大的社区，我知道你肯定走了一圈又一圈。

老头，当你不经意向我讲起今天又给多少居家隔离的人测了体温，为他们体温都还正常感到欣慰时，你可知道我的心是怎样地担忧？不怕一万，就怕万一，可你却只是用一层口罩，坦然地去面对他们，也不怕把这个"万一"变成咱家的"一万"！

老头，当你说起又给几家隔离户到菜市场买了几种菜送上门的时候，我就奇怪我家从不进市场的老头也进菜市场了。记得明天也给自己家里买点白菜、萝卜回来，过年的菜，咱家也见底了呢！

老头，当你那夜回来时冷得浑身发抖，叫我马上给你泡个板蓝根冲个热水澡时，我当时真想你干脆发烧算了，这样你也可以居家隔离休息了。可我知

工作中的曾爱萍

道你肯定不干,二十年军龄的你肯定不会当逃兵,肯定还会回到你的大家去。虽然很想你留在小家,可我知道你是在为小家护大家,我只有为你祈祷!

老头,那天我看你好开心,原来是省里表扬肯定了我们怀化的抗疫成绩。我知道,这都是你和你的同事,舍小家为大家,一点点干出来的。老头,大家平安了,我们的小家也安全了,我也为怀化的平安开心,我为你骄傲!

老头,这二十天,我足不出户,除了几天一次的上班外,听到的都是你的社区、你的"大家",我知道这是你的职责、你的牵挂,我每天也在关注疫情,只希望这个该死的疫情快点过去,你也能早点从大家里,回到我们的小家。

老头,你每次出门后,女儿总要问"爸爸什么时候回来",她已经高二了,还等着你给她辅导数理化呢!

老头,第一次写信,没想到总有说不完的话,算了,不写了,不然你又嫌我烦了。只希望这次战"疫",我们早点胜利,你能平安归来,记得,你是我的"老头",我们要"相伴到老,白首偕头"!

此致

我亲爱的"老头"

你的老婆 彭华

于 2020 年 2 月 13 日凌晨

老婆,你是我的自豪

● 湖南省衡阳市消防救援支队衡东县中队干部　胡春阁

【家书背后】2019年情人节,湖南省衡阳市消防救援支队衡东县中队干部胡春阁与青梅竹马、相恋相守了十年的湖北省鄂州市中心医院消化内科护师杨莹走进婚姻殿堂。胡春阁原打算在2020年情人节时休假回鄂州,与身怀六甲的妻子一同庆祝结婚纪念日,但突如其来的新冠肺炎疫情阻挡了他的计划,因为妻子杨莹加入了抗疫一线的队伍。为了表达对妻子的关爱,胡春阁给奋战在抗疫一线的妻子写了一封家书。

胡春阁与妻子杨莹

老婆:

　　见字如面!

　　疫情连三月,家书抵万金。莹,已经好久没有与你好好说说话了,每次打电话给你,不是没人接,就是匆匆一句"我很忙,就这样"。想起上次视频里你休息时穿着防护服吃饭的样子,看着你鼻子上那一道被口罩勒得凹进去的印子,我既担心又心疼。一向娇气的小公主,如今也变成了抗击疫情的勇士,

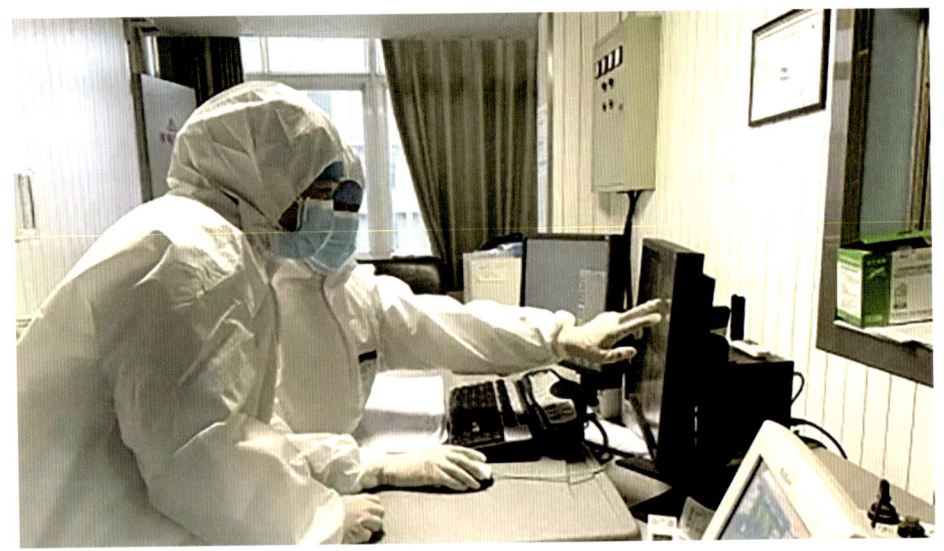

杨莹在工作中

在生与死的边缘与死神战斗。

每天睁开眼睛第一件事就是打开手机查看疫情动态，多希望有一天新增确诊病例为零，如履薄冰的日子快点结束。

前几天你电话里告诉我你们科室有一个护士在接触确诊病人时被感染了，我听到之后焦虑不安。从你的语气我听得出你也非常害怕，但你只是轻描淡写地说了一句"没关系"，反倒是安慰我说"没有你想象的那么恐怖，放心吧，不要老是牵挂着我，出警要注意安全"。电话挂断的那一刻，我哭了。莹，对不起，在你最需要我的时候我却什么都不能为你做。

你一定忙得不记得前天是我们结婚一周年纪念日了，我给你准备了小礼物，等疫情结束了我们再把纪念日补起来。纸短情长，你要保护好自己和肚子里的宝宝，期待下一次的见面，希望不要等太久。

老婆，加油！

为你自豪的老公
2020 年 2 月 16 日

并肩抗疫的妻子写给丈夫的家书

当看到生命被拯救，就觉得一切都值得

● 四川省宜宾市南溪区中医医院远程医学会诊中心医生　陈敏

> 【家书背后】这对夫妻在同一个医院，却分隔在两个院区，甚至没有时间聊聊心里的紧张、担心和思念，4岁的女儿也只能交给孩子的外婆照顾。因为疫情，从大年三十开始，丈夫唐天海就在医院安排部署防疫工作。同样身为医生的妻子陈敏尽管不在发热门诊，也在大年初二返回工作岗位。随着医院远程医学会诊中心和南溪区凤凰医学观察站的建立，陈敏和唐天海连见面的机会都没有了。陈敏写给丈夫的这封家书，唐天海是在去开部署会的路上匆匆看完的。谈起看到信的心情，唐天海只说了两个字："想哭。"

2020年1月24日，大年三十，在老家的团年饭，你迟到了。

2020年1月25日，大年初一，早上，女儿敲开了我们卧室的门，说："爸爸，妈妈，新年快乐！"可是你已经去了医院，我只能把女儿抱上床，说："宝宝，爸爸去给医院的叔叔、阿姨们说新年快乐了。"愿每个人都有机会给亲人说一声新年快乐。

2020年1月25日，大年初一，下午，妈妈已经做好了晚餐，你却急匆匆出了门，只说了一句，有个病人需要会诊，我已明白所有，只能随后给你打一个电话说一声"记得戴口罩"。

2020年1月25日，晚上8点，我把晚餐送到医院，走路回到家中，问你是否已吃饭，你只说了句"在开会，等会儿吃"便挂了电话。我当然知道你们要忙什么，要讨论如何组织本院医护人员学习关于新冠肺炎的知识，如何安排发热门诊、预检分诊、隔离病房等一线岗位，制定发热病人的就诊流程、急预案，还有在保障医疗质量的同时还要考虑如何保障所有医护人员的安全……

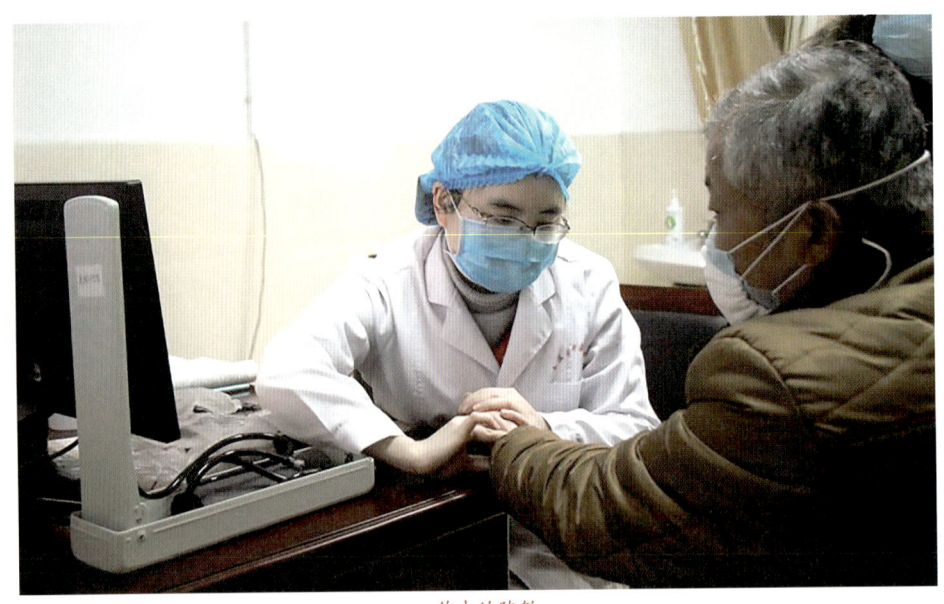

工作中的陈敏

2020年1月26日，全院职工取消春节休假。

2020年1月30日，医院党总支召开党员动员大会，将组建先锋模范岗，你在会后第一时间回到办公室写下你的请战书。截至2020年2月1日，共34名党员、3名入党积极分子及95名共青团员递交了请战书。

2020年2月1日，早上8点，由你担任主任的疫情联防联控共产党员·共青团员先锋模范岗正式成立。

2020年2月2日，你负责了隔离病房工作，说近段时间不会回家。女儿抱抱你，说："爸爸，我们等你回家。"真正的亲情，大致就是如此，明知道会担心，也要忍住，明明不想你离开，也要笑着送你走。

84岁的钟南山院士第一时间奔赴武汉，一支支主动请缨奔赴武汉的"逆行者"们，都在用百分之百的自己，去换取疫区人民可能的好转、痊愈的机会。支撑他们走下去的是什么？我想是深入骨髓的救人的使命感，是扶危度厄的医者担当。毫无疑问，他们每个人都称得上这场无声战斗中的英雄。但是，除了作为医务人员和共产党员的身份，他们同时也是普通人，如你我一般，是别人的孩子、丈夫、妻子、父亲、母亲，他们也都是血肉之躯。除了工作时的坚毅果敢，也有柔和脆弱的一面。电影里总是只展示了英雄们勇敢的、

陈敏写给丈夫的家书

不畏生死的一面，大多回避了他们作为普通人的一面，或有意或无意。但现实生活却不会给我们软弱的机会，作为一名医务人员及医务人员的家属，我深知医护人员从来都不是什么白衣天使，也没有什么天佑中华，也没有什么超级英雄，不过是一个个普通如你我的医护人员、武警人员、街道办事处人员、建筑工人、志愿者等，带着十足的善意和不屈的坚韧精神，带给了这个世界光和热。医护人员及其他所有现在正奋战在一线的人员，我相信他们并不是一开始就是英雄，或喜欢被称为英雄，只需要大家的尊重和一句发自肺腑的"辛苦了"，当看到生命被拯救时，就会觉得一切都是值得的。

立春已至，回暖可期，愿美好纷至沓来。

2020 年 2 月 4 日立春时节书

一位基层党员干部在疫情期间写给妻子的家书

有你在我身后,我愿披荆斩棘,守护这座城

● 西北地区的一位基层党员干部　褚政

> 【家书背后】面对突发的新冠肺炎疫情,作为应急管理部门公职人员的褚政冲锋在前。虽然不久前的一场车祸导致他肋骨骨裂,医嘱需卧床静养,但他冒着大雪赶赴单位。在药店上班的妻子疫情期间工作也更加繁忙,回家还要照顾生病的孩子,一度忙到崩溃,忍不住在电话里跟他抱怨。在大家与小家的平衡间,褚政有过为难和纠结,但更多的是作为一名公职人员的责任与担当。他写给妻子的家书中,传递了家人之间的爱与担忧,也展现出冲锋一线战胜疫情的决心。

致吾妻:

接到你的电话,听到你崩溃的哭声,我心里很不是滋味,奔波了一天,已经很疲惫的我,竟失眠了。

大年初一的晚上,我接到通知,被告知由于新型冠状病毒肺炎疫情形势严峻,单位取消休假。看着窗外茫茫大雪,我发愁了。为了不让你和孩子担心,第二天我悄悄出门,只告诉你要去工作。

由于晚上的大雪,凌晨五点的街道冷冷清清,没有一辆车愿意载我去单位,真是病毒封城,大雪封路。我突然发觉平时被你们嫌弃的那辆小破车有多么重要,尽管此时它还由于前几天的车祸孤零零地留在交警大队。

等了一个多小时,才等到一个司机愿意带我去单位。到了单位,我便和同事一起投入这场疫情战中,期待和往常一样,打一场漂亮的阻击战,然后回去陪你和孩子。

我们单位所负责的是市里的南街辖区,占了2/3的主城区、2/5的城市居民、

4/5 的机关单位,流动人口多,管理难度大,是整个城区疫情防控的重中之重。在全体职工的紧急安排会上,党工委书记郑重地说:"考验我们党员干部的时刻到了,考验我们全体干部职工政治站位、为民情怀、责任担当甚至人品德行的时刻到了,我们必须到一线去。"

从正月初三开始,我们几乎所有人都下到社区,双捆绑、双组长、网格化、地毯式;宣传、摸排、管控,不剩一户,不漏一人。这时候,我才发觉这场抗疫战远比想象中要艰难。我才知道,原来女儿并不是夸大事实,她哭着闹着让我们出门戴口罩是正确的,她发烧后的恐慌并不是无病呻吟。

我担心你所在的药店过两天也会忙个底朝天,你身体素质那么差,每天接触那么多病人,万一感染了病毒怎么办?孩子体内的带状疱疹还没有治疗彻底,要是再这样烧下去,会不会被当成病毒感染者?但,奈何,我要和我的同事们,并肩而行。

随着武汉的感染人群快速扩增,湖北乃至全国的疫情形势愈加严峻。正月初五、初六、初七、初八,我和同事们一起,从早晨再到早晨,大家都在跑,

拼命地在跑，没有人喊累，也没有人请假。

正月初九时，全国的感染病例数字已让人揪心，而这座藏在黄土高原下的小城也没能幸免，随着南面县城一例病人确诊，我们的压力也越来越大。对于我们来说，只能用无言的责任、无声的行动、无限的能量，加把力，加点油。

从正月初十开始，中央疫情防控指示再次升级，正如新闻所说，这场人民战争没有硝烟，却战况愈烈。我们都很紧张，严格执行"一律管控，设立监测点，消毒、排查，进行出入检测、登记"的命令，要尽最大努力让自己所在辖区的305个小区不失守。单位同事们24小时换人不换岗，轮流值守，力求盯死看牢，防输入、防扩散。居民出入通行证发下去后，规定每户两天只能出入一人，我们便更严、更快地去执行，力求每个人都必须到位、到位、再到位！

说实在的，我们只是基层的一名工作者，平常做好自己分内的事情就好，家庭占据了我们生活的大部分；但当这次疫情真正肆虐时，我们才感受到了自己身上不一样的分量、责任和担当。

中午，在吃饭的间隙听到一名年前刚休完产假的同事给自己老公打电话："我这几天太忙，顾不上娃，走的时候他有点受凉，你注意给娃喂药……"

我拿出手机看了看，每次稍有空闲时就会发微信告诉我家里情况的你，已经好几天没有消息了，也不知道女儿的带状疱疹有没有控制住、父亲的高血压有没有再犯。当拨通你的电话后，响了很久也没人接听。

接到你回拨的电话，听出你声音中的疲惫，我已经猜到，在这几天你们药店肯定太忙：抢口罩，抢消毒液和酒精，抢双黄连。你可能受委屈了。电话一通，便听到你吸鼻涕的声音，我还未开口，你就开始抱怨，边哭边抱怨这疫情什么时候结束，后面我只能隐隐听出什么同事都有人帮忙，人家老公怎么了，自己一个人顾不过来，孩子晚上发烧自己心疼又疲惫……

我知道，连日的负能量压得你喘不过气，（我能想象）每晚女儿发烧时你的无助，平常我在家你习惯了依靠我，这个时候，当病毒传到我们西北的小镇，每个人都变得敏感而胆小，你上班时要做病人的守护神，下班后还要做孩子的定心针，我却只能听着你的抱怨与委屈，说不出一句话，帮不上一点忙。车祸时骨裂的肋骨扯得我心脏也隐隐作痛，这么多天的忙碌，我已经习惯了这疼痛，这时候，却疼得我仿佛喘不过气。我刚要说什么，你挂断了电话。

我想，要不我请假吧！前几日车祸的病假单还未递上去，医生开的证明也还在口袋。我回家吧！母亲昨天也打电话告诉我，九十多岁的父亲高血压晕

倒在卫生间。多日的连轴转，焦虑的妻子，恐慌的孩子，明天就请假吧！

当时我真有请假的念头，可在疫情面前，每个人都有自己的难处，我不能做一名逃兵啊。非常时期，重大灾难，考验每个人，我不能只顾小家。就这样，我万般为难和纠结，辗转反侧。我不知你是否和我一样，难以入眠，但在半夜时候，收到你发来的微信消息："家里有我，安心工作，你要对得起自己的工作。"

说实话，看到你这寥寥几句话，我突然想起在微信上看到的一句话：时代的一粒灰，落在个人头上，就是一座山。我相信，这个世界一定会好的，到时候，我要亲手为你做顿饭，感谢你，我坚强的后盾！

明天一早，我就扔掉那张病例证明，有你在我身后，我愿披荆斩棘，守护这座城！

丈夫　褚政
2020年2月19日

来自武汉方舱医院的情书
等我平安归来，我们就结婚

广东省清远市人民医院护士　林家铭

【家书背后】2020年2月9日凌晨，在收到医院招募支援湖北抗击疫情医护人员的紧急通知后，正准备睡觉的林家铭想都没想，直接报名。时间紧急，当天下午便要奔赴武汉，同为医护人员的女友杨晓敏虽然舍不得，但也明白有些事一定要有人去做，细心地为林家铭准备行李。来到武汉的第18天，林家铭为女友写下这样一封信。

亲爱的小胖丁：

不知不觉来到武汉已经18天了。

此刻的武汉市东西湖区阴天13℃，清远市清城区多云29℃。此刻的我坐在窗边为你写下这封信，你说你今天调去呼吸内科二区上班了，不知道你是否习惯？当初我报名来湖北支援的时候，一开始你不同意，你说不要我那么伟大。我和你说我不想成为英雄，我只想疫情早点结束。就像当初我们医院成立新型冠状病毒肺炎护理应急防控小组，你分到了危重症护理小组第二梯队（时），我为你担心一样。其实我们都是职责所在，这些事总要有人去做。

还记得那天你边为我收拾行李边哭的样子。出发时即将上车的那一刻，你又哭了，我们手牵着手，竟相对无言。好像柳永词中所写："执手相看泪眼，竟无语凝噎。"最后我开玩笑和你说："奈何七尺之躯，已许国，再难许卿。"没有"风萧萧兮易水寒，壮士一去兮不复返"的悲壮之感，因为你知道我们都会平安归来。

来到武汉的第2天，你和我说："玲珑骰子安红豆，入骨相思知不知。"

来到武汉的第3天，你和我说："想你时，人人都像你，但都不如你。"

来到武汉的第4天，医院组织了慰问座谈会，给我们送来了千里之外特殊的家书，你说我是你的英雄，你在清远等我回来。

那几天我们都在上课，培训，练习穿脱防护服，为入舱工作做最后的准备。

来到武汉的第6天是情人节，你说你给我准备了情人节礼物，本来2月初就想好给我的惊喜，现在只能等我回去再收了。

"思念如马，自别离，未停蹄。"

来到武汉的第7天，下起了2020年的第一场雪，北国风光，千里冰封，万里雪飘，天气异常寒冷，在舱内工作的我冻得瑟瑟发抖，差点坚持不下去的时候想起了你，你说我是你的英雄，后面我就挺过来了。

下班出舱后，看到整个城市白雪皑皑、银装素裹、粉妆玉砌的，内心也挺兴奋的，毕竟南方人第一次看到下雪的美景。

"何时杖尔看南雪，我与梅花两白头。"要是你在就好了。

来到武汉的第8天，雪已经开始融化了，我和你说："你是千堆雪，我是长街。最怕日出一到。"

来到武汉的第10天，今天上班遇到一位和我一样姓林的阿姨，听说我未婚，很热心地说要给我介绍个武汉的姑娘。我拒绝了，哈哈。其实舱内的患者都很好，武汉人民很热情，和他们沟通毫无压力。

来到武汉的第11天，你问我疫情结束以后最想干什么。我不知道，因为疫情还没结束，我没思考过这个问题。

来到武汉的第12天，你问我为什么不和你说工作辛不辛苦，因为我不想让你担心。

来这里上班之前我们大家都做好了吃苦的准备，我们在方舱医院上班不算辛苦，那些在最前线的重症监护室与死神抢生命的医护人员才叫辛苦。在这里上班真正做到了两点一线，每天除了上班，就是待在酒店房间，哪里都不能去。所以就算你在这里，也见不到我帅帅的样子啦。

你说我多么注意形象的人，以前出门取个快递都要穿得酷酷的，现在每天出门上班帽子口罩一戴，谁认识我啊。

来到武汉的第14天，看着我那被口罩、护目镜压得通红的鼻梁，你心疼地叮嘱我做好保护，注意保暖，你知道我最怕寒冷的冬天。

来到武汉的第15天，你问我什么时候回去。

"君问归期未有期，巴山夜雨涨秋池。"

来到武汉这么多天，我想你应该也和我一样，开始想念我们以前在一起的那些小日子了。

想念在我们租的小房子里面，我为你讲解天文地理，出口成章，把你忽悠得一愣一愣的时候，你总是一脸崇拜地看着我，说我有文化。其实我都是唬你的，就我这点文化，也只能骗骗你，但是你依旧听得很开心。

想念我们一起下班的时候去菜市场买菜，回去的时候我大展厨艺，你每次都吃得津津有味，夸我做的菜比外面的还好吃。

想念我们一起骑着我们心爱的小电动到处兜兜风，你带我去每个我不认识的地方。

想念你穿上你最喜欢的裙子，"撸"上美美的妆，而我穿上心仪的白衬衫，和你去江边散散步，去北门街吃路边摊，去新翼吃你最喜欢的蛙小侠，去我们走过的每一处风景。

"愿有岁月可回首，且以深情共白头。"

来到武汉的第 17 天晚上，你问我有没有想过什么时候和你结婚。

这不是你第一次问我这个问题了，而我每次的回答都让你不满意，那天晚上也是，我的回答又一次让你失望了。

"世间安得双全法，不负如来不负卿。"

疫情还未结束，我不敢和你承诺太多，因为我怕在这里万一我被不幸感染了，或者有其他的意外，兑现不了承诺。

但是现在我可以答应你，等疫情结束，我安全回去之后，我们就结婚，带你去你一直想去的地方旅游，带你来这座英雄的城市看看樱花，吃吃热干面。

"既许一人以偏爱，愿尽余生之慷慨。"

回想我们这么多年的爱情长跑，有欢笑有争吵，谢谢你在我一无所有的时候不离不弃，谢谢你一直的等待，虽然你总说我没有像以前刚谈恋爱那会那样爱你了。其实我一直都没变。

最好的爱情不是和未知的人一起去做同样的事情，而是和已知的人一起去体验未知的人生。我们的青春会远去，但是爱不会。

生活会老去，你的少年不会，少年与爱永不老去，即使披荆斩棘，丢失鲜衣怒马。我依旧是你喜欢的那个白衣少年呐。

　　写到这里，已接近深夜，也不知道写些什么了。

　　"相思相见知何日，此时此夜难为情。"

　　不知道多愁善感的你看了会不会感动到哭，只希望你一个人要照顾好自己，不用担心我，这里一切都好，我们很快就能战胜疫情。

　　待到疫情结束日，春暖花开时，我与美好都会如期而至。

　　晚安。

家铭

2020年2月26日

等春来，我们再相拥

● 中国铁路西安局集团有限公司新丰镇机务段运用车间火车司机　柏乐

【家书背后】柏乐是一名普通的火车司机，他的妻子是陕西省人民医院的医务人员。疫情发生后，他们分属不同的"战区"，妻子的战场在医院，柏乐的战场则在铁路运输一线。他们没有相互埋怨，而是相互尊重，因为他们懂得自己的职责所在。为了表达对妻子的思念，柏乐写下这封家书。他告诉妻子，疫情结束后，他要用紧紧的拥抱归还情人节欠妻子的礼物。

亲爱的老婆：

2020年2月14日，是我们结婚周年的纪念日。我从网上买的礼物你却没有签收，还生着闷气对我说："我要的是礼物吗？"当时我很是不解，你却说当你在朋友圈看见我的党员请战书，看到我们单位48名党员、干部向党组织递交了放弃休假、抗击疫情、深入一线的请战书时，你只想我平安归来！而再见面时的拥抱就是我们纪念日最好的礼物。

新年伊始，新冠肺炎疫情肆虐。还记得大年初二，你早早地替我准备好了行装。临行前你又满眼泪花，塞给我家里仅剩的口罩，不断地叮嘱我：工作环境特殊，一定注意做好防护措施，勤洗手、戴口罩，每天记得来电话！

此时此刻，你我分开已一月有余，你应该也在医院中紧张地忙碌着。记得当初离别时你说我在铁路运输行业工作，又是在紧临湖北的南阳，是疫情防控的重点区域，一定要照顾好自己，"我等你回家"。而我又何尝不替你担心呢？你是医护人员，前天听你说陕西省人民医院要组织第二批医护人员赶赴武汉支援，你们科室全员都主动报了名。说实话，听到这个消息时我的心里也是七上八下，但你笑着告诉我："我要向你学习，作为党员的你已经在抗疫一线奋战了那么多天，作为你的爱人，作为白衣天使的我，在国家最需要的时候，

柏乐在铁路运输一线

我也必须要到最需要的地方去。"你还说："新闻上都说了，火锅店都要请医务人员免费吃火锅呢，为了免费的火锅，我能不报名吗？"听到这些话的时候，我的心里酸酸的，但是我还是强忍着泪水说道："媳妇，你真美。我爱你！我们一起加油！"

我在铁路运输一线工作，你在医院工作，我们都默默尊重着对方的选择，因为我懂得职责所在、使命必达。我们分属不同的"战区"，你的战场在医院，我的战场在铁路，不是我们不怕死，只是使命让我们必须向前。不是铁路人与医护人员不怕死，只是担当让我们舍小家顾大家。我们都在一线，都是同行，我们也在一起前行！

我相信没有一个冬天不可以逾越，没有一个春天不会来临。现在我们虽然不能手牵手，却始终能够心连心。等疫情散去，我想2020年的春天会格外烂漫，2020年的花香也会格外芬芳。

你也一定照顾好自己，疫情当前，安心工作。祝我们凯旋！等春来，我们再相拥！

爱你的人 柏乐
2020年2月26日

其实我想告诉你：
我只想要我的英雄平安回家

● 山东省滨州市人民医院重症监护室护师吴萌萌的妻子　房宁宁

> 【家书背后】吴萌萌是山东省滨州市人民医院重症监护室的一名护师，也是山东省第八批支援湖北医疗队队员，于2020年2月9日来到武汉，支援汉阳国博方舱医院。3月8日，是吴萌萌离家支援武汉的第29天。在家的妻子房宁宁十分想念他，但又怕打扰忙碌的老公，于是她以时间轴的方式写下千余字的家书，字里行间全都是对老公的思念和牵挂。

亲爱的老公：

　　一直不敢给你写信，因为知道你很忙，怕打扰到你，只是每天和你通个电话，知道你平安，我就放心了。真是不禁念叨，今天儿子又在问："爸爸打完怪兽了么？怎么还不回来，我想爸爸了。"突然地，我忍不住就哭了。老公，你去武汉已经29天了，全家在想你。

　　2月9日凌晨00：30，你接到医院通知，要去支援武汉。那一夜，我们俩都彻夜无眠，你是因实现自己上前线的愿望而兴奋得无法入眠，而我，担心得要命，不知所措……

　　2月9日，我们给你收拾行李，爸爸妈妈眼睛红红的，他们说你从小没有离开过家，在他们心里，这座城市的英雄远不如这个家的儿子来得重要。儿子问："爸爸要去哪里？"你回答："爸爸要去武汉打怪兽，保护世界和平。"儿子信了，在他眼里，你就和他最喜欢的奥特曼一样伟大。

　　去医院送你，我一路嘱咐你，其实我只是想再多和你说说话，在我心里，你不只是这个城市的英雄，更是我的依靠，我的全部，我孩子的爸。突然有一丝自私的想法，不想让你去武汉，可我知道，你从第一批支援通知下发时

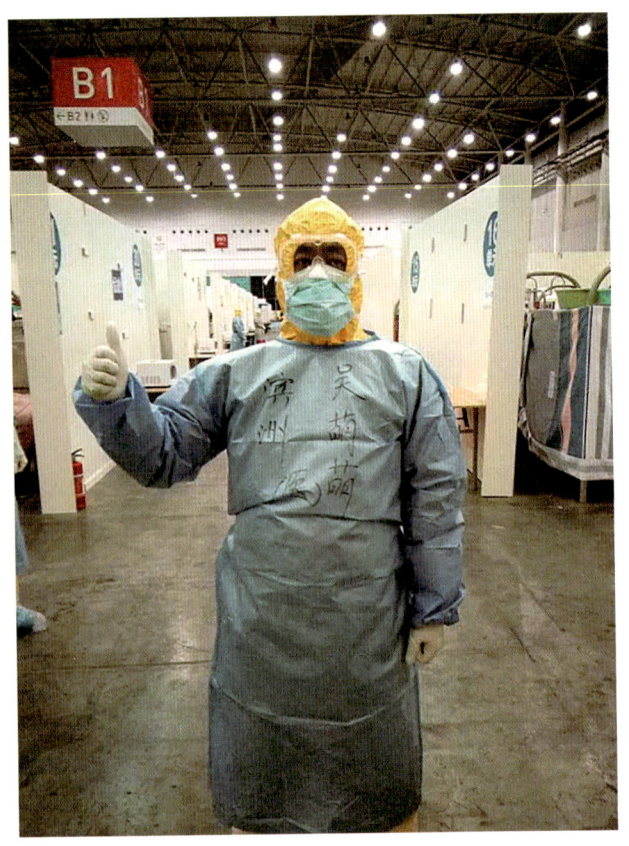

吴萌萌工作照

就开始申请，不止一次地跟我说过想去武汉的想法，我也是一名医护人员，我也有"救死扶伤、逆行而上"的觉悟，我能做的只能是支持你，义无反顾。

2月12日，你去武汉第三天，我变得有些唠叨，不停地问你："武汉的饭能吃得惯么？每餐能配点水果吗？能喝上热水么？防护物资够不够？"你从小就吃不了辣椒，对水果又非常依赖，还不爱喝热水，妈妈让我告诉你在外不比家里，我们不在你身边，你一定要照顾好自己。

2月17日，你刚刚出舱，给你打电话，话语中听出了你的劳累，没敢太打扰你。你走的时候吩咐我照顾好这个家，我一直努力做好，儿子最近还算听话，自己吃饭，自己穿衣服，还学会了三首唐诗，要背给你听。妈妈最近血压不稳定，我找主任给她调了药，爸爸血糖好多了，还是不让他吃甜食，你放心好了。你走了以后，医院领导经常来慰问我们，团委每天来送菜，你的同事也经常给我打电话问我需要帮忙么。反正，家里一切都好，你不用太牵挂。

2月19日，今天我和儿子跟你视频，一见面，儿子吓了一跳，而我顿时泪如雨下，仔细看看你，鼻梁已经破了，整张脸沟沟壑壑全是护目镜压的坑，以前你最宝贵的头发，今天再看已经推光了。你还问我：是不是更帅了？我心痛得无法呼吸，你从来没跟我说你在前线多么辛苦，你只说你过得很好，天知道你经历了什么。从小没吃过苦的你，突然一下子长大了。我擦干眼泪对你说："老公，你就是全天下最帅的……"

2月21日，你给我打电话，高兴地就像个孩子，你们汉阳国博方舱医院第一批患者53人顺利出院，你们医疗队取得了阶段性的胜利。从未打电话超过3分钟的我们那一天打了半小时，你在眉飞色舞地讲述，你是如何做的防护，如何治疗的患者，如何从一句不懂到现在可以说好多流利的武汉话，你还跟我说，你认识了一个叫"汪洋"的阳光大男孩，他不仅是一个新冠肺炎的患者，也是一个爱心爆棚的志愿者，你们都非常喜欢他。我知道，你实现了自己的价值，你喜欢在前线的这份工作。同时，我也知道，武汉的人民也和我们大家一样，喜欢你，尊敬你，对你也有了牵挂。

2月28日，我们每天都在关注有关新冠肺炎（疫情）的新闻，想听到你们在前线的消息，也许，没人比我们这些家属更想让这场疫情更早地结束。我们可以捐潍坊的蔬菜、聊城的钢材、青岛的矿泉水，但是，我们的"老公"，我们的医护人员是借的，请一定让他们平安回家。

3月7日，你离开家已经整整27天了，告诉你一个好消息，咱们滨州最后一例新冠肺炎患者康复出院，滨州的这场"防疫战"我们最终胜利了。想第一时间告诉你这个消息，知道你一直牵挂咱们的家，可是知道你还在工作，就给你微信留了言。你回复我说：今天去方舱的时候路过公园，看到樱花已经开了，小草都发了芽，春天快要到了，我们就要胜利了。我知道，你们终将会打赢这场没有硝烟的战争，很快，你就会凯旋。我已经为你换了新的被褥，家里也焕然一新，就等着我们的英雄回家。

3月8日，以前你总说你喜欢武大的樱花、蔡林记的热干面，还有文化古迹黄鹤楼，没想到，第一次去武汉，却是以这种方式。没关系，你们是武汉这座城市的英雄，无论何时去，武汉政府都会以"英雄的礼仪"迎接你。我答应你，以后每年都会陪你去一趟武汉，去看看你战斗的地方，听你讲前线的故事，还要感谢你，送给我这辈子最大的荣耀——"英雄的妻子"。今天是女神节，你说祝我节日快乐，你问我想要什么愿望，我说我怕说出来就不灵了，其实我想告诉你：我只想要我的英雄平安回家。

你的妻子　房宁宁

2020年3月8日

爱是奉献

宝贝
你听，呼救的铃声又响起
你看，警灯又在闪烁
不会飞翔、没有超能力的超人们又要
逆行而上了

北京援鄂护士家书传递牵挂

武汉有许多孩子在等着妈妈

● 北京市首都医科大学宣武医院普外科护士　郭京

> 【家书背后】首都医科大学宣武医院普外科护士郭京于2020年1月27日紧急驰援武汉，已多日未见12岁女儿的她，在前线写下这封家书。她用家书表达对爱人的爱与牵挂，传递鼓励和惦念。

宝贝儿，推门离家的时候，
我分明看到了你眼中的哀怨。
我知道你在怨我，
怨我出发得太匆忙，没有给你留下一丝的准备时间，
怨我好容易盼来的几天长假，没想到却是更长的分别。
但是，宝贝儿，
妈妈很急，因为妈妈知道在武汉有许多的孩子在等着妈妈。
你要知道，疫情就是命令！
妈妈别无选择，也责无旁贷。
宝贝儿，视频接通的瞬间，
我一眼看到了你急切的脸，
我知道你在惦记着我。
听着你喋喋不休地说着写完了这项作业，看完了那本书，
宝贝儿，我是多么地为你骄傲自豪，
因为我知道你是懂事自律的孩子，更有一颗善解人意的心。
宝贝儿，我和爸爸并不期望你将来能做出多么轰轰烈烈的大事，
只希望你能脚踏实地地做你想做的事，

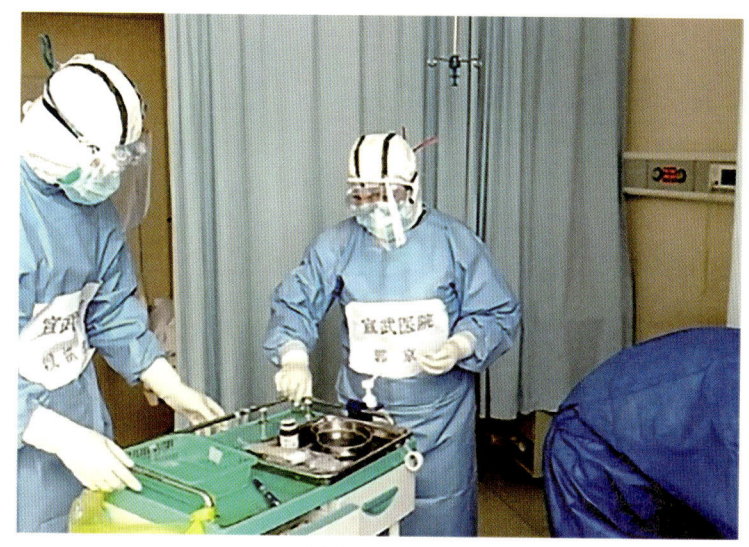

工作在武汉一线的郭京

努力去实现自己的梦想,保持一颗善良的初心。
遇到别人需要帮助时,伸手扶持,
碰到国家有难时,绝不退缩!
今天,
在武汉,
有许多许多和妈妈一样"一袭白衣做铠甲"的叔叔阿姨,
我们都在为实现入职时的宣誓而奋斗着——健康所系,性命相托!
我们也在实现着自己的梦想。
宝贝儿,希望你能够理解妈妈。
今天立春,春天来了,花开还会远吗?
宝贝儿,相信妈妈,
用不了多久,我们就会凯旋。
到那时,
我们再一起剪窗花、跳长绳,
看你喜欢的电影,聊你崇拜的偶像。
等着我回家,我的宝贝儿!

妈妈 郭京

2020年2月4日

在天使面前，一切魔鬼都会烟消云散

● 空军军医大学西京医院 ICU 主任张西京和儿子张颢瀛

【家书背后】空军军医大学西京医院 ICU 主任张西京是国内知名的重症医学专家。除夕那天，作为第一批援鄂医疗队队员，在出征誓师大会上，张西京作为医护人员代表坚定地表态："我党龄28年，入伍32年，又是科室领导，我不上谁上。组织选择了我，我一定不辱使命！"在武汉市武昌医院，张西京是进入重症监护室次数最多的人。张西京出征以后，儿子张颢瀛每天都守在电视机前关注着武汉的消息，并将自己对爸爸的思念与关心凝聚在家书《致敬我最爱的爸爸》里。2020年1月28日，家人终于在央视新闻联播里看到了他。虽然略显疲惫，但谈起医疗队的工作，张西京还是一如既往地平静自若，言语中充满着阳光与力量。

张颢瀛：将来也想当勇敢的解放军

爸爸：

除夕那天，您凌晨被电话叫醒，整整一天都在接打电话、整理行装、开会，晚上匆匆吃完饺子，义无反顾地离开了家。本来说要去济南和姥姥、姥爷团聚，这个愿望也破灭了。家里只剩下我和妈妈，我既担心又害怕。可妈妈跟我说："爸爸是军医，服从命令是本职，救死扶伤是天职，我们应该支持爸爸，做爸爸的坚强后盾！"她虽然这样说，但有一天，看到您穿着厚厚的防护服、戴着充满雾气的护目镜出现在电视里时，妈妈和我都心疼地哭了！但看到两个奶奶治好病出院，向镜头挥手鞠躬、说感谢解放军的时候，我和妈妈又笑了，我们是那样的开心、激动和自豪！我突然理解了为别人付出也是一种快乐，我将来也想当勇敢的人民解放军！爸爸，加油，等打败了病毒，我们再团聚！

张颢瀛

2020年2月4日

张西京:在家替我保护好妈妈

儿子,爸爸一切都好,你在家要替我保护好妈妈!疫情是魔鬼,但爸爸和战友们都是白衣天使。在天使面前,一切魔鬼都会烟消云散!

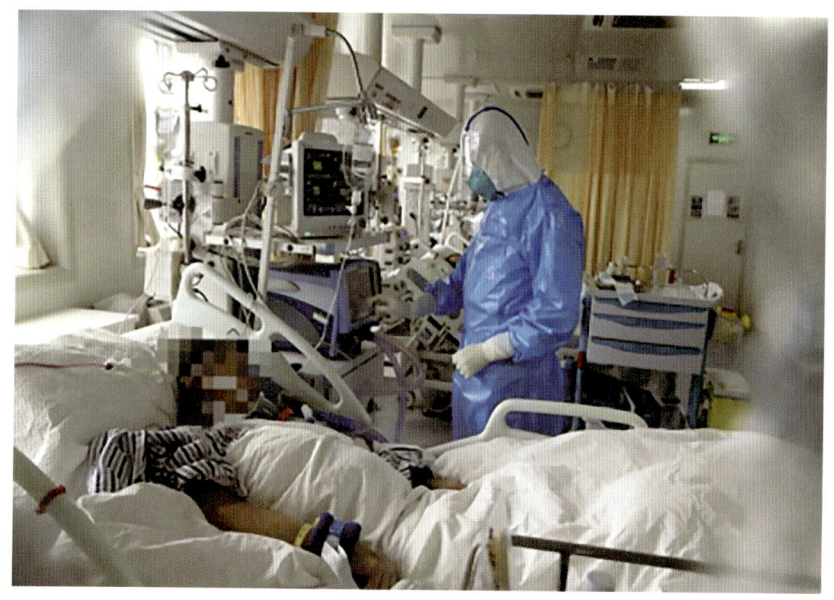

张西京工作中

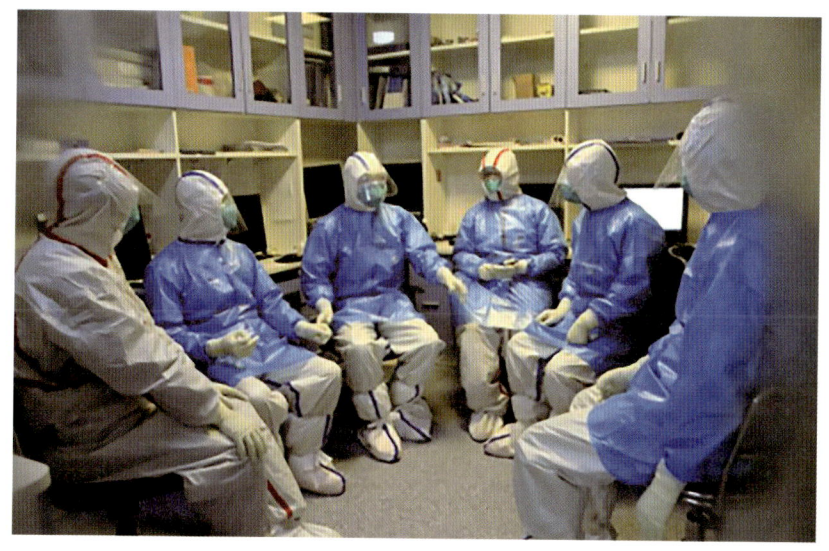

张西京和同事们在武汉市武昌医院

妈妈，我已经 4 天没有见到你了

● 湖南省郴州市临武县融媒体中心新闻部主任李艳玲的女儿　周苡朵

【家书背后】这是一个 7 岁的孩子写给自己奋战在新闻一线的妈妈的信。2020 年 1 月 24 日，已经连续工作了 11 天的临武县融媒体中心新闻部主任李艳玲播报完新闻之后，以为可以回家好好地休息，陪陪孩子。但是，她接到了单位因新冠肺炎疫情蔓延，必须坚守一线的通知。于是她放弃和家人团圆的机会，继续坚守工作岗位，负责记者调度、新闻编辑、新闻配音上镜等多项工作。7 岁的女儿见不到自己的妈妈，于是通过写信这样一种方式表达对母亲的思念。

亲爱的妈妈：

今天已经是正月初三了，可是一直等不到你陪我一起过年。我现在真的很想你！我知道你工作很忙，可是我从来没想过你会忙得停不下来，甚至没有时间陪我过年。记得放寒假的时候你就跟我说："女儿，妈妈过年前很忙，没时间照顾你，你先去郴州跟爷爷奶奶住一段时间，快过年时我一定把你接回来。"是的，你是把我接来了，可是你人却不见了。从大年三十那天我就没见到你了。爸爸告诉我，你下班回来我已经睡觉了，你去上班的时候我还没起床。妈妈，你为什么这么忙呢？难道你是一个没有假期的妈妈吗？

我从电视新闻上看到这段时间新型冠状病毒感染的肺炎（疫情）很严重，我就知道你又去弄宣传了。现在每当我想你就只能看看你播

女儿周苡朵写给妈妈的信

李艳玲和女儿周苡朵

的新闻。很多时候我在想：别人的儿女有自己的母亲陪，为什么我不能让母亲陪我呢？不过，在电视上能看到你，我也很开心了。我知道妈妈做的事是有意义的事。好了，最后想对你说：妈妈我想你了！祝你健康平安！

你可爱的女儿　周苡朵

湖南医生写给儿子的家书

妈妈为你们准备好了年夜饭，在冰箱里

● 湖南省郴州市第二人民医院（市传染病医院）感染病诊疗中心主任　曹晓英

【家书背后】曹晓英医生是郴州市第二人民医院（市传染病医院）感染病诊疗中心主任，有30年的传染病医学经验。曹晓英要进入抗疫一线，因为担心妈妈的安危，儿子曾和她闹情绪。儿子今年会带女朋友回家过年，本想一家人团聚过春节，可是突然而至的紧急疫情使团聚的事情搁浅。曹晓英虽然不能和家人一起共度春节，但她已经为家人准备好了年夜饭放在冰箱的冷冻室里。在进入隔离病房前，曹晓英给儿子写了一封家书。

儿子：

展信佳。妈妈还是决定要进隔离病房。没有听你的话，跟你道歉。

那晚电话争吵中你说："现在形势严峻，医院的医生都可以上，为什么你这个快退休的人还要进隔离病房上一线？这不是拿自己的生命开玩笑嘛！"我知道，这是你对我的关心和担心，但我还是希望你能理解我，这是妈妈的职责和使命。

儿子，人生不应该是求得安

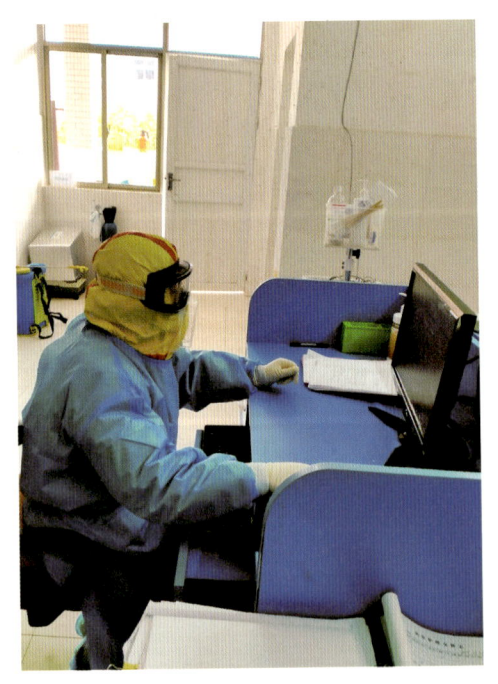

曹晓英在抗疫一线

曹晓英写给儿子的家书（局部）

逸，有奉献才能体现人生价值，晚年亦复如是。

儿子，妈妈选择了医生这份职业，就注定我们聚少离多。三十年前，我就与传染病结下不解之缘。你见过患了传染病的病人及家属看我的目光吗？那里面透出的是对医生的信任、对健康的追求、对生命的渴望，在他们眼里，我就是他们生存的希望。我深知传染病给人们带来的痛苦和折磨，我毕生的愿望就是消除这种痛苦和折磨。对不起了儿子，我们短暂的别离是为了千家万户的欢声笑语，等这次疫情平息，妈妈答应你，尽可能地多陪陪你。我相信你能理解的，是吧？

儿子，请你放心，妈妈和同事们都有信心也有能力打赢这场没有硝烟的阻击战。手足口（病）、人感染禽流感、埃博拉出血热、鼠疫、艾滋病，我们都打赢了，而且赢得漂亮！

儿子，说不怕是假的，但在使命面前，"害怕"这个词必须放下。虽然今年我已56岁了，但妈妈是临床一线骨干，又是一名老党员，我必须扛起自己肩上的职责，必须义无反顾！

儿子，你说今年会带女朋友一起回家过年，妈妈很开心，因为你真的长大了。这些年妈妈总是忽略你的成长，没想到一晃你已经是要准备进入人生下一阶段的大人了，我很是欣慰。想想平时你总爱开玩笑说我是"三不管"：不管家、不管仔、不管自己，但今天不一样，妈妈已经为你们准备好了年夜饭，放在冰箱的冷冻室，你们回来热热就能吃，我就不陪你们过年了，替我向小玲道歉！

儿子，纸短情长，妈妈要准备穿防护服了。你放心，我会加倍小心。

乖孩子，现在换你守护这个家，妈妈要去守护自己的阵地了。"使命必达，在所不辞"，这是妈妈对你的承诺，也是妈妈对党和人民的承诺。

妈妈　曹晓英

您一直是令我骄傲和自豪的父亲

● 青海省监狱管理局中心医院（青海红十字医院）综合 ICU 主任孟建斌的儿子

【家书背后】孟建斌是青海省监狱管理局中心医院（青海红十字医院）综合 ICU 主任，也是青海医疗队驰援武汉疫区医疗分队的队长。在万家团圆之际，孟建斌听从使命召唤，带领 17 名医务人员于 2020 年 1 月 28 日奔赴疫区执行任务。下面是孟建斌的儿子 1 月 27 日写给他的一封信，言语虽短，但从中不难看出孟建斌及其家人在面对疫情时的思虑和抉择。

致父亲：

昨日，青海第一批医疗支援队即将出征武汉第一线的消息突然传来，直到今天您即将出发，赶赴战场，我还感觉像在梦中一般。在得知消息后，虽心中有很多想法，但不知如何言说，作为人子，虽不愿您前往，但也明白这是您的责任与坚持。你们是英雄，是中国的骄傲，国难当头，你们毫不犹豫、义无反顾，不顾自身挽救他人生命。有些话平时不好意思说出口，但您一直是令我骄傲和自豪的父亲。我们为这最美的逆行祈祷，愿您在武汉照顾好自己，保护好自己，在拯救他人的同时一定要保证自身的安全，儿子在家中等待你们的胜利归来！

医生加油！青海加油！

武汉加油！中国加油！

爱您的儿子
2020 年 1 月 27 日

青海援鄂医疗队部分队员合影（图中扛旗者为孟建斌）

贵州8岁小朋友给抗疫一线的妈妈发新年红包

我们一直相信你

● 贵州省黔东南苗族侗族自治州天柱县中医院护士唐琼琼8岁的儿子

【家书背后】唐琼琼是贵州省黔东南苗族侗族自治州天柱县中医院的一名护士,作为预备党员,她在大年三十主动请缨前往天柱县一线抗疫。2020年1月26日晚8时许,该县一执勤点拦截到一辆车,车主一家三口是1月8日从武汉回家过年的,唐琼琼立即对他们进行体温测量,体温显示正常。但该车车主说他因为身体不舒服,正驾车从村里到县医院检查治疗。"当时防护条件有限,工作人员没有穿防护服,只戴了口罩,我们又不能排除那一家三口是否感染新冠肺炎",唐琼琼等人担心受到感染,就到县中医院自行隔离观察。那时已是深夜12点,她给父母打电话说明了事情原委,让父母和孩子早点休息,不用担心。第二天一早,唐琼琼收到了8岁儿子特别的新年红包,红包里是一张小纸条及一张100元人民币。

8岁的儿子给妈妈唐琼琼的新年红包

妈妈祝你早日好,早点和我们团jù(聚),我们一直相信你。

湖南省疾病预防控制中心应急机动队队员写给女儿的家书

这会成为你成长路上重要的洗礼

● 湖南省疾病预防控制中心应急机动队队员　丁力

> 【家书背后】丁力是湖南省疾病预防控制中心应急机动队队员，其妻子在湖南省人民医院从事微生物检验工作，夫妻二人均参加过2003年的"非典"防控工作。如今，在抗击新冠肺炎疫情的关键时期，夫妻二人随时准备奔赴抗疫一线，作为父亲的丁力给女儿写下了一封感人至深的家书。

亲爱的女儿：

　　你好！

　　这个春节，相信你过得并不如意。我们全家酝酿已久的旅行计划被迫取消了，接踵而至的是你一直想看的贺岁电影《中国女排》《姜子牙》退出了春节档期，爸爸妈妈也不能陪伴在你身旁，相继返回工作岗位，你被要求不能独自外出逛街，只能待在家中。在你看来，这真是有史以来最无聊的春节了！

　　这个春节，一场突如其来的流行性疾病——新型冠状病毒肺炎，自荆楚大地而起，波及全国。我们生活的许多方面似乎都被打乱了。出乎我们意料的是，你开始主动关注身边发生的一切：每天晚上7点，准时收看中央电视台的《新闻联播》，特别留意关于疫情发展的每条新闻。每天早上，起床后就询问我："爸爸，昨天我们湖南又增加了多少例新冠肺炎病例？"每晚你不仅限定玩IPAD游戏的时间，你也会打开"新湖南""澎湃"等新闻APP来查阅与新冠肺炎相关的专题新闻……

　　让爸爸妈妈更加意外的是，当你知道爸爸妈妈的工作和这次疫情息息相关之后，你主动要求了解我们工作的方方面面。孩子，爸爸的工作单位是湖南省疾病预防控制中心，也是全省公共卫生机构的业务指导、技术考核和专业人员培训中心。妈妈在湖南省人民医院上班，从事微生物检验工作，主要任务就是对包括新型冠状病毒在内的致病性微生物进行甄别……爸爸妈妈口里这些略显枯燥的话语，你居然听得仔细，记得认真。这让爸爸想到以前跟你说过的辩证法原理——世界上一切事物，都具有两面性。这场公共卫生事件虽然打乱了我们的生活，但已然成为你公共卫生知识的启蒙！

2003 年，爸爸妈妈亲身参与了"非典"防控，至今记忆犹新。那场轰轰烈烈的抗击"非典"战役至今被广泛视为公共卫生事业重要里程碑。一晃十多年过去了，我们国家的公共卫生事业也经历了诸多发展、变化。这么多年来，甲型 H1N1 流感、H7N9 型禽流感病毒不断袭来，疫情防控、疾病诊治等公共卫生事业屡迎大考，好在各方合力用时间和实践一次次交上了满意的答卷。

这次，你也深刻地感受到：在以习近平同志为核心的党中央领导下，全国各地全面动员，投身这场必须打赢的疫情防控阻击战。全国上下全力开展救治感染患者、切断传染途径、保障物资供应等工作，对疫情重灾区的湖北八方驰援、同舟共济。人民生命重于泰山，疫情就是命令，防控就是责任。相信我们一定能早日赢得这场看不见硝烟的战争！

从电视和网络上，你被数不清的和病毒直接做斗争的"白衣战士"们的优秀事迹而感动不已。虽然爸爸也是单位的公共卫生应急机动队队员，大年初二就返回单位守岗待命，妈妈在春节轮班两天之后，也在时刻准备走入医院重启的发热门诊，面对面地和病毒做较量，但是和那些战斗在一线的医界同仁相比，我们做得还远远不够，爸爸妈妈会以他们为榜样，兢兢业业做好本职工作，随时准备走上抗击疫情的前线。

孩子，爸爸妈妈对你的爱是深厚的，我们希望看到你一步步地健康成长。从这短短的十几天来看，你的变化让人惊喜，我们感到很欣慰。你从最开始的满腹牢骚到现在能感同身受，成长是明显的。一个人在成长过程中必然要经过许多挫折，希望你通过这场新冠肺炎疫情，对我们伟大的党、伟大的祖国、伟大的人民，对公共卫生这个行业有更进一步的认识和体会，这一定会成为你成长路上一次重要的洗礼！

永远爱你的爸爸妈妈
2020 年 1 月 27 日

湖南高二女生写给奋战在抗疫一线父亲的家书

你拿你的奋不顾身，换来我的平安喜乐

● 湖南省宁乡市人民医院院长刘亮的女儿　刘芊蕊

> 【家书背后】刘亮是宁乡市人民医院院长。2020年春节，他女儿本想着能和父亲多相处些时间，但刘亮所在医院作为宁乡市新冠肺炎定点救治医院，他一直冲在防控疫情的第一线。1月28日，其女儿把自己的心里话写给仍奋战在抗疫一线的父亲，字里行间的深情令人动容。

亲爱的爸爸：

在我心里，2020年的新春是白色的。白色的防护服，白色的N95口罩……

"这样的夜晚，有人忙着笑，有人忙着哭。人类的悲欢本不相通。"看到这句话，我就想到你，想到你们，那一个个奔赴前线的身影。

"不计报酬，不论生死。"

医者，是人类有形可触的良心。一朝换得一身白，便要"心事浩茫连广宇"，十年磨得两手艺，只为"满腔热血沃中华"。

一袭白褂，两手刀剪，你们就做了金盔铁甲，为生民而一生博弈。此次新冠肺炎疫情，冲在最前面的你们，连家也不能回。灯火通明的是一间又一间的会议室，人群熙攘的是一班又一班无偿支援的医护人员。医者，正用自己的性命，拼命去挣2020的天光。

我们这一辈人，生于和平，长于盛世，读李白，读诸子百家，读侠之大者为国为民，只觉酣畅却难悟其真意。现在想来，那一摞堆积如山的一线请愿书，医院工作群里刷屏的"随时待命，服从调度""虽千万人，吾往矣"大抵不过如此吧。

刘亮与同事们互相加油鼓劲儿

医者仁心。你是万千背影中的一个。占线的电话，满眼的血丝，天色未明时的洗漱声，连日的快餐冷饭，这就是你的新年。很难想象一个院长在此生死攸关之时到底有多少事务需要完成，层出不穷的问题与矛盾，数不清的困顿与抉择。"无意人间换人间"，屋外严冬依旧危机四伏，屋内空调轰鸣春意盎然。你拿你的奋不顾身，换来我的平安喜乐。

我深知，抗击病毒，救死扶伤，这是你的责任——即便我深知——我仍不可抑制地希望你回来，希望你和我们一起躲在安全圈里，等待这一场疫情自行退去。这源自我对你本能的爱。

但我同样深知，你不会，也不能。总有人要去顶天立地，总有人要去冲锋陷阵。这座城市，这片土地还有千千万万的父女需要医生来守护。"孰知不向边庭苦"，何为英雄主义？便是在遇到危机时，医者为千万人舍去自己的独善其身！安得广厦千万间！

但我不要"纵死犹闻侠骨香"，我要你平平安安，我要你功成名就，我要在此疫情散去之时，第一个为你献上礼赞。你将我们庇护在你的羽翼之下，独自负重前行，那我也要减轻你的行囊，给予你最大的支持和尊重，绝不让我们的情绪成为你的负担。但我也有一个小小、小小的愿望，许给你，许给自己，许给世人，许给上苍：新年伊始，我想和你互道早安、午安、晚安……

不知在何处奔忙的你，安。

您的女儿 芊蕊

2020年1月28日

四川省内江市疾病预防控制中心检验员写给儿子的家书

用拳拳赤子之心践行初心使命

● 四川省内江市疾病预防控制中心检验员　蔡媛媛

【家书背后】新冠肺炎疫情袭来，四川省内江市疾病预防控制中心的检验员蔡媛媛第一时间退掉了回山西老家的高铁票，积极发挥党员带头作用，主动申请回到一线开展检验检测工作。凌晨，儿子还在睡梦中时，她已悄然离家。2020年1月28日，她给孩子写下一封饱含母爱的家书，给孩子讲述自己在抗疫一线战斗的故事。

亲爱的五一：

现在已经是凌晨4：35了，妈妈刚关门的声音有没有吵到你？看着你这红扑扑的小脸蛋，微微张着的小嘴，在做美梦吧？也不知道你的梦里有没有妈妈？把回山西老家的高铁票退了，取消你的老家之行，你会不会不开心？一整天一整天看不到妈妈，你会不会很难过？也不知道你今天在家听不听话，玩得开不开心？

当新型冠状病毒肺炎疫情消息铺天盖地传来的时候，妈妈作为一名疾控人员，亦是一名光荣的共产党员，要留下来，和所有疾控人一起留下来！如果我们都选择了退缩，那其他百姓该多恐慌啊？所以妈妈主动申请回到一线开展检验检测工作，妈妈相信你会理解并原谅妈妈的。

作为抗击疫情的一线检测人员，妈妈每天必须戴上密闭的N95口罩，穿上密不透风的防护服，佩戴沉重的正压式呼吸面罩，快速准确地完成每一份样品的检测，为政府联防联控决策提供参考依据。

医院送来的疑似样本已经远远超出了平时的工作量，我们必须全部人员一起上才能完成检测任务，妈妈已经连续战斗了近十个昼夜。头套在妈妈的额头上勒出了深深的印子，密闭的N95口罩让妈妈的脸颊长出了疹子，严重缺

蔡媛媛（左）和同事

乏睡眠的眼睛已经泛肿，刺鼻的消毒水气味老是在妈妈身上萦绕不散。如果你看到妈妈这个样子会不会被吓到？尽管很累，但是妈妈不后悔，如果不能尽快找到新型冠状病毒肺炎病人，造成更大范围的扩散，我的五一怎么办？我的家人朋友怎么办？内江人民怎么办？

妈妈想告诉你，妈妈感觉自豪且骄傲。作为一名防疫一线人员，与新型冠状病毒肺炎疫情做斗争，为人民服务，这就是疾控人的初心与使命，是光荣的共产党员的初心与使命！

儿子，你现在已经是一个小男子汉了，请代妈妈向爷爷奶奶道歉。妈妈三年没回老家了，特别想念他们，等疫情过去一定回家看望他们。妈妈在这场没有硝烟的战斗中和无数叔叔阿姨负重前行，各级政府已经启动重大公共卫生事件一级响应，各部门联防联控，妈妈坚信，我们一定能够打赢这场硬仗。等雨过天晴，妈妈一定带你去呼吸最新鲜的空气，看这世上最美的花。希望妈妈的五一宝贝新春快乐，健康成长！

爱你的妈妈

2020年1月28日

海淀"婉清"写给战"疫"一线父母的家书

● 北京市八一学校 代铮 吴奕萱 马梓轩 任翔

> 【家书背后】"流感突起,肺炎逼至……"网上一位"女儿婉清"写给在前线抗击疫情的医生父亲的一封家书撼动人心。冬日疫情中,还有无数的孩子在用他们稚嫩的笔支持着他们的医护爸爸、医护妈妈,比如这几位来自北京市八一学校的孩子。父母是他们心目中的超级英雄,父母大过年不能陪伴他们,但仍旧是他们的牵挂。看看这些懂事的"婉清"们的心声表达。

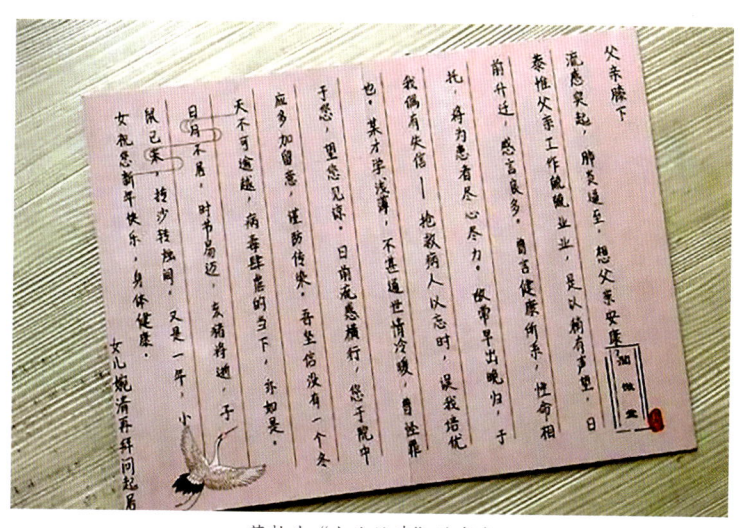

落款为"女儿婉清"的家书

(一)

春节是我们中国人阖家团圆的节日,可 2020 年的春节却与众不同。因为武汉出现了一种新型冠状病毒感染引起的肺炎,并且很快影响到全国。这种病

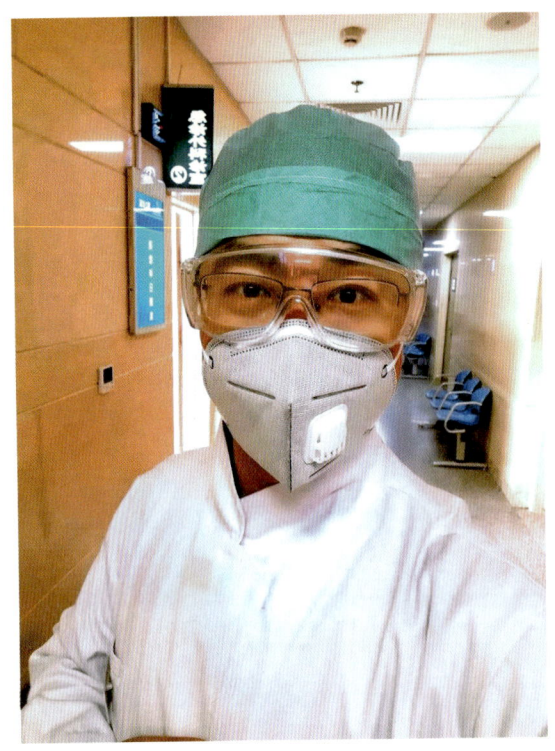

代铮的爸爸

毒传染性很强，我们目前还没有针对它的特效疗法。专家提醒大家，最近不要去人群密集的地方，更不要去武汉，身体没有严重问题不要去医院。但是此时，医生们却要逆流而上，他们放弃了春节的假期，需要奔赴武汉或赶往医院去同疫情作战。

我的爸爸作为一名急诊外科医生，他在第一时间向组织递交了请战书，申请加入驰援武汉的队伍，他义无反顾地加入这场战斗中。不计代价、不计生死、尽职尽责。

大年初二，爸爸已经到临床一线工作。中午，我给他打电话，问他就诊患者多不多、情况是否严重，还叮嘱爸爸做好防护。爸爸给我发了一张他全副武装的照片，告诉我目前情况可控，让我不要担心他。他穿着厚厚的隔离服、戴着护目镜和口罩，我从来没有见过这样的爸爸。虽然担心他，但我的内心无比自豪。我身边好多叔叔、阿姨都是医生，他们平时工作特别忙碌，现在又都战斗在抗疫一线。每个人的生命只有一次，但他们为保护我们的生命安全，不计个人安危，舍小家、为大家。这些白衣天使值得我们尊敬！

我们在家中要勤洗手,外出戴口罩,尽量少去人群聚集的地方,从自身做起,保护自己,也是保护他人,为国家抗击疫情做出自己的贡献!我也要叮嘱爸爸和叔叔、阿姨们,一定要注意自身安全、好好吃饭、注意休息,我们会保护好自己,等待你们凯旋!我相信,在我们共同努力下,病毒一定会被战胜!武汉加油!中国加油!

四年级 4 班　代铮

(二)

过年期间,新型冠状病毒肺炎疫情越来越严重。我妈妈是 ICU 的一名医生,每天都很忙,即便是下班回到家里,也经常在打电话、敲电脑。有一天深夜,妈妈接到一个电话,就连忙赶去了医院。我在想,妈妈到底是我的妈妈,还是医院的妈妈?大年初一,全家喜气洋洋地准备饭菜,妈妈又在不停地打电话。

我问:"妈妈,大过年的,您在忙什么?"

妈妈回答:"宝宝,武汉需要医疗队,妈妈可能要去支援,妈妈的很多同事都报名了。"

"什么,您为什么要去武汉?武汉那么危险,很多人都被隔离了,您为什么还要去?"我不解地问。

妈妈说:"救死扶伤本来就是医生的使命,我要去武汉救治武汉小朋友的爸爸、妈妈、爷爷、奶奶。"

听完妈妈的话,我还是不解,我舍不得妈妈,我担心妈妈。

下午,电视上的一个画面深深地吸引了我。一位医生正在和她的家人(其中有一个小宝宝)告别,登上了大巴车,上面写着"支援武汉"。记者采访时,那名医生说:"家人固然重要,但国家更重要!"我想,这就是那么多医生大过年的离开亲人,去危险地方支援的原因。

晚上,妈妈对我说,她被安排留在北京继续救治病人,但需要随时待命去武汉。妈妈的 7 名同事在大年初二赶往武汉,其中,一位叔叔的小宝宝才半岁;一位刚结婚的叔叔大早上从老家赶回北京;一位阿姨的小宝贝还不到 1 岁,还有一位姐姐很年轻,才比我大 12 岁……听妈妈讲这些叔叔、阿姨的故事,我的眼睛湿润了。我这才领悟到，医生是个多么伟大的职业，我要向他们学习、向他们致敬！白衣天使是最美的人，我为妈妈感到骄傲！

四年级1班　吴奕萱

（三）

亲爱的妈妈：

　　您好！

　　一年一度的春节来临，很多同学都计划跟着爸爸、妈妈出去旅游了。我知道我又要待在家里，哪儿都去不了，因为您是医生，假日您又要值班了！妈妈，我多么希望您不是医生，像其他妈妈一样，有更多的时间陪我。妈妈，您还记得我上幼儿园的时候，有一次爸爸出差不在家，您把我寄放在邻居家，就匆匆上班去了吗？当时，看着您离去的背影，您知道我心里多么难过吗？

　　不过，有时候我也非常崇拜您。偶尔周末的时候，我跟您上班，看见您不厌其烦地和病人家属沟通病情，给病人解决病痛。听到他们的言语中，流露出对您的感激之情，我觉得我的妈妈好伟大啊！我曾经偷偷看过您办公桌抽屉里的那一沓感谢信，我好感动，妈妈您真是太棒了！大年初一，您收到很多病人发来的新年祝福，那一句句"叶医生春节快乐"，让我为您感到自豪！

　　今年的春节比较特殊。电视、网络不断报道、更新武汉新冠肺炎疫情；老师们每天询问同学们的健康状况；博物馆、游乐场全部关闭；舅舅退了机票，不来北京了。大家都宅在家里，路上行人很少，而且个个都戴着口罩，这情境着实让人恐慌。然而，您依然去值班。爸爸反复叮嘱您戴好口罩，保护好自己，我也感到很紧张。从除夕到现在，您接了无数个咨询电话，每次您都耐心分析病症，安慰大家不要紧张，详细讲解如何戴口罩。最后，总是说上一句："多喝水，好好休息，有问题随时联系我。"

　　看到电视上无数像您一样的白衣天使，穿着令人窒息的防护服，奋斗在抗击病毒的一线，妈妈，我真的有点担心您，我知道您真的很辛苦。北京已派出医生支援武汉，妈妈，您是一名呼吸科医生，您说您的导师已经去武汉了，您是否也要去呢？说心里话，儿子不同意您去，因为电视里说了，那里疫情

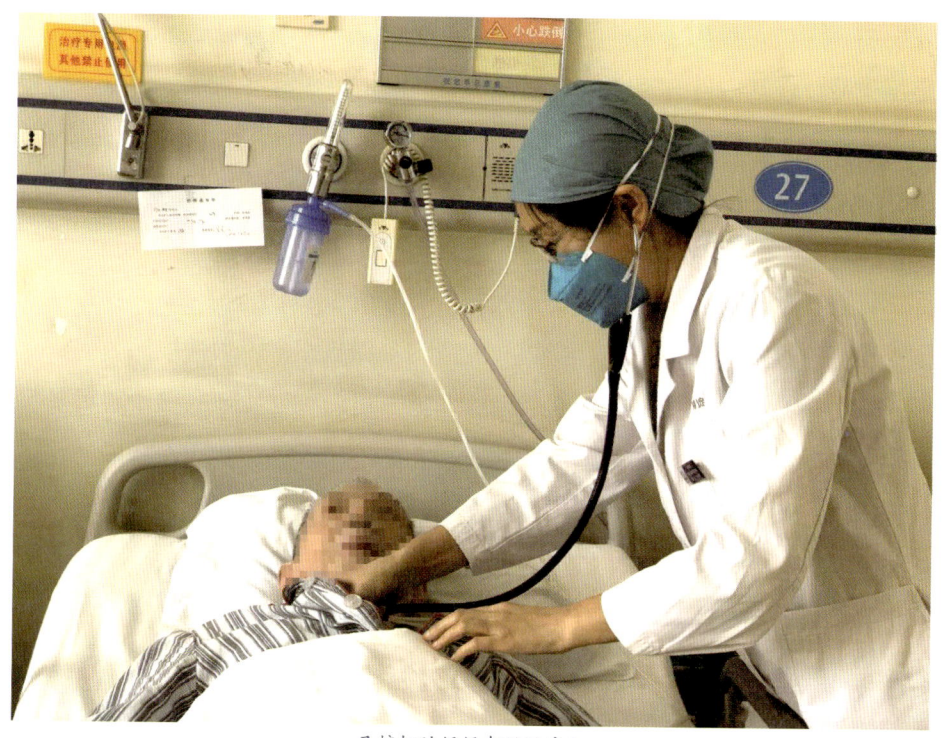

马梓轩的妈妈在照顾病人

严重,很危险,已经有医护人员因感染而去世。不过,告诉您一个秘密,我和爸爸、弟弟偷偷商量过了,如果您去,我们绝不拖您的后腿,我会在家里听爸爸话,好好学习。如果您真的去了,一定要格外小心哦,毕竟这种病很容易传染。我们在家里等着您平安回来!加油妈妈!

四年级 2 班 马梓轩

(四)

近日,武汉疫情越来越严重,北京也新增了好多确诊的病例。街上的人越来越少,都戴着口罩,相互躲得远远的。我的爸爸是北京市首都医科大学宣武医院的一名神经内科医生,他的手机微信总是滴滴响个不停,那是医院在向每一位医护人员传达指示。

大年初二那天,爸爸说,他已经报名了宣武医院支援武汉的医疗队。不只是爸爸,他们全科甚至全院的医护人员都报名了。据说,17 年前那场"非典"

战役中，医护人员在与死神的搏斗中，有数百位医护人员被感染，不少人献出了生命，这其中就有爸爸的朋友和同事。而这场来势汹汹的新型冠状病毒肺炎，风险级别不亚于"非典"，传染性甚至更高。但爸爸说，疫情就是命令，武汉需要支持，北京的医护人员最有经验，每个人都要做好随时上前线的准备。

爸爸还说，由于很多老家在外地的同事和去外地进修的医生回京要隔离，他们这些在北京的医生，年后要多上一些班。而且，医院肯定要抽调各个科室的人，增援本院的发热门诊和防治疫情的重要科室，因为那里的医生肯定不够用了，会非常忙。别人的爸爸因假期延长可以在家陪他的孩子，可是我的爸爸却从大年初四就开始上班了。我不开心地问爸爸，我们都可以网络上课了，你们医院咋就不能网络看病？那么近距离对着病人说话，不是很容易被传染么？爸爸告诉我，还有很多人得了其他的病，身体也不好，这些病人更容易被病毒感染。所以，要让他们在医院安安全全、踏踏实实地把病看好，这也是对抗击疫情的一种支持。再说，作为战"疫"的大后方的战友要给力，前线的战士才能打赢战争是不是？

大年初四的早晨，爸爸提前半个小时就出门了，说到医院多了消毒的一些程序。妈妈往爸爸包里塞了一包口罩，又往他口袋里塞了几个，提醒爸爸一定要勤换。早晨8点，爸爸准时出现在他的诊室，那里已经有十几个病人在等他了。他和往常一样，只是说话声音要大一点，因为戴着个大口罩。在爸爸工作的同时，他所在的宣武医院增援武汉的第一批医疗队，也已经于前一天抵达武汉并开始救治病患了。其中，就有爸爸科室的护士长阮争阿姨。第二批医疗队也于1月28日出发了，其中有四位是与爸爸同科室的同事。爸爸说，根据病情需要，还会有第三批、第四批。我不禁想起来那句话，有时候，超级英雄不一定是披着披风，也可能是穿着白大褂。谢谢我的爸爸和他的同仁们，一直守护着我们的健康！

四年级5班 任翔

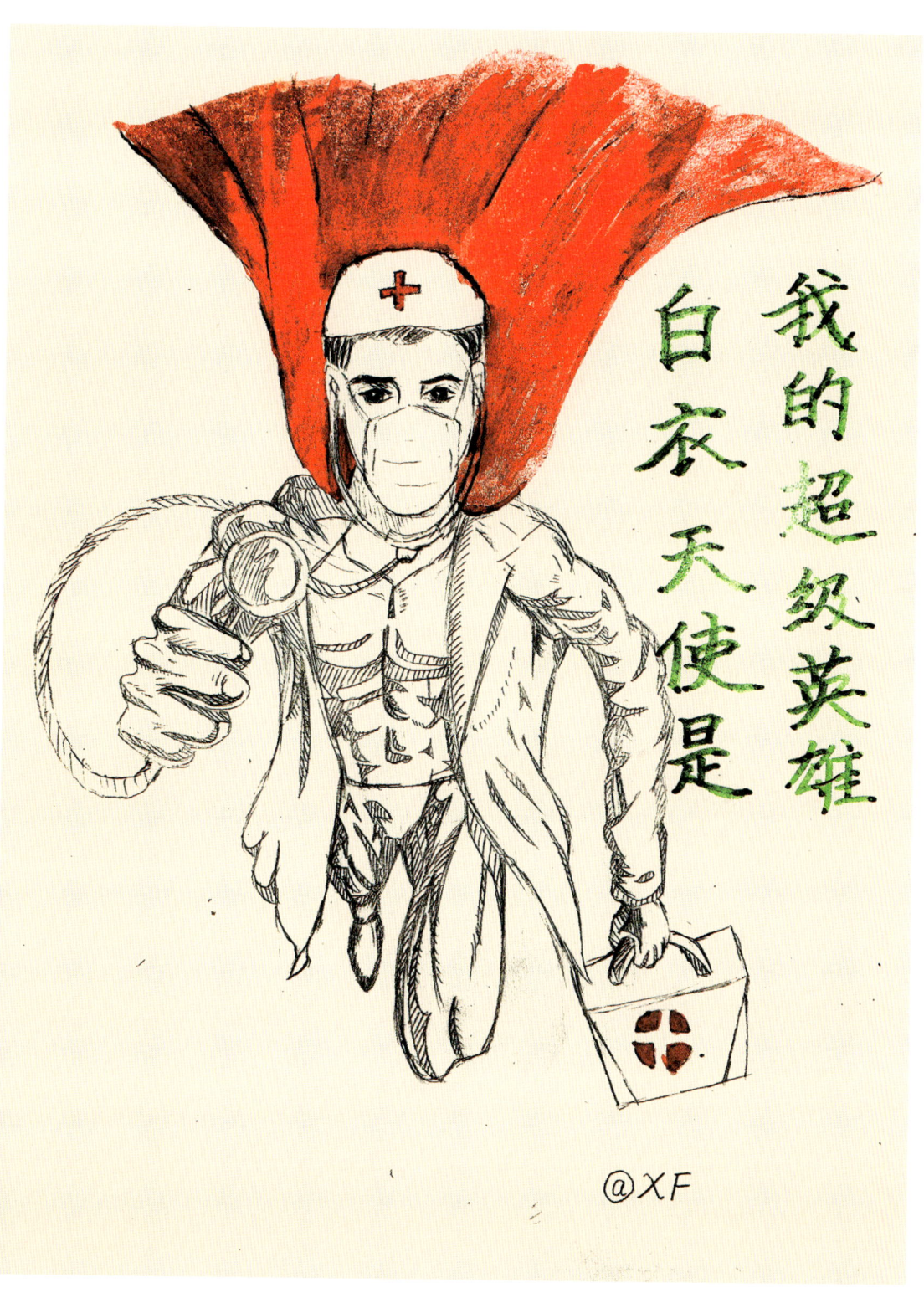

江西父亲写给奋战在抗疫一线女儿的家书

我给你带来了一枚党徽

● 江西省吉安市永新县人民医院外二科护士尹佳佳的父亲

【家书背后】疫情暴发后,江西省吉安市永新县人民医院外二科护士尹佳佳积极投身于抗击新冠肺炎疫情工作中。她和永新县人民医院的其他医务人员一起抗疫,为永新县人民保驾护航。尹佳佳的父亲为女儿感到自豪,并给奋战在抗疫一线的女儿写了一封信,朴实的语言、谆谆的教诲和沉甸甸的党徽给了女儿极大的鼓励。

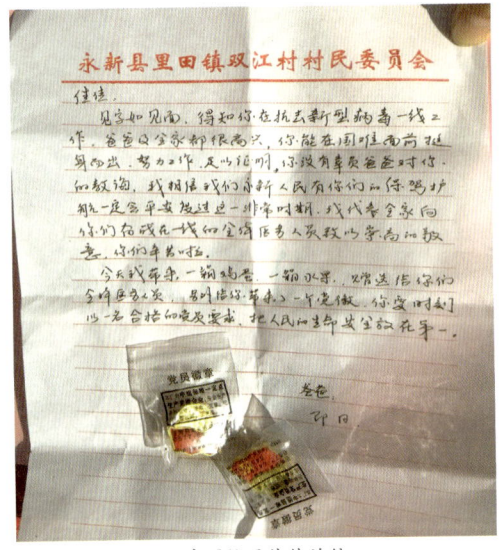

父亲写给尹佳佳的信

佳佳:

见字如见面,得知你在抗击新型冠状病毒肺炎疫情一线工作,全家都很高兴,你能在国难面前挺身而出,努力工作,足以证明你没有辜负爸爸对你的教诲。我相信我们永新人民有你们的保驾护航,一定会平安度过这一非常时期。我代表全家向你们奋战在一线的全体医务人员致以崇高的敬意,你们辛苦啦!

今天我带来一箱鸡蛋、一箱水果,送给你们全体医务人员。另外给你带来了一枚党徽,希望你时刻以一名合格的党员(的标准)要求(自己),把人民的生命安全放在第一。

爸爸

即日

湖南一线医务工作者写给两岁多女儿的家书

宝贝，缺失的陪伴只有以后才能弥补

● 湖南省疾病预防控制中心理化检验科工作人员　左家信

> 【家书背后】在抗击新冠肺炎疫情的大军中，有这样一群人，他们不在临床一线，受到的关注很少，却是控制疫情的关键。湖南省疾控中心理化检验科的左家信就是其中一位，他通过家书写下对两岁多女儿的不舍和歉意，告诉女儿正是有千千万万这样舍小家为大家的工作者和家庭的付出，我们才能早日战胜疫情，获得幸福生活。

亲爱的可可：

虽然你只有两岁多，还不懂这份家书的意义，但是爸爸还是想把它写下来，待到你能看懂时，希望你能明白爸妈的歉意。

你妈妈是一名临床住院医生，一年将近有三分之一的时间不在家里睡，更没有时间陪伴你。以前爸妈由于工作原因，分居两地，爸爸一周只能去看你一次，对你的陪伴也屈指可数。相比于其他的孩子，你承担的太多太多，爸爸每一次离开都满怀不舍和歉意。

直到四个月以前，为了更好地陪伴你，妈妈通过自己的努力来到了长沙上班，仍然是一名临床住院医生。虽然和以前相比，没有多大改善，甚至连大年三十还在医院值班，大年初一初二也是爸爸给妈妈去送的饭。但是爸爸陪你的时间多了起来，不再是一周一次，而是每天晚上都能陪伴你入睡。亲爱的可可宝贝，你知道吗？陪伴你入睡的每个晚上是幸福而又甜蜜的。

但是，疫情来得太突然，让我们措手不及。爸爸被临时抽调到单位上班，参与到新型冠状病毒肺炎疫情的防控工作当中。爸爸有时候半夜回到家，你和妈妈已经入睡，爸爸只能轻手轻脚地去睡觉，有时候只能睡沙发，生怕惊醒梦中的你们，早上你还没醒来爸爸就已经出发上班去了。此时此刻，坐在电脑前，

左家信与女儿

爸爸担心的还是你,你妈妈今天又是上 24 小时的班,爸爸今天也是值晚班,没有爸妈陪伴睡觉,你习惯吗?你还只是一个两岁多的孩子,只能辛苦奶奶一个人了。不知不觉,爸爸的眼角已经被眼泪浸润,心中满是愧疚。

爸爸妈妈都是共产党员,这是神圣的职责所在;同时,也是这一身白大褂赋予我们的使命。健康所系,性命相托,爸爸妈妈这是牺牲小家成就大家。正是有千千万万个像爸爸妈妈这样的医务工作者和家庭的付出,大家齐心协力,才能早日战胜疫情。宝贝,缺失的陪伴只有以后才能弥补,希望你能理解。

爱你的爸爸　左家信

2020 年 1 月 31 日

湖南10岁孩子写给妈妈的暖心家书

妈妈加油

● 湖南省衡阳市南岳区公安分局交警大队队员肖晴岚的女儿　婷婷

【家书背后】2020年1月24日，湖南省衡阳市南岳区公安分局交警大队队员肖晴岚把女儿婷婷交给父母照顾，随即回到工作岗位上。疫情发生，危险相伴。肖晴岚深知在抗疫一线执勤存在感染病毒的风险，因此她从春节至今一直未见过孩子。每次孩子打电话过来，肖晴岚都忍不住流泪说道："疫情当前，一线的同事们需要我，人民群众也需要我。婷婷再等等，妈妈忙完马上回来看你。"婷婷对妈妈早日回家满怀期待，随后给妈妈写了一封信。

亲爱的妈妈：

您好！

除夕之夜，当万家团圆、热热闹闹吃年夜饭时，您临危受命，顶着严寒，站立在南岳疫情防控岗位上，为保障南岳人民的生命健康安全，冒着感染病毒的风险执勤至今。

今天是正月初八，外婆70岁大寿。我给外婆拜寿，祝她"福如东海，寿比南山"时，外婆没有像往年一样笑，却搂着我哭了，我知道她想您了。她每天在日历上画圈圈，算着您离家的日子。大年三十晚上，外婆特意做了您最爱吃的香菇炖鸡要送到您站岗的执勤点。因为疫情，外婆最终没能出门，她又哭了，嘴里不停地念叨"闺女吃了没有？""外面下着雨呢，也不知道她冷不冷？"这段时间外婆有时间便拿着手机，连她最喜欢的电视也不看了，后来才知道外婆担心接不到您的电话。闲下来的时候，她就会跟我讲您小时候的事，讲您多么伶俐可爱，讲您多么懂事听话……

妈妈，8天，您已经8天没有回家了！过年了，别人都有妈妈陪伴，而我

正在抗疫一线执勤的肖晴岚

却没有,我想您温暖的怀抱,想您温柔的抚摸,想您温馨的话语,特别地想您。看着窗外璀璨的烟花,听着阳阳表妹叫妈妈的声音,我都想哭了。

"苟利国家生死以,岂因祸福避趋之",妈妈,我记着您离家之前跟我说的这句话。我每天都在关注新冠肺炎疫情的最新情况,看着那些被感染人群的数字,看着电视上叔叔阿姨们忙碌的身影,看着钟南山爷爷的眼泪……虽然我很想您,但是我知道您有更重要的事情要做,有更多的人需要您去保护。虽然我不能上战场,但我作为一名少先队员,乖乖地待在家里努力学习,帮助外婆做家务活,也是在战"疫",对吗?现在我已经学会了焖米饭、做菜、刷碗、洗衣服……等您从一线回来,我一定露一手给您看!

哦,对了,忘了告诉您,家里的水仙花、月季花都开了,姹紫嫣红,美丽极了!是的,春天来了!这场防疫战,我们一定能赢!加油,妈妈!加油,武汉!加油,中国!最后,您一定要保重身体,回家来抱抱我!

爱您,我最亲爱的妈妈!

您的女儿 婷婷

2020年2月1日

安徽基层扶贫干部的一封家书

爸爸坚信我们能取得胜利

- 安徽省芜湖市气象局扶贫干部、驻无为市泥汊镇新板桥村党总支第一书记 张棕初

【家书背后】张棕初,安徽省芜湖市气象局扶贫干部、驻无为市泥汊镇新板桥村党总支第一书记。自从抗击新冠肺炎疫情的战役打响后,他便一直驻扎在村里,没有回过位于无为市的家,这是自孩子出生后他与家人分离最久的一次。2020年2月1日,暮色中的乡村渐渐归于宁静,他想到身在远方的一对年幼儿女,思念难以排遣,遂写下了一封家书。

源源小胖子、慧慧小馋猫:

你们好,亲亲。刚刚才在视频里看了你们,爸爸这会儿又想你们了,你们是不是也想爸爸了?爸爸可真的很想你们呀。不知道你们是否睡了,如果睡了,明天再听妈妈念这封信吧。

忙了整整一天,爸爸此时正在村部的房间里给你们写这封信,对,就是上次带你们来过的,爸爸一直驻村工作的地方。算起来,这次离开家已经七八天了,虽然还是在春节假期,但爸爸现在还不能回家,爸爸现在有很重要很重要的事情要做。

2020年2月4日,张棕初在村里张贴防范疫情的通告

张棕初随村医到被隔离村民家中测量体温

　　源源、慧慧,还记得爸爸走之前怎么给你们说的吗?武汉的新冠肺炎疫情很严重,也许会传染到我们这儿,你们在家有妈妈的保护,但村里的人们也需要保护。

　　源源、慧慧,还记得给你们摘橘子的盛奶奶,给你们送花生的胡奶奶,还有你们喂过他家山羊的骆伯伯吗?他们家里没有口罩,没有消毒水,他们需要爸爸告诉他们防病毒的知识,需要爸爸帮他们认出可能带着病毒的人,帮他们拦住可能带着病毒的车,他们都需要爸爸的保护。所以爸爸才在新年第一天离开你们回到了村上。

　　村部的叔叔阿姨也需要爸爸带来的口罩和消毒水,需要爸爸和他们一起工作,一起努力。爸爸不是医生,也不是军人,但爸爸此刻就是一名战士,爸爸在这个村工作了三年，这个村就是爸爸的战场！爸爸会和村里的叔叔阿姨一道，战胜病毒，保护村民。

　　源源，先让妈妈替爸爸抱抱你。爸爸要跟你说声抱歉，说好的过年出去旅行，爸爸不能带你去了。这三年来，因为爸爸扶贫驻村，在家的时间很少，很少管过你的学习，也没怎么给你讲过睡前故事。你上二年级了，爸爸都不知道你在班上坐哪儿，也没给你开过家长会，爸爸要再给你说声抱歉。

　　希望你能理解爸爸，爸爸是一名扶贫干部，国家派爸爸到村上是有扶贫任务的，是去帮助大家的。这次肺炎病毒疫情，爸爸有自己的职责，一步都不能退！你已经8岁了，爸爸不在家的时候，你就是我们家的小男子汉，在家要懂事，照顾好妈妈和妹妹。另外要做好作业，开学之前爸爸一定回去检查你的作业。

　　还有慧慧，让妈妈也替爸爸抱抱你。爸爸也要跟你说抱歉了，动物园我们这次不去了，本来是说好了的，是爸爸一拖再拖，下回爸爸回来，我们一定去给小羊喂胡萝卜。慧慧乖，爸爸刚下村时，慧慧才2岁，走路都是摇摇晃晃的，现在都长成个漂亮的大姑娘了。慧慧在家也要懂事，多吃蔬菜，等爸爸回去量量你又长高了多少。PS：提醒妈妈出门戴好口罩，回家要赶快洗手。家里口罩我留得不多，村里更需要，省着点用。

　　爸爸写这封信，你们或许能听懂，或许以后才能明白。爸爸希望你们能理解爸爸现在在做什么，也能记住，在这个特殊的春节里，千千万万的人们，面对病毒疫情，面对困难所做的努力和坚守。爸爸坚信我们能取得胜利，也希望以后你们能成为有勇气面对困难、战胜困难的人。

　　再亲亲。

爱你们的爸爸
2020年2月1日于新板桥村村部

宁夏狱警写给 5 岁儿子的一封家书

大墙内外，我们共同努力

● 宁夏女子监狱狱警　李玉坤

【家书背后】李玉坤是宁夏女子监狱的一名普通狱警。新冠肺炎疫情发生以来，全区监狱系统及时启动战时封闭值班模式，全力维护监管场所安全稳定。2020 年 1 月 26 日，接到单位的封闭值班任务，李玉坤奔赴单位。2 月 1 日，李玉坤得知儿子已发烧 4 天，并伴有轻微咳嗽。疫情当前，爱子心切的她却无能为力，内疚之余，李玉坤写下这封家书，委托同事拍照后用微信传送给丈夫。

狱警李玉坤

奕安吾儿：

得知你已发烧 4 天的消息，母心急如焚，却无能为力。对不起，母未遵守诺言，初三早晨并未如约归家；对不起，在你生病时期，本应陪在你身边，照顾你、守护你，却因疫情当前，职责所在，不能承担起母之责。感谢你，当你得知母因工作原因不能如期归家，并未责怪，反而表达对母思念，表现出超出你年龄的懂事；感谢你，生病期间并未哭闹，严格遵守医嘱按时服药治疗，让在大墙内坚守岗位的妈妈安心不少。

奕安吾儿，至今母都未曾后悔当初穿上这身警服，这身藏蓝让我深知使命在肩，有召必回，故对你鲜有陪伴，内心甚是愧疚。但每每看到你面露自豪神色夸妈妈是警察时，母深知言传身教让警察的使命感、荣誉感已深入你心。母希望能够成为你的榜样，希望终有一日你能成为国之栋梁，为国效力。

近期有一种叫新冠肺炎的疫情席卷而来，这是一场没有硝烟的战争，母作为这场战争的战士，必须走上战场，与疫情抗争，这也是母不能陪你的主要原因。母和自己的姐妹坚守岗位、并肩战斗。冯薇阿姨，大年初二还未踏进母亲家的大门，就接到封闭通知，她没有丝毫犹豫，放下大你一岁的希希姐姐，义无反顾回到岗位。这几天希希姐姐和你一样思念母亲，但冯薇阿姨偷偷藏起对希希姐姐的愧疚，忍住对希希姐姐的思念，依旧定时做好消毒、通风工作，只为预防疫情，确保监管安全。母希望你能够懂得母和阿姨们舍小家、守大家，是为了确保每一个小家无恙。

90后"小姐姐"何娟宁，在家和你一样，也是父母的掌上明珠，可是当得知监区封闭，需要三名警察坚守岗位时，她毅然放弃春节和父母阖家团聚，主动请缨，坚守岗位。封闭期间，她全力投入疫情防控工作，每日测温筛查，消毒通风，拨打亲情电话，以实际行动严防死守、坚决打赢疫情防控"阻击战"。她也曾是父母怀抱中的娇儿，却在疫情面前显露出无畏、无惧的本色。母希望你能懂得，没有什么岁月静好，只不过是有人替你负重前行。

奕安吾儿，母虽不能陪在你身边，但请你相信，母爱你的心从未改变，你在大墙外积极和病魔斗争，母在大墙内和疫情抗争，我们共同努力，一起打赢"攻坚战"和"阻击战"，母相信你可以做到，母相信自己也可以做到。

愿吾儿一切安好！

母 玉坤

2020年2月1日凌晨5:50书

父亲写给奋战在"疫"线女儿的一封家书

大家都说你是勇士，有气概

● 广西医科大学第一附属医院感染性疾病科副主任医师万裴琦的父亲

> 【家书背后】万裴琦是广西医科大学第一附属医院感染性疾病科的副主任医师。新冠肺炎疫情发生后，她随广西援鄂抗疫医疗队前往武汉，入驻武汉市黄陂区中医医院进行医疗援助。万裴琦83岁的父亲担心女儿的安危，在2020年2月1日晚第一次用微信写下这封家书。家书传递着父亲对女儿深情的问候和对战胜这场疫情坚定的信心。

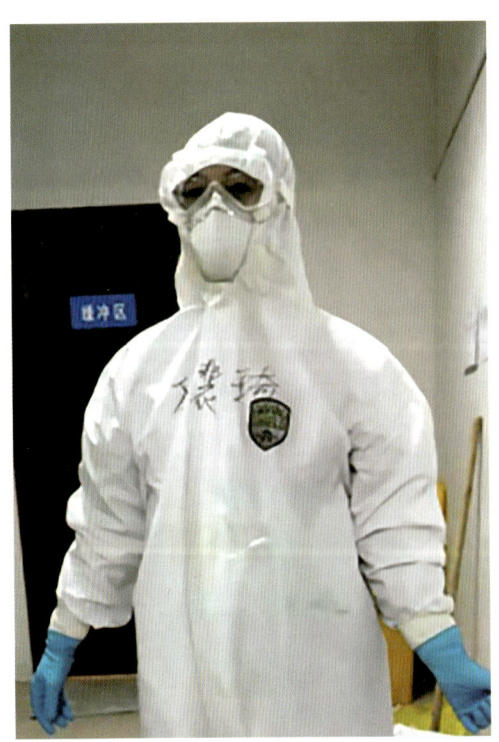

万裴琦在做进入病房前的准备工作

裴琦儿：

你随医院勇士大军开赴湖北火线战场好几天了，开始我们对形势都是一头雾水，心里感到迷茫。我原来以为你气力那么弱，生活环境改变了，天寒地冻，环境恶劣，能否撑得住？心里嘀咕着！你向老妈汇报一些信息后，我觉得你还是有气概的，乡亲兄妹亲戚好友都说你是勇士，有气概！我说你还是要认认真真保护好自己，要吃好饭，注意营养，要注意休息，不要像在家那样经常熬夜，祝早日胜利归来！

爱你的父亲

湖南省株洲市83岁老人写给赴黄冈抗疫儿媳的家书
你是我们家的英雄，我们家的骄傲

● 湖南省株洲市中心医院呼吸内科护士付艳萍的婆婆　黎福清

【家书背后】疫情面前，总有一些勇敢的"逆行者"，用满满的责任与担当，让世界变得更加温暖。曾经抗击过"非典"疫情的付艳萍，是湖南省株洲市中心医院呼吸内科护士。此次新冠肺炎疫情暴发后，她再次主动请缨，投身战"疫"前线，于2020年1月25日驰援湖北黄冈。2月2日，付艳萍83岁高龄的婆婆黎福清给她写了一封充满自豪和关切的家书。

小付：

你好！你去湖北黄冈抗疫已经有几天了，还好吗？我们全家都在挂念你。我们守在电视机前，看央视新闻，看疫情播报，就是想看到你穿着防护服战斗在第一线的镜头，哪怕是一个侧面、一晃而过的身影，也会给我们无限的安慰。

你主动请缨，前往疫区，战斗在抗疫的最前线，你是我们家的英雄，我们家的骄傲。除夕，红灯高挂，在阖家团圆的年夜饭上，我才知道你已主动请战了。这是一个沉重的话题，为了不破坏过年欢乐的氛围，年夜饭上我没有提起这件事情。但我看到你的表情，轻松淡定，照样和家人一起举杯、带着孩子为爷爷奶奶拜年、布置孩子的表演节目——朗诵唐诗……小孙子拿着红包欢蹦乱跳。家是多么温馨，美好的时光是多么可贵！而你在即将上前线之时，处变不惊，沉着镇定，看得出你是一位有战斗经历的"老兵"，有着良好的心理素质，有着高尚的职业道德情操。

有人劝你说：你是妈妈的独生女，上有80岁的老人，下有正在读书的小孩，家务事一大堆，让别人去吧。你坚定地说：我是一名护士，是一名救死扶伤的白衣天使，这是我的工作和

湖南省株洲市中心医院护士付艳萍

责任!

记得17年前"非典"时期,你也主动请缨战斗在抗击"非典"的最前线,常常加班加点,有时一干十多个小时,你的细心和爱温暖了许多病人,赢得了一个个赞。

小付,你到我们这个家已经12年了,12年的12个除夕,你都是在医院度过的。为了照顾你的工作,为了大家能在一块儿吃顿团圆饭,我们把年夜饭时间安排在了中午,有时安排在晚上也是把时间延后。每次你都匆匆从医院赶回,和家人吃了团圆饭,又匆匆而去,临走时还要把饭菜打包带回科室。你说:还有同事没有吃饭呢。

小付,你是一位聪明上进的好儿媳,爱学习,爱钻研,工作认真,业务熟练。听说你是科里打针最棒的,一些病人常点名要你打针,而你尽量满足其要求。你性格有点内向,平时少言少语,但到关键时刻你"冲锋陷阵",英姿勃发。你的心里有一片明朗的蓝天。

小付,在株洲中心医院《我们出征》的宣战书上,我看到了你的签名,看到了你摁下的红色手印。这手印,是一团燃烧的火,是一颗爱国爱家爱人民的跳跃的心。

你说:敬重生命,救死扶伤,勇于奉献,大爱无疆。你用实际行动证明着自己庄严的承诺。

小付,希望你在前线勇猛"杀敌",家中的事情不要挂念,我们会安排好的。此时你的妈妈正在为你祝福,期盼你平安归来。你的儿子,聪明活泼的尚尚,正在朗诵毛泽东的《送瘟神》一诗:"春风杨柳万千条,六亿神州尽舜尧……借问瘟君欲何往,纸船明烛照天烧。"我相信有党的领导,有优越的社会主义制度,全国人民团结一心、众志成城,一定会尽早打赢这场没有硝烟的战争!我们等着你早日回家!你要好好地保护自己啊,切记!切记!

正当我快要写完这封信时,收到你火线入党的消息。我们全家人为你鼓掌,为你高兴,向你表示最亲切最热烈的祝贺!

祝你捷报频传,早日归来。

婆婆写于株洲梦瓶斋
2020年2月2日上午10点

四川7岁小卓玛写信为防疫一线的警察父亲加油打气

爸爸，我想去公安局看您

● 四川省马尔康市小学二年级学生　东珍卓玛

【家书背后】东珍卓玛的爸爸桑波是四川省马尔康市公安局国保大队教导员。疫情发生后，桑波一直奋战在第一线。2020年1月29日，当马尔康市发现首例新冠肺炎患者后，桑波立即被调回市局，加入市局成立的密切接触者调查小组。为了尽快查出与患者密切接触过的人员，他和同事前往医院、车站调查情况。东珍卓玛在写作文时想到了在防疫一线许久没有回家的警察爸爸，便以写信的方式抒发自己的思念之情。

桑波为战友送去消毒物资

亲爱的爸爸：

　　您好！

　　因为新型冠状病毒肺炎的原因，您坚守岗位，您怕接触的多（担心因接触的人多而被感染），所以已经有许多天没有回家了。我很想念您！今天我偷偷问妈妈可以带我去公安局看看您吗，妈妈没有同意。妈妈说："现在，保护好自己就是给国家、给不能回家的叔叔阿姨减轻负担。爸爸是警察，他的任务就是维护国家安全，保护公民的人身权利，现在正是

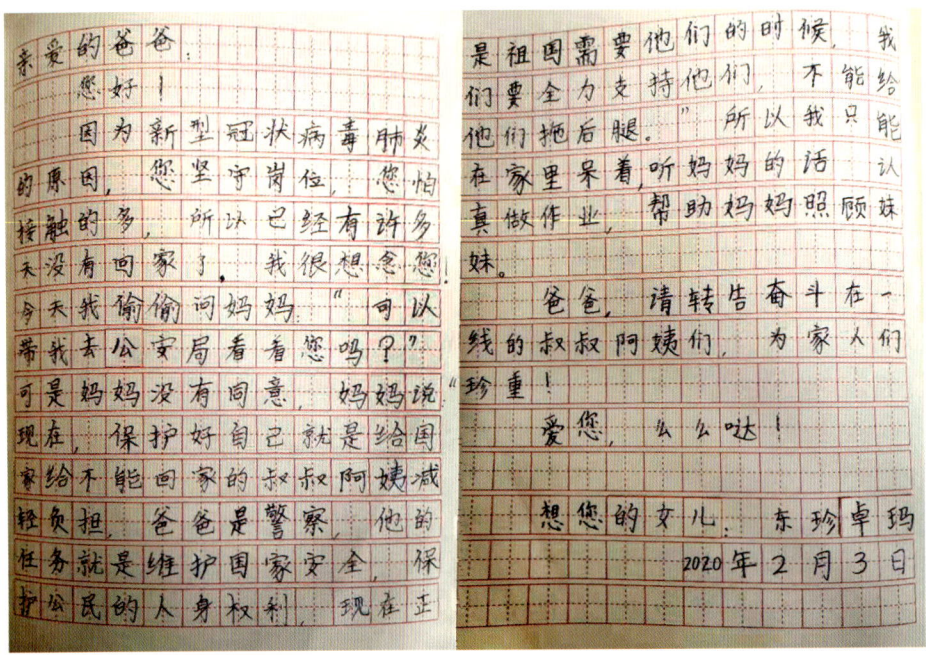

东珍卓玛写的家书

祖国需要他们的时候,我们要全力支持他们,不能给他们拖后腿。"所以我只能在家里待着,听妈妈的话,认真做作业,帮助妈妈照顾妹妹。

爸爸,请转告奋斗在一线的叔叔阿姨们,为家人们珍重!

爱您,么么哒!

想您的女儿 东珍卓玛
2020年2月3日

陕西妈妈和抗疫一线的军医儿子隔空对话

"为你骄傲" "等我凯旋"

● 空军军医大学口腔医院影像医学科医生史庆辉和母亲张茹英

【家书背后】2020年大年三十晚上，还在科室值班的空军军医大学口腔医院影像医学科医生史庆辉，突然接到驰援武汉的命令。作为一名有着25年军龄的老兵，他没有丝毫犹豫，立即出发。而他的母亲当天刚刚出院回家。本想出院后可以一家团圆好好过年，没想到史庆辉已奔赴疫区。未能见到儿子的母亲录制了一段视频，记录下她想对儿子说的话。而结束一天工作后的史庆辉看到母亲传来的问候视频后，也隔空向母亲说出了自己的心里话。

视频中的母亲张茹英

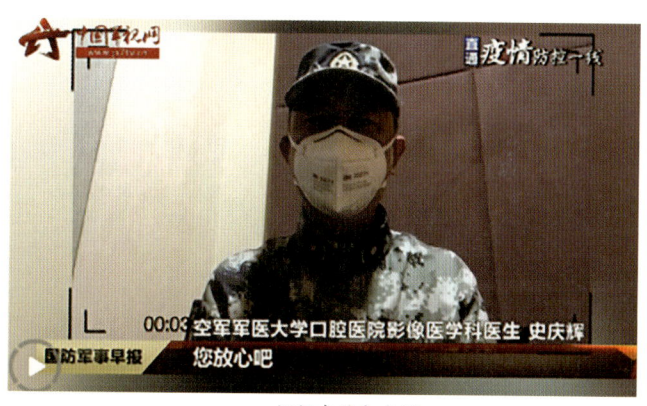

视频中的史庆辉

母亲张茹英视频中向史庆辉说的话

儿子，当妈妈知道的时候，你已经踏上征途。这一次确实是在妈妈的意料之外，却也在情理之中。作为一名军人、一个医生，面对疫情，挺身而出，责无旁贷，妈妈为你骄傲。虽然有点担心，但是妈妈坚决支持你。我的身体还行，有同事们、朋友们、亲人们的关心和照顾，逐渐在恢复，你完全可以放心。今天我接到了你第一个报平安的电话，心里特别高兴。妈妈为你骄傲！

史庆辉视频中向母亲张茹英说的话

  没能和您见上一面，只是留下一个很短的口信，我知道您的身体并没有痊愈，这次提前出院就是因为想在家里面好好过个年。可是，祖国有召唤，我就应该义无反顾，冲锋在前，我知道您会理解我的。这两天我一直没给您打电话和视频，就是因为担心情绪造成您心里的压力和负担。直到昨天看到了您的视频以后，对我的精神鼓舞非常大，我觉得您确实是一个伟大的、坚强的母亲。我一定会出色地完成好这次任务，同时保护好自己，您放心吧。同时您要注意，您的心脏不好，一定要在家里面安安心心养好身体，等待我的凯旋。

山东老父亲写给奋战在黄冈抗疫一线儿子的家书

我看到有张照片像你

● 山东省济南市山东大学齐鲁医院呼吸科副主任医师李昊的父亲

> 【家书背后】李昊是山东大学齐鲁医院呼吸科副主任医师。他作为山东首批援鄂医疗队的一员,目前正在800多公里外的黄冈救治、照料病人,与疫情战斗。他的一张照片被传到网上,感动了不少人。他的父亲看到这张照片后,给他写下这封家书。再多的困难也没让李昊犯怵,但当他收到父亲的家书时,七尺男儿,也忍不住落下眼泪。

李昊:

　　这几天我一直在关注黄冈队员的情况,我看到有张照片像你,让你妈再看看,她说又像又不像。你们最后确定在大别山区域医疗中心开展工作,先进驻的60多名医护人员,从昨天下午开始收患者,先用一层100张床位。因是新改建医院,故许多硬件不足,只能配合当地机构逐渐快速配足。你们要保护好自己,口罩常换,手常洗及消毒,特别注意护目镜要戴好,每天要冲澡,吃好饭。不知你带的衣服足不足?那里冷不冷?山东第二批援鄂医疗队昨晚已乘飞机驰援湖北,可能还是到黄冈去。我们不想发信息给你,怕影响你的工作,怕打乱你的思想,只静等你顺利归来。我们都很好,你不要挂念,只要你一切好了,大家就好了!

父亲

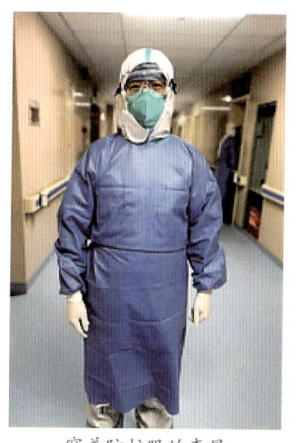

穿着防护服的李昊

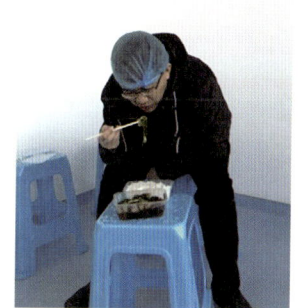

李昊值完6个小时的班,在凳子上吃饭

湖北武汉90后社区干部写给儿子的家书

爸爸绝不允许自己倒下

● 湖北省武汉市江汉区北湖街建设社区副主任　徐智鹏

> 【家书背后】投身新冠肺炎疫情防控工作以来，28岁的社区干部徐智鹏每天工作12个小时以上，大部分时间都在外面为居民运送物资。他已经十几天没有见到儿子小可乐了。近日，他给刚出生4个多月的儿子写了一封信。他说："等儿子长大后，我会把信念给他听，告诉他背后的故事，教会他'责任'二字的意义。"

可乐：

　　你出生后的第一个春节，

　　爸爸没能陪在你的身边，

　　爸爸感到非常抱歉！

　　因为一些特殊原因，

　　爸爸要和叔叔阿姨们一起出去战斗了。

　　虽然爸爸也会害怕，也会彷徨，

　　但是，看到视频中小小的你，

　　爸爸瞬间又充满能量！

　　所以，你和妈妈不要担心爸爸，

　　无论条件多么恶劣，

　　无论疫情多么严峻，

　　爸爸绝不允许自己倒下！

　　等我回来，

　　与你们团聚！

　　　　永远爱你的爸爸

徐智鹏在小区路口为居民测量体温

江苏妈妈写给奋战在抗疫一线女儿的家书
希望疫情快点过去，我的女儿好早点回家

● 江苏省宿迁市公安局政治部组教处民警史瑶瑶的妈妈　王新芳

> 【家书背后】随着抗击新冠肺炎疫情战役的打响，江苏宿迁全市公安民警、辅警奔赴抗疫一线，喊出"疫情不退，警察不退"的口号，用忠诚和担当筑起了一道坚不可摧的钢铁长城。史瑶瑶是宿迁市公安局政治部组教处民警，当收到机关警力充实抗疫一线的号召后，她主动要求常驻一线，承担起过往车辆核查、人员体温检测、宣传劝导等职责。她的妈妈以家书的形式表达了对女儿的牵挂。

女儿：

今天还是那句话，注意安全！

今天是立春，网上说立春就是新的一年有新的希望，我和你爸爸希望你和你弟弟能早日完成任务回家，希望你们所有人都平安。

前天下午收到你的微信留言，说你志愿支援交警一线，现在就在宿迁东高速路口的疫情防控点，我心里非常不舍，给你发了让你不要去的语音。可是我又想，你不去还要有其他人去。你是工作了17年的警察，刑警、治安、网安、社区样样工作都做得很好，适应性强，妈妈相信你有这个能力适应新工作，有这个能力保护好自己。所以我又把语音撤了，重新发给你一条语音："支持你工作，给你带好孩子，照顾好你爸和我自己。你放心去吧！"

瑶瑶，你爸是最疼你的，从你出生，你就是你爸的掌上明珠，他把你含在嘴里，捧在手心。你知道你爸爸是一个不善讲话的人，他听说你要去支援一线，又听说就在你工作的高速口核查了一名确诊病例，他到昨天下午整整一天都没有讲一句话。我知道他是担心你，心疼你，舍不得你去冒这个险。

昨天看你微信,知道你工作第二天就得到了交通部门领导的夸奖,有热心群众给你送口罩、手套,还有热心群众给你们送泡面和水,向你们敬礼。我为你骄傲!我看到你爸爸也笑了!

我和你爸都知道你不是一个人在战斗,而是有无数和你一样的好孩子,都在一线战斗,也有无数的群众在支持你、帮助你!你爸爸今天早上起来,让我告诉你,他支持你!他发给你的微信留言你看到了吧,你也不要担心他的身体,有你妈在,你爸爸、你和你弟的孩子,我都会照顾得好好哒。你妈虽

工作中的史瑶瑶

史瑶瑶和她的战友们

然识字不多,但做饭照顾人的自信还是有的,绝对保证做得好好的,你就放心吧。

前天妈妈和你说,让你上了防疫一线就不要回老家了,啥时结束啥时回来。不是妈妈不心疼你,而是妈妈知道这个病毒会传染,你自己一个人在宿迁,不和其他人接触,危险也就小一点,你和大家也都会安全一点。不要怪妈妈心狠,其实妈妈是希望疫情快点过去,我的女儿好早点回家!

瑶瑶,你放心吧,妈妈和爸爸也会听你的话,尽量不出门、勤洗手,在家少看电视多锻炼,出门戴好口罩,回家做好消毒,小孩看在家一步也不让出门……你说的,妈妈都记着了。

瑶瑶,加油干!妈妈爸爸和溜溜等你早日回家!

妈妈 王新芳

2020年2月4日

妈妈要像照顾你一样，照顾那些生病的人

● 湖南省株洲市中心医院感染内科医务人员　贺慧阳

【家书背后】为了安心工作，抗击新冠肺炎疫情，株洲市中心医院感染内科医务人员贺慧阳将两个孩子送回乡下老家。没有一个妈妈会舍得和自己的孩子分开，只因疫情当前，医院里的新冠肺炎患者更需要她。在与孩子分别的时日里，她用温暖的话语表达了妈妈对孩子最朴实无华的爱。

亲爱的两个崽崽：

为了安心工作，抗击"新冠"，妈妈还是决定把你们送回乡下老家，你们已经半个多月没有看到妈妈了，想我了吗？

此刻你们应该已经安静地睡着了吧，我猜应该是弟弟搂着姐姐，柔和的小夜灯映照在你们稚嫩的小脸上，温暖而安静。

记得把你们送回老家准备返回医院前，3岁的弟弟一直缠着要妈妈抱，好像知道我就要离家似的。早些时候姐姐便问我：今年妈妈是不是又不能陪我们过年？弟弟要过生日了，你会不会给他买一个托马斯的小汽车蛋糕？我含糊其词，生怕看到你们失望的眼睛。

宝贝，请原谅妈妈，今年妈妈又不能陪你们了，妈妈原本的计划是无论如何也要申请一天休息，陪弟弟过个生日，给他买一个大大的蛋糕。但是，新型冠状病毒肺炎在春节之前突然暴发，病毒带来的不仅仅是死亡，还有人们的恐慌。作为感染科的护士，妈妈必须冲到最前面，与大家一起战斗，抗击新型冠状病毒肺炎。

现在病人很多，科室实在太忙了，妈妈实在抽不出时间回家。而且，妈妈现在每天都在隔离区里，身上沾满了病毒，妈妈已经不能再像往常一样每天一

回家就可以抱着肉乎乎的你们了。由于有消毒隔离的要求,从接收新冠肺炎疑似患者那天起,妈妈身边的很多同事也和妈妈一样,都不敢回家,而是在指定地点休息,然后继续工作。

弟弟总是问我:为什么妈妈晚上不能陪我们睡觉?我想了想,看着你的眼睛告诉你,因为妈妈是护士,妈妈要上夜班,医院里有很多生病的小宝宝,妈妈要像"阿姨妈妈"照顾你一样照顾那些生病的宝宝啊。(在你2岁的时候,不小心把棒棒糖的塑料棍吞进了小肚子,在医院做了小手术,医生和护士阿姨给了你无微不至的照顾。从此,所有穿着白大褂的医护人员都被你亲切地称为"阿姨妈妈"。)你看着我,似懂非懂,但在那之后,你再没有因为我的离去而哭闹不休,还像小大人一样交代我:"哦,那你要像'阿姨妈妈'一样照顾那些生病的小宝宝哦。"

5岁的姐姐总是跟我说:"妈妈,我长大以后,要像你一样当一名护士。"跟弟弟过家家的时候,还在念叨着"弟弟,姐姐要去医院上班了,你在家里要乖哦"。从你稚嫩的嘴里听到这个梦想的时候,妈妈是震惊的,虽然多年忙碌的医院工作经历告诉我,护士并不是个轻松的职业,但是妈妈也没有即刻反驳你,因为你理解妈妈的工作,觉得妈妈的工作很好,很有成就感,护士就是神圣而美好的。所以,妈妈会保护你这个美好的梦想。

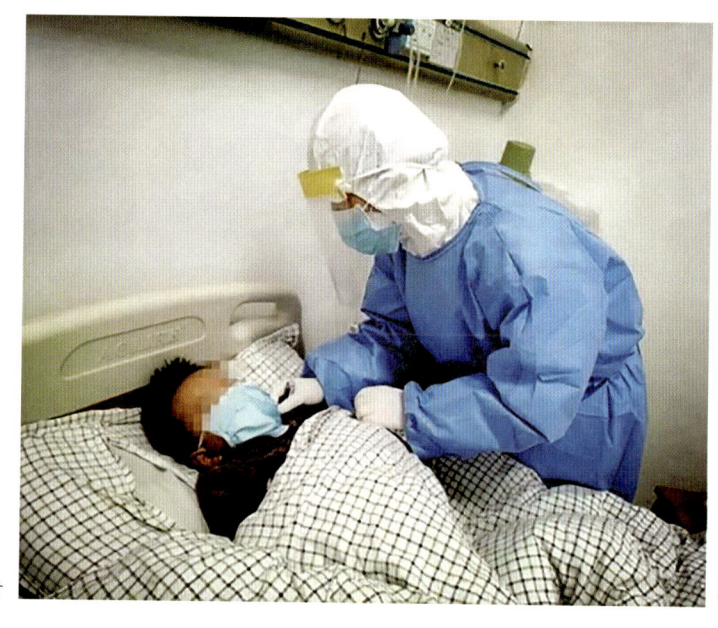

贺慧阳在照顾患者

从你们出生后，因为工作，妈妈缺席了你们的很多成长瞬间：姐姐在舞蹈班的第一次正式演出；弟弟第一天上幼儿园；你们的运动会；学校的秋游……甚至在你们生病的时候也没有时间照顾你们。

姐姐身体不是特别好，经常感冒咳嗽，好几次都因为没有及时就医而发展成肺炎，妈妈很内疚，在你们最需要我的时候总是把你们托付给奶奶，自己却回了医院上班。至今我依然记得临出门前生病的姐弟俩撕心裂肺地哭喊着"妈妈"。妈妈不算是一位称职的妈妈，没有好好陪伴和照顾你们，反倒是你们那么乖巧懂事，对此妈妈一直心怀愧疚。

昨天，爸爸发来你们的视频，视频里，姐姐带着弟弟，小小的你们像大人一样交代妈妈："妈妈，要注意安全哦，好好照顾自己，我们爱你哦。"

看着你们的视频，妈妈眼睛红了，妈妈答应你们，一定会好好工作，注意隔离防护，保证安全。

弟弟的生日是大年初二，因为全体医护人员取消春节休假抗击"新冠"，已经错过了。姐姐的生日是正月十七，"新冠"疫情可能短时间内还不能结束，可能也要错过了。爸爸说生日要有仪式感，但是今年妈妈已经无法及时给你们一个仪式感满满的生日了。妈妈答应你们，等这次抗击"新冠"工作结束后，妈妈一定把你们接回来，补你们一个大大的蛋糕，陪你们过一个迟到的生日。

现在，妈妈正和身边的医生叔叔还有"阿姨妈妈"们一起奔波在病房，照顾那些生病的人们，相信有这么多战友共同奋斗，这场没有硝烟的战争一定可以早点结束，妈妈也可以早点把你们接回来。

爱你们的妈妈　贺慧阳

2020 年 2 月 4 日

甘肃父亲写给援鄂女儿的家书

你的勇敢和担当，让爸爸为你竖起大拇指

● 甘肃省兰州市西北民族大学附属医院骨科护师谭锦柯的父亲

【家书背后】谭锦柯是西北民族大学附属医院、甘肃省第二人民医院援鄂护理专业医疗组的队员，也是该医疗组唯一的党员。一向文静柔弱的她，这一次毅然而坚定，把自己的安危置之度外，没有和爸爸妈妈商量，就向组织递交了请战书。她的爸爸无比担心，却又充满自豪。爸爸给她写下一封家书，表达了对奔赴抗疫一线女儿的殷切关怀。

女儿：

爸爸没有猜错的话，此时你已经降落在了武汉天河机场，或许已经坐上大巴驰往医院抗疫一线。时间已到了凌晨一点，爸爸还是睡不着。自从那天你告诉我们你交了请战书，我和你妈妈就非常担心。今夜，我望着南方寂静深邃的夜空，心情久久不能平静。我们都是平凡的人，面对危险和战争，说不担心害怕那是假话，何况自己的女儿亲赴前线，我们怎能不忧心忡忡！

你一向文静柔弱，甚至有些胆小。当初高考选专业时，爸爸就是考虑到你的性格特点，才考虑优先选择医护专业。我们想着和平盛世，国泰民安，医者仁心，治病救人，积德行善，起码岁月静好、现世安稳是不成问题的。

谁能预料，就在年末岁尾、辞旧迎新的关键时刻，一场突如其来的疫情将全中国人民的喜庆节日搅乱，也给我们每个人宁静祥和的小日子布上一层阴云。作为一名医护人员，女儿你这一次做得非常果断，本来柔弱的你把自己的安危置之度外，没有和爸爸妈妈商量就向组织递交了请战书。爸爸虽然有些许不安，但你的勇敢和担当让爸爸为你竖起大拇指。

今天下午一直没有等到你的视频，最后才知道，军令如山，十万火急，你根本没有时间发视频给我们。省上动员会后，接着短时培训会，之后就直达机场，飞抵武汉。我看和你同行的一百余人，都是和你一样勇敢的同行、同事。前方还有军队医院和武汉地方医院成千上万的医护人员，你们和他们并肩作战，共同迎战疫情。甘肃省委省政府和所有的甘肃人民，包括爸爸妈妈、兄弟姐妹、亲戚朋友都是你们的大后方，你们不孤单。

武汉的夜一定也很寒冷，女儿记得穿暖和。最后爸爸要叮嘱的还有：面对这场没有硝烟的战争，你一定要坚强勇敢，胆大心细，既要服务好病人，还要照顾好自己。疫情肯定会让你悲伤，但是一定记着不要流泪。战胜疫情、挽救病人才是我们最终的目的。最后，祝愿女儿平安、健康、快乐每一天，顺利结束战斗。盼望女儿凯旋！

爱你的爸爸
2020 年 2 月 5 日凌晨

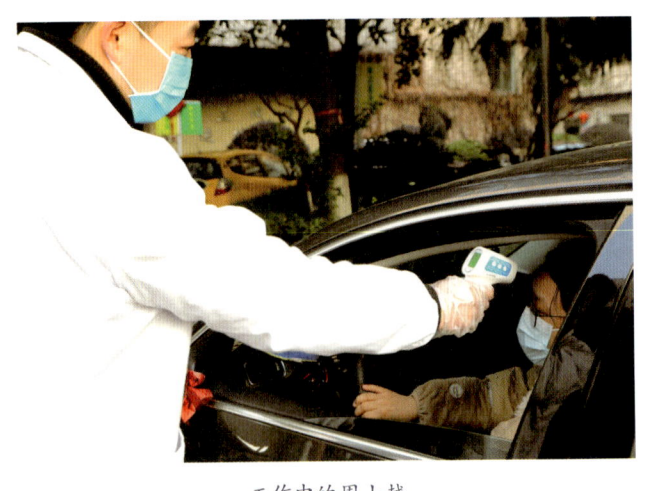

工作中的周士越

医学专业出身,不在抗疫一线奋战,但作为一名安全保卫工作者,我同样要坚守岗位,为那些夜以继日奋战在一线的叔叔阿姨们保驾护航,全力维护单位的平安、稳定。你的妈妈为了能使他们医院的医务人员在特殊时期吃得好、吃得饱,也在冒着严寒为他们送慰问物资。这些天,我和你妈妈奔波在家与单位之间,有时候出门了,你还没有醒来,回家了,你已经睡着,即便是没有睡觉,因为怕引发不必要的交叉感染,我们都是尽量离你和外婆远一点。可是孩子,看着你粉嫩嫩的小脸,我和妈妈是多想抱着你,亲亲你,告诉你我们是多么爱你!

你妈妈说:"女儿,这场战役中,你也做出了非常了不起的贡献哦,因为你把你的爸爸妈妈分给了那些需要保障他们安全的叔叔阿姨,你真棒!"听了这话,你不好意思地笑笑说:"爸爸妈妈,我懂的,你们是'白衣战士',你们有自己的任务,放心,我可以好好照顾自己的!"那一刻,我和妈妈都红了眼眶,这是不到9岁的你给我们的鼓励和支持,我们会带着你的理解,带着你的爱更好地去工作、去战斗!小时候,你说你以后也想当医生,这个愿望很好,但要走的路也很长很难。如果真的有一天,你举起右手在希波克拉底的塑像前庄严宣誓,我只愿你能记住"健康所系、性命相托"这几个字的意义。要记住,医者,没有所谓的鲜衣怒马,有的,只是汗水、眼泪、热血和忠诚!

奕澄,没有一个冬天不可逾越,也没有一个春天不会来临。我们坚信,在党和政府的正确领导下,我们的祖国定会凝聚磅礴力量,守望相助,同舟共济,众志成城,战胜疫情!

爱你的爸爸

时时扶杖倚门望，置酒布宴待凯旋

- 江苏省南京市东南大学附属中大医院江北院区心血管内科重症监护病房护师李宗育的父亲　李浩

> **【家书背后】**得知需要医护人员支援前线的消息，李宗育第一时间报了名，并提交了按上红手印的请战书以表决心。入选后，李宗育剪去了长发。她说："剪去长发是为了避免感染，而且长头发穿脱防护服也很碍事。以后头发还会长回来的。"父亲李浩知道女儿即将驰援武汉，为女儿写了一首诗，并在元宵节前夕写下一封家书。

宗育：

　　驰援武汉已10天了，佳节来临，更生思念！

　　和武汉一样，正月以来，南京几乎没有晴朗的天气。人们对元宵节的期许也不似以往，都在积极应对疫情，只盼疫情早点过去。虽然经历着思念和煎熬，但也深深感受着光荣与温暖。

　　这段时间，你们医院多位领导经常嘘寒问暖，工会还送来慰问品。前天，江北新区领导又亲自登门慰问，送来许多小食品、水果，还有5000元现金。昨天又接到两个电话：一是电信公司已赠20兆流量；二是妇联要派专车每周一次免费送菜上门。我这心里只有谢意和感动。因此，家里一切都好，你完全可以放心！

　　我和大家一样，也在关注一线，关注你们，我每天看新闻频道，现在武汉的患者还在增多，疫情还在持续。如你所讲：是时候保护他们了！通过此次选择，我感到你真的长大了，但作为父亲，仍然想嘱咐你几句。一要做好防护，因为做好自己，才能更好地帮助别人。二是一线同仁都是各地精英，你要虚心学习，积极协作，一起战胜瘟疫。

女儿，相信不久，我们肯定会迎来一个阳光明媚的春天！祝你早日凯旋，为你加油！

父字
2020年元宵节前夕

附：李浩写给李宗育的诗

送吾儿赴武汉战"疫"

风萧萧兮易水寒，不计安危赴国难。
恨无子嗣承祖志，幸有爱女学木兰。
武汉城头愁云重，荆楚大地苦雨涟。
瘟疫横行民谁救，白衣天使挽狂澜。
玉腕轻舒拂长袖，除却阴霾焕新天。
父女原是相依命，儿行千里此心牵。
时时扶杖倚门望，置酒布宴待凯旋！

元宵夜，80后民警的这封家书让人感动

等你们长大了，爸爸一定带你们去武汉，那里的人们很坚强很勇敢

● 湖南省岳阳市华容县公安局注滋口派出所教导员　刘泽宇

> 【家书背后】2020年1月24日，除夕夜，他将自己两个可爱的宝贝交给妻子照顾，自己驱车赶往距离家233公里的工作岗位，他就是湖南省岳阳市华容县公安局注滋口派出所教导员刘泽宇。春节前疫情突发，刘泽宇和同事们用坚守诠释了奋战在疫情防控一线人员的责任与担当。直到大年初七晚换岗休息后，他才给两个宝贝写了一封家书。这封家书表达了他对孩子们成长的期待与祝愿，更表达了他战胜这次疫情的决心与信心。

亲爱的桃子宝贝和东东宝贝：

　　感谢你们带给爸爸的快乐和力量！今天是元宵佳节，爸爸在岳阳市华容县注滋口镇与新冠肺炎疫情防控一线的战友们共同战斗着。今年元宵节夜晚较往年少了很多红灯笼，但注滋口镇寄山湾新冠肺炎防控检查站的警灯和帐篷内的炭火同样暖人心。对于我们远古的祖先而言，看到火就等于看到温暖，看到在残酷的自然里生存下去的希望。此刻，请让温暖的爸爸隔着空气来拥抱你们。

　　大年三十晚上和你们分开的时候，不敢拥抱你们，不敢亲吻你们，爸爸怕抱了、亲了会更舍不得离开你们。从星沙家中到注滋口派出所的距离是233公里，职责和家庭在肩，爸爸驾驶的车速较往日要更慢更稳，爸爸选择向前，因为爸爸是共产党员，是人民警察。爸爸坚信，只要党旗在疫情防控斗争一线高高飘扬，爸爸和战友们就一定能打赢这场没有硝烟的阻击战。

刘泽宇的两个孩子：桃子（右）和东东

初四夜晚，收到了你们妈妈的信息："我已经向医院领导提出了申请，自愿提前结束产假，尽快和同事们一起工作。"爸爸看到信息后能体会到你们妈妈抗疫的决心，立即回复"支持你"。初五的上午，你们的妈妈电话告诉我，华容县人民医院的院领导因为考虑到东东还太小，考虑到我们家庭的特殊性，没有接受她的申请，通知她3月7日把产假休完再归队。你们的妈妈是一位伟大的白衣天使，是一位善良、勇敢的女性，请你们长大了要好好陪伴和爱她。

这15天来，爸爸和公安战友们坚强地进行着扼控疫情的战斗。我们在最靠近疫情重点地区的各个卡口检查车辆、人员，配合卫健部门测量体温、处置异常；很多战友在感染风险最高的定点收治医院值守，维护好医疗秩序，配合做好疑似病患隔离留观和确诊病人救治工作；很多战友在繁华集镇、商贸市场、车站码头巡逻宣传，劝导人员减少聚集，加强疫情防护。还有无数的政府工作人员、医护人员、村场干部一直坚守在疫情防控的第一线。病毒无情，我们也是血肉之躯，我们同样恐惧疫病。我们都是父母的儿女、配偶的爱人、子女的父母，我们同样渴望阖家团圆。但在这特殊的新年、特殊的战役中，我们选择勇敢，选择坚守。我们来时不惧风雨，去时不畏人言，我们必须要挺身而出，我们要尽快赢得这场战役的胜利！

孩子，罗曼·罗兰曾说："这个世界上只有一种英雄主义，就是在认清生活的真相之后，依然热爱生活。"请你们长大了一定要成为乐观的人，乐观是面对艰难的通行证，是你们身上坚实的铠甲，能让你们抵挡世间的锋利，能胜过千军万马。近几天新冠肺炎的传染蔓延速度得到了有效控制，但面对越来越多的确诊人数，我们不敢有半分的轻慢和侥幸心理。国家领导人和无数医护专家赶往了武汉疫情防控诊治最前沿，武汉有难，八方支援，举国的心都在武汉。孩子们，这就是我们党和国家的力量，请你们对这个世界，对我们的党和国家，对身边的每一个人充满爱，因为爱能让恐惧退散，爱能让大家更勇敢。

孩子们，等你们长大了，爸爸一定会带你们去武汉看看，武汉是我们国家的军事重镇，是交通枢纽，也是贸易中心，更是文化古城，那里有山有水，有人杰也有地灵，有大学更有大师，那里的人们喜欢吃热干面、"周黑鸭"，那里的人们很坚强很勇敢！

家在，亲人在，你们在，便是爸爸心之归处，也便是心安之时。愿爸爸此刻的坚守将迎来团圆的曙光。元宵节快乐，爸爸一定平安回来向你们报喜！

爱你们的爸爸

刘泽宇和同事在执勤中

守住"疫"线,就是守住团圆

● 山东省日照市港航公安局北区派出所女民警　秦鹭

【家书背后】秦鹭是山东省日照市港航公安局北区派出所女民警,投身疫情防控工作以来,她坚守在抗击疫情一线。面对疫情,守住"疫"线,就是守住团圆,可是她的心里却有不一样的牵挂,于是饱含深情地给女儿写下了这封信。

秦鹭的女儿小七七

我亲爱的小七七:

咿咿呀呀、蹒跚学步的你已经慢慢长大,却还在贪恋妈妈的怀抱,每晚睡觉都想要妈妈搂着才睡得安稳。都说警察的孩子,在人生的道路上有着同龄人少有的稳重与坚强,你们要比别的孩子承受得更多。

曾经，我接到紧急任务需返回单位时，你总是哭闹着搂着我的脖子，问："妈妈，你能不去吗？妈妈，你一会儿就能回家吗？"发现每次承诺都得不到兑现，你好像就再也没问过了。再往后，当爸爸不在家，晚上妈妈又要返回工作岗位的时候，你会让我把家里所有的灯都打开，然后爬上床乖乖等着奶奶的到来，不哭也不闹。

六一儿童节、五一假期、十一假期、春节假期……好像所有的假期我都没有完整地陪伴过你。假期里，我和爸爸都上班时，小小的你戴着电话手表、背着书包、挂着钥匙、揣着钱包，拿着我的手绘地图自己出门，去图书馆看书，去超市采买，去"觅食"填饱肚子。

这个春节假期，在疫情发生前，又是你自己乘坐飞机去姥姥那儿。每次把你用"无陪儿童"的方式"邮"到姥姥那里，看起来潇洒又酷，其实我是无奈又心酸。没有妈妈的陪伴护航，你只有自己坚强。说好了一起去姥姥那里过春节，妈妈却又食言了。是我选择了当警察，而你选择了我当妈妈，对吗？

3月3日是你的10周岁生日，希望在这个日期前，疫情结束了，妈妈一定陪你过生日！

爱你的妈妈

工作中的秦鹭

爸爸也是一名共产党员，秉承的宗旨就是"当先锋、担重任！"

● 国网益阳市资阳区供电公司长春供电所职工　曾广祥

> 【家书背后】当前正值全民战"疫"进行时，无数"逆行者"义无反顾奋战在一线，中建五局建设者也不例外。曾广祥是国网益阳市资阳区供电公司长春供电所职工，他的儿子曾翱是中建五局第三建设公司的一名员工，也是武汉雷神山医院的一名建设者。儿子奋不顾身的精神使曾广祥深受感动，他给儿子写下了一封家书。

亲爱的孩子：

今天是你自驾前去武汉支援雷神山医院建设的第10天，也是爸爸新年重返岗位的第1天。在家自觉隔离的这20天，爸爸虽然忧心忡忡，担心自己的缺席会在这个用电高峰期给同事们增加负担，但是为了不给同事增加风险，不给国家增添医疗负担，虽经检查一切正常，我还是向我的单位国网资阳区供电公司申请了自我隔离。运用手机办公软件并不娴熟的我，自隔离那日就开始了长达半个月的线上办公。

老爸年纪大了，经常忘记重要的事儿，但是最近有两个难忘的日子我却无法忘记。1月20日，你们小两口和你母亲从湖北你工作的项目部回来，那是我们一家团圆的日子，爸爸高兴得前一天晚上都没睡着。可是没过几天，全国疫情突发，我们全家做完各项检查后开始自我隔离。爸爸无法忘记的还有2月1日，你告诉爸爸单位同事有事，派你回去换班，从不跟爸爸撒谎的你却不知道，亲戚已经把你老婆圆圆发的朋友圈给我看了。傻孩子，你为了不让爸妈担心，瞒下了你紧急驰援雷神山医院建设的事。你要知道，爸爸也是一名共产党员，爸爸所在的电力共产党员服务队一直秉承的宗旨就是：当先锋、

曾翱在雷神山建设现场

担重任！就像圆圆朋友圈说的那样："你不去，我不去，后方的家人谁保护；你参与，我参与，病毒都是纸老虎。"

之前与你视频，你告诉爸爸现在工地上24小时两班倒。因为是临时抽过来火速赶工，场地不熟悉、施工变化很大，所以面临着很大的挑战，但是工地上热火朝天，大家都干劲十足，只为了保质保量完成建设，不辜负党组织的信任，为武汉人民早日送去希望。日夜循环赶工的你还不忘给我打气："爸爸，虽然不能出门，但只要你有心，还是可以使出自己的一份力啊！"于是我开始积极在客户群发布客户温馨提示、供电服务热线，解答客户咨询问题。平时专攻外勤不擅长内勤工作的我慢慢学会了如何在工作群督办各项服务工单、协调人员安排。儿子，你说得对，只要调整好心态，哪里都是办公室。

疫情正在一步步得到控制，雷神山医院已经交付使用，你们还剩最后一点收尾工作。我和你妈、圆圆，还有她肚子里的宝宝一起期待着你履职归来。爸爸也会在重返岗位的日子履行一个共产党员的承诺，发挥先锋模范作用，全力以赴，保障后方可靠供电，为一线的你们点亮希望。

父亲

2020年2月10日

佛山市第二人民医院援鄂医务人员写给孩子的家书

爸爸妈妈在努力成为你们的榜样

- 广东省佛山市第二人民医院肿瘤血液科医生　马庆辉
- 广东省佛山市第二人民医院急诊科护士长　常雪娟

> 【家书背后】广东省佛山市第二人民医院的肿瘤血液科医生马庆辉和急诊科护士长常雪娟都是佛山市驰援武汉医疗一队的医护人员，他们在这场战"疫"中，暂时离开了自己的小家，奋战在没有硝烟的战场上，他们的孩子都期待心中的英雄早日平安归来。2020年2月23日，他们各自给孩子写了一封战"疫"家书。

马庆辉：孩子，我们的家并不只有爸爸妈妈！

马庆辉在工作中

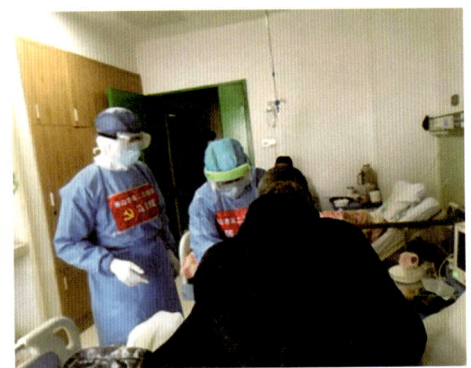
马庆辉在隔离病房中

亲爱的女儿：

我想对你说：爸爸离开你已经两周了，爸爸很想你！

每次视频，你总是问："爸爸，你什么时候回来呀？我马上就要过生日了，你还要陪我切蛋糕呢！"

亲爱的女儿，我想对你说：这次爸爸不能陪你过生日了！我和妈妈常常开玩笑说你马上就不是三岁小孩了，要长大了！现在请你快快长大，听懂我要说的话。

亲爱的女儿，祝你生日快乐！希望你一边长大，一边慢慢明白我要讲给你的一些道理。

星夜接到通知，马上准备出发。紧急准备出征的同时，爸爸妈妈无法给你讲太多安慰的话。只能告诉你：爸爸要上一个长长的班，你在家要好好听话！

三岁多的你还不太明白这个变化，我只能在你的哭闹声中离开了家！

亲爱的女儿，你正在长大，有一天我希望你能明白：我们的家，并不只有爸爸妈妈！

我们还有一个大大的家，还有很多的家人，这个家的名字叫中国！

现在家里有难，家人有需要，我们应该相互帮助呀！

你常说：爸爸是医生，妈妈是医生，长大以后我也要当医生！

你最喜欢奥特曼打怪兽的故事，而此时肆虐的新冠病毒就是怪兽啊，爸爸妈妈就是这场战役中的奥特曼，我们一起来打跑病毒怪兽，好吗？

亲爱的女儿，爸爸还是一名共产党员，任何困难前理应冲锋在前呀！国家有需要，召必回、战必胜，这也是任何一个普通中国人的良心和责任呐！

亲爱的女儿，你常常问：

爸爸，我什么时候可以下楼去玩呀？

爸爸，我什么时候可以不用戴口罩呀？

爸爸，我什么时候可以去荡秋千？

爸爸，我想去上幼儿园啊！

亲爱的女儿，爸爸明白你的愿望，爸爸想对你说：

很快！很快！愿望一定会早日实现！

因为，爸爸妈妈在努力！

因为，千千万万的叔叔阿姨们在努力！

到那时，我们再一起过一个有大大蛋糕的生日！

到那时，我们再一起在蓝天下自由地呼吸和玩耍，共同爱护好我们的家！好吗？

爱你的爸爸
2月23日于武汉

常雪娟：等武汉好了，妈妈再回来给你们一个大大的拥抱

致我可爱的两只"哈士奇"：

亲爱的宝贝们，今天是妈妈来到武汉的第10天了，昨天晚上屏蔽了隔离在湖北老家的外公外婆发了第一条朋友圈，虽然在这10天里都有跟你们两"小只"视频，但妈妈每天还是很想念你们。

你们从出生到现在，除了住温箱，还没有离开妈妈这么久，不知道你们是不是也想念天天带你们偷偷吃垃圾食品的"坏妈妈"。

妈妈来武汉前告诉你们，现在很多人都生病了，所以大家都戴着口罩，我们也不能随便出去玩，只能在家里。

哥哥懂事地说："是不是有很多细菌，大家才生病，所以我们不能出去玩？"虽然你们并不知道"病毒"和"细菌"到底是怎样的存在，但作为医务工作人员的我在想，是不是太早地让你们接触了医疗行业，所以你们才会说出这么"专业"的话，才会在爸爸每次回医院时要跟着这个骨科医生去看骨头，才会对救护车是救病人的事情这么好奇。

虽然湖北是妈妈的老家，但当妈妈第一天来到武汉时却感到特别沉重，路上除了接送医疗队的车在疾驰，整个武汉就是一座"空城"，这不是作为一个一线城市该有的样子。

经过一天的紧急培训，带着忐忑的心情，妈妈进了隔离病区，进去前，感觉手有点发抖，到这个时候才会感觉到有一点点怕，但是想想你们两"小只"还在家等着妈妈，好像又好了很多。穿防护服差不多用了一个小时的时间，好在第一次进仓能够坚持完全程，并且还得到几位武汉阿姨的关心和感谢，不知道这样你们会不会给妈妈一个"小心心"。

这段时间妈妈已经习惯了这边的上班模式，但今天上早班的我还是有点"怂"了，不知道是不是跟护目镜杠上了，全程这个护目镜勒得太紧导致整个头要炸裂的感觉，出仓时还有种想吐的感觉，但是还是要好好地感谢一下今天跟妈妈一起搭班的叔叔阿姨，感谢他们的关照。

看到每天报道的疫情情况都在往好的方向发展，这样的话可能妈妈就会很

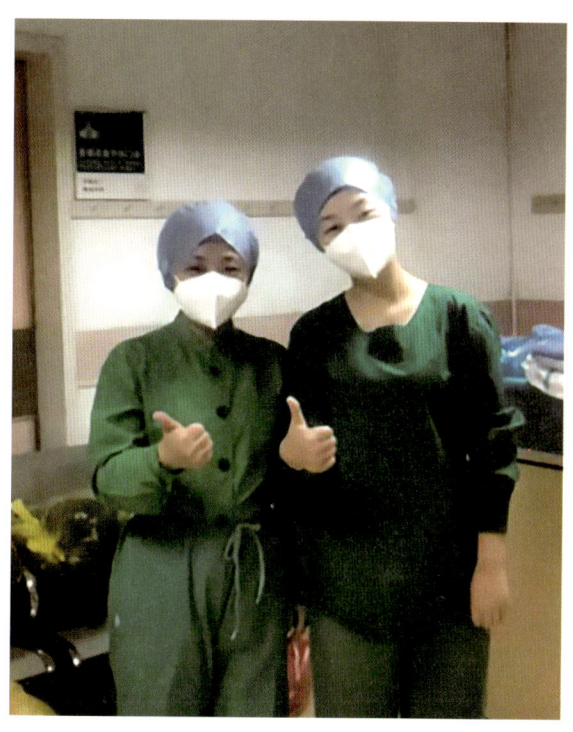

常雪娟（右）工作照

快回去，带你们吃心心念念的薯条和比萨。虽然爸爸一直都很反对带你们吃这些东西，但这次回家后我说了算，因为妈妈也是上过战场的人了，我可以在他面前好好地"吹牛"了。

你们幼儿园小朋友的妈妈也给妈妈发微信了，给妈妈加油，妈妈也希望在你们今后成长的路上，妈妈的所想所做能够成为你们的榜样，你们以后能很骄傲地告诉小伙伴说："我的妈妈很棒。"哈哈，虽然妈妈很多时候都很不靠谱。

好了，不要太煽情，短短的一封信，写得妈妈"老泪纵横"的，等到春暖花开的时候，妈妈带你们来武汉好好地转一转。这段时间在家一定要好好听奶奶和爸爸的话，不要拆家，不要拆家，不要拆家，重要的事情说三遍！等武汉好了，妈妈回去给你们一个大大的拥抱！

爱你们的妈妈
2月23号于武汉

抗疫一线父亲送给5岁儿子的特殊生日礼物
送你一个关于勇气的故事

● 湖南省长沙市中南大学湘雅二医院手术部主管护师　陈劲舟

> 【家书背后】2020年2月8日，陈劲舟作为中南大学湘雅二医院第三批援鄂国家医疗队队员前往湖北，支援抗疫第一线。2月23日是他的儿子睿睿的5岁生日，他不能陪伴在孩子的身边。在紧张的工作之余，他为儿子写下了这封信，作为生日礼物送给他。

睿哥，我亲爱的儿子：

今天是2月23日，是爸爸来湖北的第15天了，也是你5岁的生日。往年的这个时候，爸爸应该在忙着为你准备生日party了。你会计划着邀请哪些小伙伴来参加你的生日会，在期待着爸爸给你准备了什么礼物，会给你带来怎样的惊喜吧！但是今年出现了非常特殊的情况，不能举办生日party，爸爸也不能陪在你的身边，但是爸爸仍然为你准备了一份特别的礼物，一个不一样的惊喜！

今天爸爸准备的礼物是一个关于勇气的故事。

前不久，在我们湖南的邻居湖北啊，出现了一个叫作新冠病毒的小怪兽。它非常可怕，如果大家在一起玩耍，很有可能就被它盯上，它会钻进人们的身体里面，让大家发烧、咳嗽、呼吸困难，所以大家都吓得不敢出门了。它让所有的小朋友们都不能去学校上学了，不能和小伙伴们一起玩耍，让叔叔阿姨们不能去正常工作，让农民伯伯们无法去耕种，让所有的人都不能正常地生活了。你最喜欢的神兽金刚、奥特曼、汪汪队什么的也都拿它没办法。这个可恶的病毒是不是非常的厉害非常的可怕啊？但是啊，这个病毒也有个弱点，就是它打不赢警察、解放军和爸爸妈妈的同事们。我们就自发地组成了一个名叫"逆行

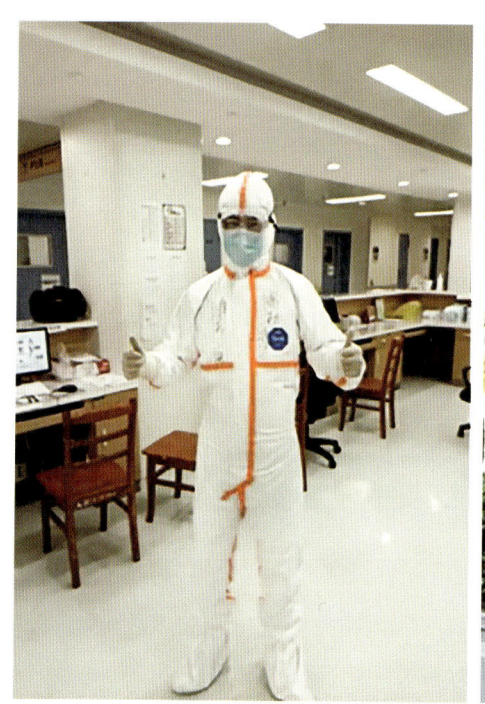

陈劲舟在武汉

者"的团队，齐心协力一起去消灭病毒了。在和小怪兽打仗的时候，"逆行者"每次都会变身——穿上厚厚的防护服、隔离衣，戴上口罩、护目镜，把自己包裹得严严实实。变身也很痛苦，变身后不能自由呼吸，不能喝水、吃东西，不能上厕所，但是所有的"逆行者"都毫不畏惧。病毒虽然害怕变身之后的"逆行者"，但是它也非常狡猾，每天都在躲避着逆行者的追赶，还想悄悄地进到他们身体里面去伤害他们。在艰苦的条件下，"逆行者"也非常勇敢和团结，他们每次在变身的时候都会相互帮助，充当彼此的眼睛，不让病毒逃走并且消灭它们。很快的，经过逆行者们的浴血奋战，最后把病毒全部都消灭干净了，大家又可以开开心心地在一起玩，做自己喜欢做的事情了，这个美丽的世界又热闹无比，充满了欢声笑语。

崽崽，通过这个故事你有了什么启发？是不是你也会成为一名坚强的勇士和各种恶魔做斗争呢？在你们篮球队的训练场上和比赛场上你是不是也会像"逆行者"的叔叔阿姨们一样和队友们团结友爱、互帮互助？你是不是也会更加坚强地去保护妈妈、保护家里所有的人呢？

不知不觉，我们相伴已经 5 年了。你从一个呱呱落地的小婴儿，变成了一个一米二的小男孩。你活泼、聪明、可爱，也特别倔强和任性，这独一无二的你，在我们心里一直都是个坚强的男子汉。爸爸要感谢你：感谢你，给爸爸带来了无尽的快乐；感谢你，让爸爸真正了解了生命与生活的意义；感谢你，让爸爸懂得了责任与使命。

爸爸相信，我们这次疫情会像故事里面一样很快过去，爸爸一定可以打赢怪兽，早点回来陪你。待到春暖花开之时，我们再去武汉，去上次那个欢乐谷玩，去登黄鹤楼，去武大看樱花，去那个足球场再跑上一圈。

最后，爸爸祝愿你拥有健康的身体，拥有远大的理想，拥有十足的快乐，能有自己的责任和担当，能像一个勇士勇敢地成长。爸爸更希望通过这次疫情，你要明白一切成长都从尊重开始，要常怀敬畏之心，敬畏生命，敬畏自然，长大了为祖国、为家庭做出自己的责任和奉献。期待你更优秀的成长记录。

我们一起加油，一起为武汉加油，为中国加油！！！

陈劲舟

2020 年 2 月 23 日

爱是无疆

我被这个世界爱着

又怎能不去爱这个世界

你们都是奋斗在抗疫一线的好孩子

你们忙吧

我很平安，勿念

湖南新警写给父母的家书

我在这里挺好，你们也要好好的

● 湖南省株洲市渌口公安分局渌口区派出所民警　尹凯帆

【家书背后】新型冠状病毒肺炎疫情来袭，湖南省株洲市渌口公安分局渌口区派出所新警尹凯帆放弃春节休假，坚守抗疫一线，他饱含深情地给远在江西井冈山的父母写下了这封信。

双亲尊鉴：

家中一切可好？霜见异地，故乡寒度几许？我亲爱的父母啊！休使冷气估胜，敢祝老当益壮！莫为游子劳思，更促儿志期坚。我们一起度过了近30载的春夏秋冬，什么好啊坏啊，只要你们健康，只要有我在！

近来新型冠状病毒肺炎袭扰祖国各地，听闻家乡也有确诊病例，儿心甚忧，你们出门去往人流密集处，定要注意防护。如果有低烧、咳嗽等症状要及时去医院检查。

"为民除病当为己任，处事求其于心无愧"，我参加公安工作已有月余，从上半年的填报岗位，到省考的层层选拔，最终来到株洲市渌口区公安队伍，我总是秉承着这个原则为人处事。你们的教育也让我受益良多，虽然以前不曾也不愿与你们多讲，到了将近而立之年，倍感父母教导之谆、用心之良苦。母亲曾与我讲过毛主席的一句话，现在想来字字珠玑，"一个人无论学什么或做什么，只要有热情，有恒心，不要那种无着落的与人民利益不相符合的个人主义的虚荣心，总是会有进步的"。母亲大人不愧是人民教师，水平是要高那么一点。

刚到渌口派出所报到的时候，所领导对我十分照顾。彭教导员亲自带我，从值班到办案、从出警到调解群众纠纷，学做人、学做事，很辛苦也很充实，有付出更有收获。记得有天晚上，汤所长还特意让同事来家里接我，参与一个抓捕行动，让我感受下公安工作的方方面面。同事们也都很友善，不仅愿意手把手地教我业务上的知识，也积极关照我生活上的难处。我真的感到特别幸运——能在新的起点遇到这么友爱的集体！

"哪有什么岁月静好，只不过是有人在负重前行。"公安工作真的很辛苦，维护稳定，打击犯罪，走访群众……有时候案子来了，连续几天熬夜加班都是常态，虽然与我以前的工作性质有些相似，但是那种为群众解决问题的责任感、归属感、成就感让我心安，让我更有干事的动力和激情。你们也不用担心我的身体，工作之余（我）也在坚持锻炼，每天早上如果得空就在家做15分钟HIIT（给你们科普一下，就是高强度间歇性训练，其实就是把俯卧撑、波比跳、箭步蹲等动作多次数、短间隔地完成），周末有空也会在健身房做系统力量训练，儿子现在力可拔山兮，气可盖世矣！

"江水三千里，家书十五行，行行无别语，只道早还乡。"我很想念你们，但是今年过年要在所里值班备勤。作为一名人民警察，责任与使命更加重要，请你们理解，只要我们的心在一起，每一次团聚都是过年！我在这里挺好，你们也要好好的！

敬祝康健！

儿　凯帆　谨上
2020年1月22日于渌口

湖南护士除夕夜寄出的家书

愿岁月同我继续爱你

● 湖南省长沙市中医医院（长沙市第八医院）重症医学科护士　刘映霞

【家书背后】随着抗击新冠肺炎疫情战斗的打响，长沙市中医医院（长沙市第八医院）全体医护人员全力以赴，日夜奋战，与时间赛跑。面对疫情，许多人自愿放弃了春节休假，坚守在工作岗位上，时刻准备与病毒奋战到底。刘映霞就是其中的一员。在万家团圆的除夕夜，她从医院寄出了这封特别的家书。

亲爱的爸爸妈妈：

你们好！又是一年除夕，又是一年的爽约。自从工作后，越来越少的陪伴是生活里最大的遗憾。四年，我总是在往前走，走向更远更明亮的路，却忽略了背后默默付出和担心的你们。自从那天长沙被证实有新型冠状病毒感染的病例之后，你们电话里最从开始担忧，后来变成了理解。你（们）说："虽然我（们）不知道你现在在经历着什么，但这是你自己的选择。当然我们是支持你的，我们唯一的要求就是你要保护好自己，要平安。所以即使你很忙很累，也想听听你的声音，我（们）才安心。"我瞬间泪目。

这是在星城的第5个年三十，游子思乡，在年味里最能体会。写在旅途中的话语，与对春节的期盼，被工作搁浅。但当朋友说你可以不用那么拼、可以试着缓缓的时候，我说我没有选择，当我5年前踏进那扇门的时候，我就做好了准备。听着你们失望的话语，我自己也很难过，但，这是我的选择呀。你们的问候很暖心，但是也害怕你们陪着担心，所以很多事情都不想告诉你们。

我记得你们在我刚工作时，对坚决要去监护室的我说："世界那么大，如果有那份心力支持你自己的选择，那么你的世界你决定就好，我们只管全力支持。"那时候的自己不懂，现在才明白，或许你们的爱就是那种，从舍不得到

刘映霞（右二）和同事在一起

想保护再到给我自由的全部吧。谢谢你们，让我成长得这么好，也谢谢你们一直以来的支持、理解与包容。此刻，我在 100 多公里外的地方，提前祝你们新年快乐，道声新年祝福。愿岁月同我继续爱你，伴你左右望星辰浩瀚。

女儿　刘映霞
2020 年 1 月 24 日

浙江 7 岁男孩写给防疫一线妈妈的家书

妈妈，我真的很想你

● 浙江交通集团长兴西收费站收费员吴虹的儿子　糖果

【家书背后】吴虹是浙江交通集团长兴西收费站的一名普通的收费员，疫情当前，她的工作除了做好春运保障外，多了一份疫情防控的艰巨任务。2020 年 1 月 26 日晚上 10 点，在防疫一线坚守了一天的她刚回到家就看到了下面这封信，写信的是 7 岁的儿子糖果。

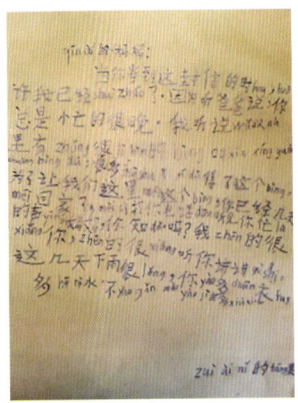

小糖果写给妈妈的信

正在给妈妈写信的小糖果

qīn'ài（亲爱）的妈妈：

当你看到这封信的时 hou（候），huò（或）许我已经 shuì zháo（睡着）了。因为听爸爸说，你总是忙到很晚。我听说 wǔ（武）汉 nà（那）里有 zhǒng（种）很 lì hài（厉害）的 bìng（病）叫 xīnxíng guānzhuàng bìngdú（新型冠状病毒）（肺炎），很多 shū shu āyí dōu（叔叔阿姨都）得了这个 bìng（病）。为了让我们这里 méi（没）这个 bìng（病），你已经几天 méi（没）回家了，měi cì（每次）打你电话 dōu（都）听见你忙 lù（碌）的声 yīn（音）。妈妈，你知 dào（道）吗？我 zhēn（真）的很 xiǎng（想）你，zhēn（真）的很 xiǎng（想）听你讲讲 gù shi（故事）。这几天下雨很 lěng（冷），你 yào（要）多 chuān（穿）衣 fu（服），多 hē（喝）rè（热）水，不 yào（要）gǎnmào（感冒），yào jì de（要记得）多 xiū xi（休息）。

zuì ài nǐ（最爱你）的 táng（糖）果

陕西医生写自抗疫前线的家书

只有你们安全,你们好,我才更好

● 陕西省商洛市中心医院预检分诊处负责人　方晴(化名)

> 【家书背后】新冠肺炎疫情暴发以来,作为商洛市中心医院预检分诊处的负责人,方晴始终身处防控第一线,每天都忙碌在预检分诊处、发热门诊等高危前线,以实际行动践行着"仁爱赤诚、精益进取"的精神。2020年1月27日,方晴给家人写了一封信,信中说明了自己不能回家的原因,并提醒、叮嘱丈夫和两个孩子做好防护,保护好自己。

老公、宝宝(化名)、贝贝(化名):

我接待的病人被确诊了,尽管我当时做了安全防护,但这次病毒很凶险,为了你们的安全起见,我经过2个小时的思考,决定在医院隔离观察14天,请你们不要为我担心,毕竟我在医院是相对安全的。

我们科里(的人员),大多是和宝宝一般大的孩子,没有多少经验,心里难免恐慌,我也怕他们因防范不到位引发感染,若是那样我心里会更加不安,我在,他们就有主心骨。

宝宝,你一定要和贝贝好好相处,遇事多思考,多沟通,切忌急躁。尽管很多时候你做的决定事后证明也是对的,但当时让人难以接受,这也是妈最希望你改变的地方。把贝贝托付给你,妈是放心的。

你们三个最近要照顾好自己及家里,尤其是要在家里好好做饭吃,不要在外吃辛辣刺激性食物,也不要到人员密集处。出门戴口罩,回家用消毒纸巾擦眼镜,认真用流水勤洗手,多锻炼,每天定时开窗通风。

同时,也不要过于惊慌,做好防护,勇担责任,做到不惹事、不怕事、不躲事。

老公,你陪娃们待几天,既要护娃们周全,也要保护好自己,切记最近绝

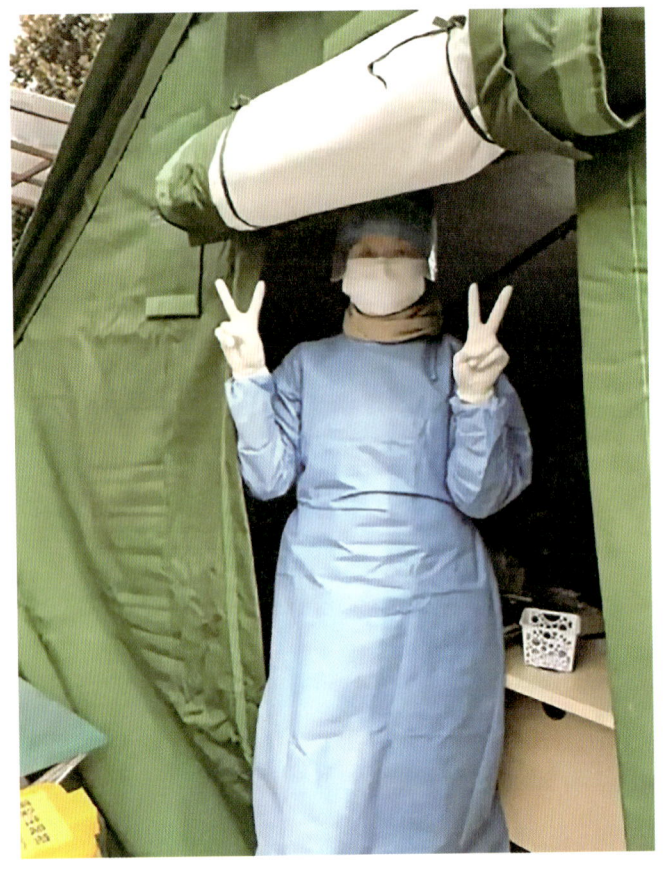

方晴工作照

对不要饮酒,不要聚餐;保证充足的睡眠,激发自身抵抗力;驼奶每天喝,每天保证人均一颗鸡蛋。

你们三个是我的生命,只有你们安全,你们好,我才更好。

宝宝、贝贝,你俩也要快快长大,克服凡事拖拉的惰性,有时间在家学会整理用物,保证家里及你们所处环境的卫生,这对你们今后的生活非常有利。

夜深了,不想惊扰你们睡觉,就在这里一一叮嘱了。请你们一定不要担心我,我会好好照顾自己。一会儿天亮后我会向医院申请小灵通,到时会告诉你们电话,毕竟拿手机污染太大。

爱你们!

晚安!

爱你们的妈妈

一位疾控人员的丈夫写给岳母的家书

待到山花烂漫时，我们一家三口再给您补过一个生日

● 广铁集团娄底工务段工作人员　梁志高

> 【家书背后】梁志高的爱人吴炼，是娄底市疾病预防与控制中心的一名工作人员。作为疾控卫士，吴炼从年前开始，一直投身在防控疫情的第一线。梁志高对爱人的工作给予了充分的理解与支持。这是梁志高写给岳母的一封家书，家书中流露出对亲人的牵挂和不能陪伴亲人的缺憾，折射出浓厚炽烈的家国情怀，传递着对"逆行"精神的崇尚。

尊敬的岳母：

　　您好！

　　大年初二打电话给您，答应初五您生日这天我们一家三口过来拜年。又食言了，请您谅解！

　　当前，新型冠状病毒肺炎疫情形势严峻，生命重于泰山，疫情就是命令，防控就是责任。您的宝贝女儿作为疾控卫士，从年前开始，一直投身在防控疫情第一线；作为党员，他们发誓让党旗在疫情防控斗争第一线高高飘扬。在火车站、高速收费口、病毒检验室等地方，随处可见他们忙碌的身影。

　　每天她回家后，我都会向她了解娄底的疫情防控情况，有联防联控措施落实，有群防群治抵御严密防线建立，有疫情防控科普知识宣传，也有为积极防控疫情不眠不休的动人事迹……针对身边、网上各种疫情恐慌情绪蔓延的情况，她也总是不知疲倦地给我认真讲解，告诉我和您的小外孙女要崇尚科学、遵循规律、稳定情绪、增强信心，做到不信谣、不传谣。

　　从大年初一开始，我每天带着您的小外孙女，没出一天门，不是教她写作

业，就是用手机搜菜谱，学着多炒几个菜。只是您的小外孙女嫌家里储备的菜品种不多，我告诉她不要挑剔，现在菜市场的菜有限，要把买菜的机会让给那些没有储备菜的人，在大灾大难面前，要有一颗爱心，用心关爱身边的每一个人。慢慢地，她接受了我的观点，不再剩饭，学会了珍惜粮食。

好了，时间不早了，我得早点休息，以便明天早早起床给您的宝贝女儿准备早餐，做好她的后勤保障工作。有我们的理解和支持，抗疫战争一定能取得全面胜利！妈妈，您在家也一定保重身体，不要去走亲访友，有要事出门记得戴口罩。待到山花烂漫时，我们一家三口再给您补过一个生日。

最后，祝您生日快乐，天天快乐。

您的女婿 梁志高

2020 年 1 月 28 日

湖南医生写自湖北黄冈的家书

对不起，原谅儿子不告而别

● 湖南省衡阳市南华大学附属第二医院医生　洪余德

> 【家书背后】新冠肺炎疫情暴发后，洪余德在湖南省衡阳市卫健委和南华大学附属第二医院的号召下，在除夕前一天就积极报名加入支援湖北的队伍。由于情况紧急，大年初一，处理完医院的相关紧急事务之后，他便匆忙赶回家收拾行囊，奔赴湖北黄冈。他的母亲已去世10年，父亲也已到了古稀之年。由于来不及与父亲告别，也不敢告别，2020年1月28日，他给父亲写下了这封饱含深情的家书。

父亲：

　　展信佳！

　　"新年快乐，祝您身体健康！"这句话本来是在大年初一给您的祝词，过去一直都是这样，未曾想到今年都没有这个机会。

　　近来新冠肺炎病毒肆虐，在卫健委和医院的号召下，我腊月二十九就报名参加了湖北抗击疫情工作。我很心虚，又怕您担心，只能开玩笑地和您说："全国医务人员准备支援湖北，我也去报名吧？"看到您脸上闪过的凝重神情，我想，您应该是料到了吧！

　　大年初一清早，因病人病情变化，未曾和您招呼便出了门，我也没想到那就是支援湖北的日子。处理好病人，立即参加医院组织的"壮行会"，然后匆忙赶回家收拾行囊便出发湖北，出门时瞥见您侧着身，弓着背，我没有告别半句便夺门而去，对不起，不是不想告别，而是不敢告别。

　　您养育5个儿女，劳累奔波一生。母亲去世10年，您孤单寂寞10载。本该颐养天年，您却要在古稀之年照顾幼孙。在您生病的时候，纵然头痛难以起身，腰痛不能直立，亦要强撑着，独自一人照料小孩。对不起，是儿子不孝，

洪余德写给父亲的家书

不能给您舒适的晚年，给您添麻烦了。

我平时不善言辞，少和您沟通，当您和我说"有时很寂寞"时，我万分难过，对不起，是儿子不孝，不能体会您的孤独，不能温暖您的心灵。

作为一名医生、一名共产党员，支援前线是我的责任与义务，您不会怪我吧？同为父亲，我的不舍与眷恋和您一样，但没有国泰民安，哪有家庭幸福？请您放心，我一定会和战友们勠力同心，战胜流病，早日回到您的膝下。

待到春暖花开之时，我们繁花与共。

祝父亲安康！

儿 余德

2020 年 1 月 28 日于黄冈

山东援鄂医疗队队员的一封家书

舍小家,为大爱

● 山东省济南市山东大学第二医院呼吸内科副主任医师 王永彬

【家书背后】2020年1月底,一封来自驰援湖北医疗队的家书在山东人的朋友圈被疯转。写这封家书的,是2020年1月25日晚跟随山东首批医疗队驰援湖北的山东大学第二医院呼吸内科副主任医师王永彬。作为两个孩子的父亲,家庭是王永彬无尽的牵挂。他在给妻子的微信中细心叮嘱家中事务,表达他对家人的感谢和关爱之情。人们看过这封家书后,纷纷为王永彬点赞。

我现在还好,状态不错,来到黄冈后忙于休整,忙于培训,忙于迎接这场没有硝烟的攻坚战,一直忙忙碌碌,一直没有时间给家里人说说心里话。

茼,我觉得你是我能毅然决然报名参加这次新冠肺炎保卫战的最坚强的家

山东首批138人医疗团队1月25日晚在济南遥墙机场集结

庭后盾，没有你的支持，我依旧会义无反顾地报名，不是我有多高尚，而是这是我作为一名医生的职责，大丈夫有所为，有所不为，所以我依旧会来。但是我也为人子、为人夫、为人父，脱下白大褂，我也是一名普普通通的人，面对未知的风险，我会特别忐忑，特别没有底气。幸亏有你的支持，我心里才那么的踏实。明天你也开始上班了，一定要注意防护，照顾老人和孩子的重任得暂时落在你的肩上。你不但要上班，还要照顾老人孩子，特别是要辅导儿子作业（抓狂），你上夜班而我休息的时候我可以遥控指挥给他辅导作业。家里老人，也得拜托你照顾，辛苦你了，谢谢！打心底里地感谢。

豆豆，你是爸爸的骄傲，你是那么的善良和认真，现在的你还不明白爸爸工作的性质和意义，也不会明白爸爸会面对什么，但是作为家里的小小男子汉，要学会守护我们的家，最重要的是好好把作业写完（别让妈妈抓狂），少一些调皮，力所能及地照顾妹妹，少和妹妹打架、抢玩具，好好吃饭，好好喝水，好好上学，一切都要好好的。

嘟嘟，你现在还小，我知道你现在什么都不知道，不明白，但你是我最最宝贝的女儿，我爱你，在爸爸无法陪伴的日子，希望你开开心心吃好吃的（少吃糖和巧克力），开开心心地玩（少看电视和电脑，对眼睛不好），健康成长，希望爸爸回去以后你能说话更流利一些，对爸爸更加亲近一些。

真心希望这场灾难早日过去，我能早日回归，天佑中华！

王永彬写给妻子的"家书"

爸爸除夕去战"疫"，10岁女儿写诗给他
爸爸，请放心

● 四川省乐山市人民医院呼吸与危重症医学科主任魏海龙的女儿　乐乐

> 【家书背后】魏海龙是四川省乐山市人民医院呼吸与危重症医学科主任。2020年1月28日晚，乐山市人民医院城南病区，忙了一天的病区负责人魏海龙，终于有空查看妻子发来的微信照片。只隔了几秒钟，这个41岁的男人就红了眼眶。照片上是女儿写的一首诗，也是对他说的心里话。

爸爸，我知道，
可恶的病毒来了，
我盼望的春节泡汤了，
平时就很少陪我们的你，
又陪不了我和弟弟了，
大年三十你就出门了，
到今天我还没见过你，
你也没空给我们打电话。
爸爸，我不生气，
妈妈说你在对付病毒，
电视里叔叔告诉了我们病毒是什么，
对付病毒的叔叔阿姨都穿得好奇怪，
爸爸，你现在也是这样子的吗？

爸爸，病毒这么可怕，
你在那里害怕吗？

我害怕,
你不在家,没有人保护我们和妈妈。
告诉你个秘密,
我害怕得哭了,不过我没有告诉妈妈,
我不要妈妈再担心,
我看见妈妈悄悄哭过,
我猜妈妈是担心你,
我也担心你,
你在那里千万不要被病毒传染,
弟弟还等着你回来带他骑车车呢!

爸爸,请放心,
我是四年级的大朋友了,
我可以代替你保护妈妈和弟弟,
我会帮妈妈收拾房间,
我会给弟弟喂饭,
我还会把作业做完,
不让你操心了。

爸爸,请放心,
我比男生还勇敢,
我不会再哭了,
因为我的爸爸还有很多的叔叔阿姨,
都在努力地保护我们,
他们都是超级英雄,
你也是,爸爸,
我觉得你很伟大,
我也很骄傲你是我爸爸。

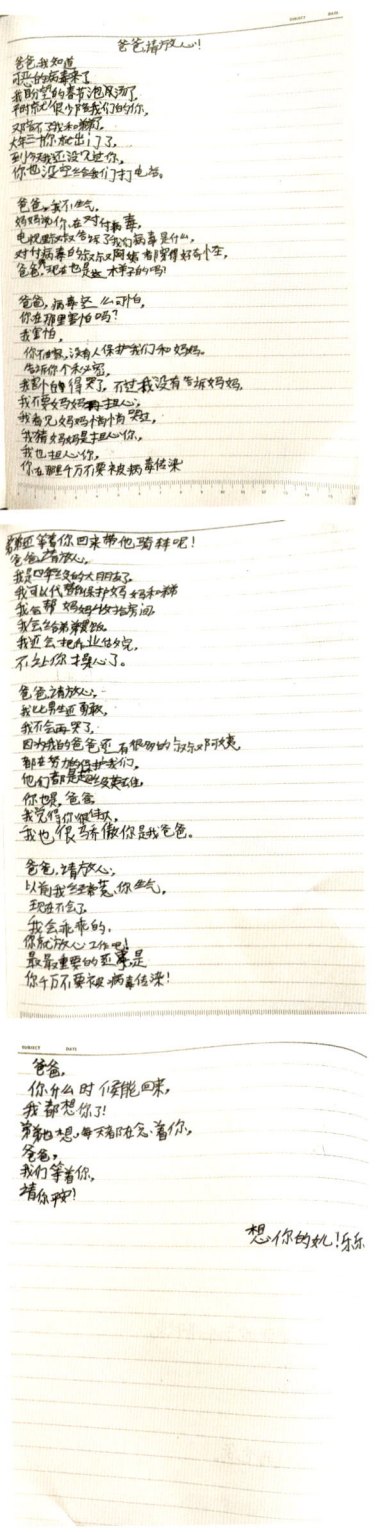

乐乐写给爸爸的诗

爸爸，请放心，
以前我经常惹你生气，
现在不会了，
我会乖乖的，
你就放心工作吧！
最最重要的还是，
你千万不要被病毒传染！

爸爸，
你什么时候能回来，
我都想你了！
弟弟也想，每天都在念着你，
爸爸，
我们等着你，
请你平安！

    想你的女儿　乐乐

陕西孩子写给一线医护父母的信

爸爸妈妈,赶快赶走病毒,早点回家

● 陕西省西安市大学南路小学学生　李峻博　小雪　田翼鸣

> 【家书背后】疫情就是命令!为支援武汉应对新冠肺炎疫情,陕西省人民医院于2020年1月24日凌晨紧急抽调重症医学、呼吸、感染控制专业医疗和护理骨干组成首批赴武汉的医护团队。他们带着专业的技能和丰富的经验,在经过一系列感控培训后,于1月26日下午奔赴武汉,战斗在抗疫战场的最前线。在后方,他们的孩子用稚嫩的笔迹,写下了对爸爸妈妈的无限牵挂与支持。

陕西省人民医院第一批支援武汉医疗队出发

(一)

亲爱的妈妈:

您好!今天已是大年初四,但想起大年三十那天上午的情景,仿佛还在眼前。

那天上午,您接到一个电话后就显得心情沉重,脸上也没了笑容。过了一会儿,您告诉爸爸和我,说您已经加入支援武汉抗击肺炎疫情的第一批救援医疗队。听到这个消息,我心里一紧:往年的这个时候,我们一家人正在开开心心围坐一起吃团圆饭。可是现在,您却在整理出发的行李。

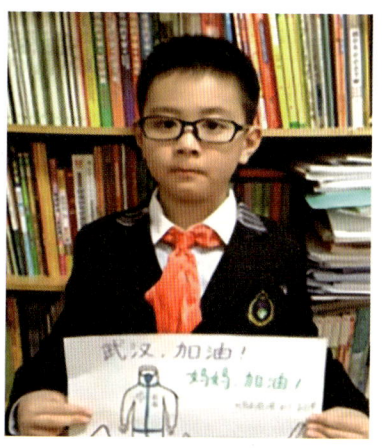

李峻博和他的画

我走过去拉住您的手不让您走,不舍地看着您。您告诉我,武汉肺炎疫情十分严重,当地的医生已经不够用了,需要邻近省份的医生立刻支援。这个时候,武汉最需要的就是医生,能让疫情(得到)有效控制的也是医生,作为医疗救援队的一名队员,早去一天,就可以多救助几个病人。我立刻松开了手。

初一的晚上,您一改往日"虎妈"严声厉色的形象,很温柔地和我聊天,聊了很久很久。您一遍一遍地叮嘱我,让我勤洗手、讲卫生,待在家里看书,尽量不外出。我多么希望时光停在这一刻啊!

早上,我起床后发现客厅里您的行李箱不在了,我才知道,您已经出发去武汉了。您怕我担心,没有告诉我出发的时间。我的眼泪夺眶而出,喊着:"妈妈!"

您去武汉后,我每天都在关注全国疫情的新闻,尤其是关于武汉的各种消息。我多么盼望武汉的疫情能一天一天好起来。自您走后,每天晚上,我等到您发来"平安"的消息后,才能放心入睡。

我从新闻上看到,李克强总理和国家疫情专家都赶去了武汉。我相信国家的力量,经过这么多医生和专家们的团结努力,一定可以控制疫情的发展。

妈妈,我想对您说:我和爸爸在家会严格按照疫情防护措施进行自我保护,您在武汉安心工作,不要担心我们的安全。我在我们班级群里也看到同学的爸爸妈妈和老师对您的鼓励和支持,我心里觉得很温暖,我有这样一个大家庭的温暖陪伴,您就放心工作吧。妈妈,您一定要在救治病人的同时,保护好自己!我在西安盼望着您早日平安归来!

祝平安健康!

您的乖儿子 李峻博

2020 年 1 月 28 日

（二）

小雪在给妈妈写信

亲爱的妈妈：

您在武汉还好么？我想您了！

妈妈，过年前您说今年过年要好好陪我的，可是当您听到武汉需要更多的医生时，您就报名参加了支援武汉的医疗队，您回家给我说了以后我很伤心，因为这就意味着今年过年您又不能陪我了，但是我知道您去武汉是为了帮助更多的人战胜病魔，我还是很为您感到骄傲！

妈妈，您在武汉安心地工作吧，在您不在家的这段时间，我会听爸爸的话，认真完成您给我的寒假安排，并且按照您给我讲的防护知识做好个人防护，做到不外出、勤洗手、戴口罩、不去人多的地方，注意个人卫生，保护好自己也保护好妹妹！

妈妈，您已经出去好几天了，一定很累了吧！您在外也要注意休息，保护好自己的身体，我和妹妹在家等着您平安回来！

爱您的小雪

2020年1月28日

（三）

亲爱的爸爸：

您在武汉一切还好吗？虽然您才去武汉3天，可是我已经很想念您了。我刚才想跟您电话视频，可是妈妈不让。她说您在那边工作非常忙，而且，您穿着防护服，连吃饭上厕所都不方便，怎么可能接电话呢？所以，我就不打电话打扰您工作了，我要给您写封信。

妈妈给我讲了这次肺炎的罪魁祸首——新型冠状病毒的一些知识，

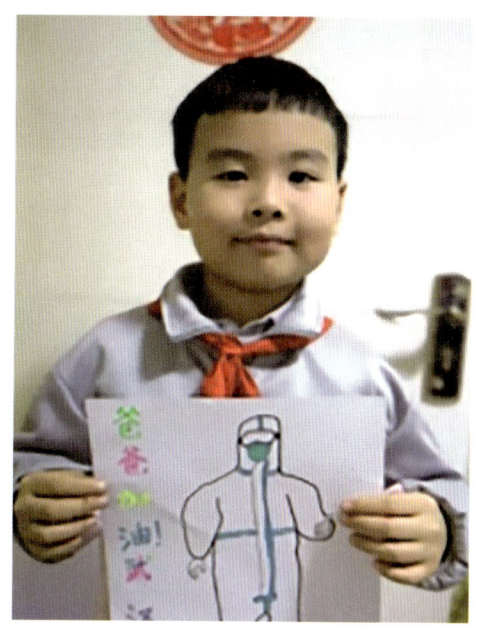

田翼鸣和他的画

还给我看了戴着"王冠"的坏病毒的图片。这个家伙的传染性极强，您一定要非常小心啊，千万不要被它感染了！您要健健康康地去医治那些被感染的病人，让他们早日康复啊！

早上奶奶给我打电话的时候，妈妈叮嘱我一定不要告诉奶奶您去了武汉。我知道妈妈是担心奶奶的心脏不好，怕她知道了会天天晚上睡不着觉，心脏病可能又要加重了。所以，我帮助妈妈向奶奶撒了一个善意的谎言，告诉她您去医院值班了。

爸爸，这两天有很多叔叔阿姨给妈妈发信息关心您的情况，他们都说您是"英雄"。我看到了觉得非常骄傲和自豪！可是妈妈却对我说，您只是一名医生，做了应该做的事情而已，她说这个叫作职责。不管怎样，爸爸，您都是我的榜样，我为您感到骄傲！

希望您和所有的医护叔叔阿姨们，赶快治好病人，赶走病毒。我们等着您早点回家呢！

您的儿子 田翼鸣

2020年1月28日

湖南益阳南县一名政府工作人员写在抗疫时期的家书

坚守好各自岗位也是一种战斗

● 湖南省益阳市南县的政府工作人员　谢燕

> 【家书背后】2020年大年初二就返回工作岗位的谢燕，一直忙于基层的抗击疫情宣传等工作，直到大年初五的晚上，她才给妈妈写下一封家书，在信中赞叹妈妈是世界上最好的妈妈，并向妈妈分享了抗疫过程中的感动瞬间和自己的感悟，"虽不用到前线去医治病人，但作为人民的公仆，坚守好各自的岗位也是一种战斗""我不辛苦也不累，因为我既是爸妈的儿女，也是共产党的儿女"……

亲爱的妈妈：

"你好哇"这句问候是王小波在遇见李银河的时候说的。用在您身上我觉得也十分贴切。在我心里您就是世界上最好的妈妈，（是）我见过最最最伟大的女性。一直想写封家书给您，在这个抗疫特殊时期，我心里有太多的感悟，想和您一起分享。

今天是大年初五，也是我回工作单位加入战"疫"的第4天。这场在武汉暴发的新型冠状病毒肺炎（疫情）现在蔓延到了全国，甚至海外，想必您看新闻也知道了。今天我想和您分享的，是我归岗后您所不知道的事。

回想起大年初二的时候，刚到政府就看到领导和同事们都戴着口罩，手里拿着一摞厚厚的资料正准备下村，一种紧张的气氛弥漫着整个机关院子。之后，我也加入了这支忙碌的队伍。

从大年初二到初五，这短短的4天让我感觉漫长却很踏实。漫长是因为谁都不知道这场没有硝烟的战争何时结束，做好打持久战的准备是每一位坚守基层岗位者不可动摇的决心。踏实是因为和领导、同事们一起并肩作战，众志成城，共同抗击病疫，让我明白了忙碌的意义。

每天打开微信全是抗疫的消息，从中央到地方，疫情每日一通报，这些新增的数据看得人心慌。基层是打赢疫情防控阻击战的"最后一公里"，我和同事们要把疫情的严重性和紧急性及时地转达给村民，争取做到群众不感染。我们虽不用到前线去医治病人，但作为人民的公仆，坚守好各自的岗位也是一种战斗。因为这场战"疫"，我在微信群里见到了很多不同单位、不同年龄的"最美的身影"。

我看到领导和同事们在开完会后立即奔赴各自联点的村指导疫情防控工作，民警不分昼夜地在主要路口值守，村干部一大早对将要或正在举办拜新年、婚丧典礼等聚会活动的人员进行劝阻，有些年纪大的党员自发地走向疫情防控的一线，村民们主动加入疫情监督当中，乡村医生们开始日复一日地给湖北返乡人员测量体温，这几天政府陆续收到了各界爱心人士捐赠的救急口罩……

今天早上7点，我注意到停在院子里的车，车窗上已经结了一层霜，突然想起单位的几个90后男同志已经在寒冷的夜里通宵值了8个小时班，这么冷的天却没有听到他们有一丝抱怨。到了10点，茅草街大桥管控点临时党支部成立了，在神圣的党旗下，党员们许下"疫情不退我不退"的庄严承诺。下午1点，连续执了18个小时勤的分管交通的镇领导回单位进行了短暂的休息后继续去路口值守，晚饭用一桶泡面对付。下午2点，镇主要负责人先后去了各个村、站所、卫生院、敬老院全面了解情况，晚上回单位值守……这些都让我感受到了什么叫"众志成城齐抗疫，干群上下一条心"。

妈妈，真的有太多太多让我写不完的感动瞬间了，我的战友们都没喊累，我更不应该喊累。妈妈，您放心，我在这里一切都好，我每天都在和喜欢的文字打交道，为镇里的工作做好宣传报道，我不辛苦也不累，因为我既是爸妈的女儿，也是共产党的女儿。

这里一切都好，勿念。您和爸爸照顾好自己。等这场"病"好了，我们一起去看武汉的樱花，那时应该会很美。

爱您的女儿　谢燕
2020年1月29日晚于茅草街

武汉前线传回的家书

我是一名党员，没有理由不上战场

● 上海市复旦大学附属中山医院青浦分院感染科副主任　钱雪梅

> 【家书背后】2020年1月24日，除夕夜，复旦大学附属中山医院青浦分院感染科副主任钱雪梅带着使命，带着嘱托，带着牵挂出征武汉。纵然离开家有百般不舍，她也坚定表态：作为一名医务人员，只要被需要，就义无反顾；作为一名党员，更没有理由不上战场！抗击疫情，异地同心，钱雪梅从武汉前线传回了这样一封令人动容的家书。

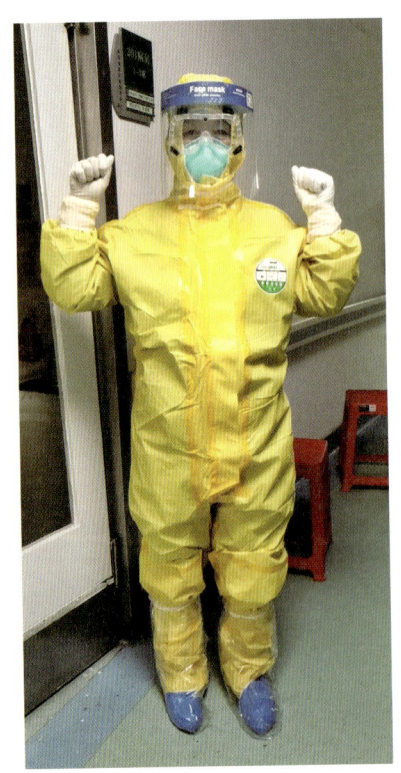

钱雪梅工作照

亲爱的老公、儿子、（儿）媳妇：

我一切都很好，不用担心我。离开你们来到武汉已经6天了！这6天是短暂的，也是漫长的，陌生的环境，紧急的战况，像大山一样沉重地压在每个人的心头。大量的病人需要诊治，医疗物资和医务人员变成了眼下武汉最珍贵的"宝贝"。为了节约防护服，我们不得不减少穿脱次数，一旦穿上就必须坚持到完成工作，因为防护服脱下了就不能再用了。

偶尔抬头在窗户上瞥到一眼全副武装的自己，看着是蛮帅气的，其实真实的滋味只有自己清楚，闷、渴、累、束缚、不便……我能用上一百个词来形容有多么不舒服。身边的那些护士妹妹们都很年轻，但她们却比

忙碌间歇时吃饭的钱雪梅

同龄姑娘们坚强，有韧劲！穿着防护服在病房里不停地执行医嘱和巡回查看，我们会时不时打个加油的手势相互鼓励，为了缓解大家的紧张和心理压力，有些可爱的妹妹还不时地风趣幽默一下，笑一下感觉就会轻松很多，我感觉很温暖。大家都有一个坚定的信念：坚守岗位，为医务人员争光，为上海争光，为青浦争光，为青医争光！

你们不用担心我的生活，吃的虽然没有家里的饭菜可口，但我还是很努力让自己吃饱，因为我知道，必须吃饱才能有"劲"对抗病毒。你们也不用担心我的睡眠，这次走得急，忘了带安眠药，不过没关系，第二批来支援武汉的同事给我捎来了，而我那"偏头痛"的病也出奇地乖，没有来打扰我。

纵然有百般不舍离开家，但我们知道，这场战斗必须要有一线医务人员。只要被需要，我们就义不容辞，义无反顾。我是一名党员，更没有理由不上战场！这次我们上前线的10个人中9人是党员！

不要太担心我，离开了"小家"，我又有了一个"大家"，相亲相爱的战友们都很照顾我。你们在家也要做好防护，我们异地同心，抗击疫情。

想念你们！

河南交警写给74岁父亲的家书

我时刻没有忘记您的教诲

● 河南省济源市公安交警支队高速大队大队长 刘向阳

> 【家书背后】2020年1月25日河南省启动重大突发公共卫生事件一级应急响应以来,济源市公安交警支队高速大队大队长刘向阳已经在岗位上连续工作12天没有回家了。1月30日大年初六,是他父亲74岁生日,他依然坚守在疫情防控第一线。晚上利用休息时间,他用手机微信给老父亲写了一封信,读起来让人不禁潸然泪下。

亲爱的爸爸:

您好!今天是您的74岁生日,我原本计划请假回家为您庆祝,但因为抗击疫情任务艰巨,这个愿望是不能实现了,我心里十分难过和自责,但是我知道作为老交警的您一定不会怪我。2019年,对于您来说是艰难的一年,原本身体健康热爱运动的您因为脑干出血,导致活动能力受限,生活不能完全自理。在这种情况下,您都没有让我耽误过一天工作,总是在电话里说不碍事,让我干好工作,照顾好自己和家庭就行。

15个年头了,每年年三十和初一我都在值班,都没能和您老人家团聚,我不能算是一个好儿子。但是作为一名交警、一名党员,我时刻没有忘记您的教诲:把岗站好,把班值好,让组织放心,让大家团圆,让交通秩序井然有序,只有"大家"好了,我们的"小家"才能幸福。

今年春节,全国突发新型冠状病毒肺炎疫情,我和同是警察的妻子在接到启动一级应急响应的通知后,毅然决定坚守岗位,无条件服从组织上的工作安排。身为大队长,我更需以身作则,和我的战友们一起积极应对疫情防控工作。高速东站作为进出济源的重要通道,车流量较大,工作忙起来,连续几个小时都顾不上喝口水,但我和战友们克服了各种困难,认真做好每一次的检查和劝

刘向阳在工作

返工作。夜里寒风凛冽，我们都是冻得手脚冰凉，但我们的心中装着无尽的热情，唯愿面对疫情，自己能为家乡尽一份力，能为祖国尽一份力，让这场危机尽快过去。

您的警察儿媳艳儿，工作也是千头万绪，从早忙到晚。她的主要工作是联系派出所做好基层防范疫情的宣传发动，配合相关部门做好疫区返济人员的信息核查汇总及其他各类信息数据的汇总上报，等等。我俩都忙得脱不开身时，就全靠您大孙女在家边学习边照看3岁半的二孙女。现在您大孙女已经学会自己做饭、洗衣服了，我和艳儿要是都加班回家晚，她也能照顾好妹妹上床睡觉。邻居们都笑称我们："双警家庭"的孩子早当家！

爸爸，今天我在抗击疫情的最前线，给您写下这封信，祝愿您生日快乐，祝愿您和妈妈都身体健康，寿比南山！更祝愿我们的祖国能早日抗击疫情成功，早日渡过难关！请您放心，我们一定会不负韶华，不辱使命，众志成城，取得抗击疫情工作的胜利，迎接春暖花开！

祝好，勿念！

儿子　向阳

2020年1月30日

写给一线列车广播员妈妈的一封家书

妈妈，您是我心目中的英雄

● 成都客运段 K352/1 次列车广播员张婷的儿子　刘轩翊

【家书背后】张婷是一名列车广播员。2020 年 1 月 23 日，接到前往武汉运送物资的号召，张婷第一时间递交了"请战书"，之后随成都客运段 K352/1 次列车，从 1 月 23 日起，连续 10 天为武汉地区运送口罩、药品、消毒液等应急支援物资。作为列车广播员的她，每天不仅承担播报任务，还得化身"女汉子"，同男同事一起搬运物资。退乘后，为了确保家人的安全，张婷选择隔离自己。张婷读小学一年级的儿子很想念妈妈，第一次给妈妈写下家书。孩子的牵挂鼓励、坚强懂事令人感动。

妈妈：

　　我今天 gǎn（感）到很不幸福。☹☹☹

　　下午我和婆婆就要回高坪了，你明天回来就可以回顺庆住处休息，自行隔离了。我好想明天等你回来见上一面再走，可是不行。☹☹☹

　　妈妈，我知道，你进入疫区送救援物资是因为工作，你自行隔离是为了大家，为了家人。妈妈你好伟大，好 yǒng gǎn（勇敢）哟！你是我心目中的英雄，妈妈，我好爱好爱你哟！😊😊😊

　　妈妈你放心，我在家一定乖乖的，每天学习、写字。你回来后一定一定要记得和我视频哟！！！想你！爱你！

你的儿子　刘轩翊
2020 年 1 月 30 日

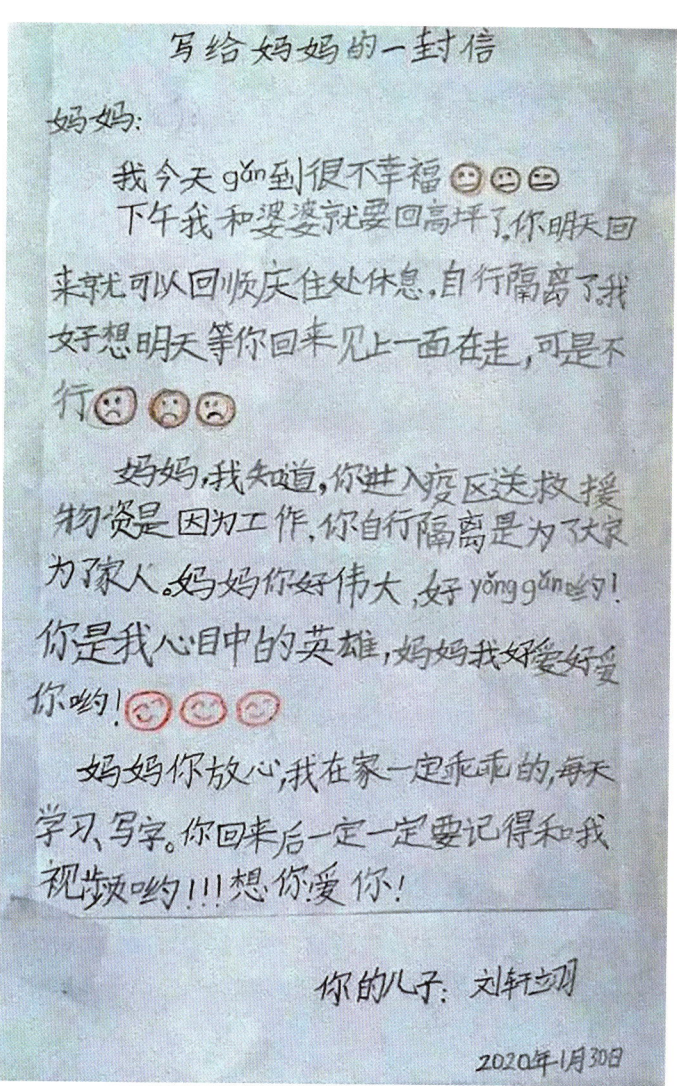

刘轩翊写给妈妈的信

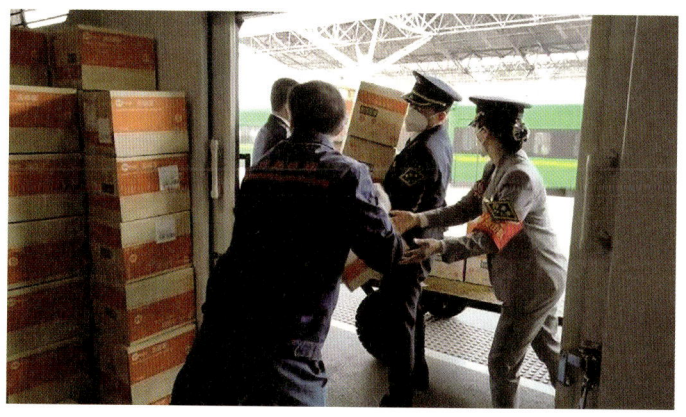

张婷与同事们在搬物资

山东7岁女孩写诗告白战"疫"一线的爸爸妈妈

妈妈，爸爸，我想你们了

● 山东省日照市五莲县7岁女孩　古泉晓

> 【家书背后】古泉晓的妈妈是五莲县中医院的一名护士，爸爸是五莲县公安局城北派出所的所长。疫情当前，她的爸爸妈妈都坚守在一线。一个幸福美满的医警家庭，在这个稍显特殊的春节里，迟迟没能团聚在一起。小泉晓才7岁，可能并不明白爸爸妈妈具体在干什么，也不懂得现在的情况有多么严峻，她难过地哭了，哭得让人心疼。但她似乎明白，这些是爸爸妈妈的工作，是他们应该做的，而她可能也早已习惯了这种孤独。所以她写了一首小诗，将自己的思念写进字里行间。

妈妈，
我要妈妈！
这个春节过得，
真没意思，
我想妈妈了。

武汉的一场肺炎，
突然来到五莲，
我和妈妈离得很近，
却一直见不到面。

妈妈是一名护士，
过年是全家团圆的节日，
年三十晚上吃水饺看春晚，
家里只有姐姐和我。

我们这里发生第一例感染肺炎,
妈妈就冲上了前……

还有我爸爸,
他是人民警察,
天天在单位值班,
我也好几天见不到他。

家里就我放假了,
我天天在姥姥家,
我好害怕。
夜里,
我只能在被窝里偷偷地掉眼泪。

妈妈,
从过年你一直没有回家,
你累了要注意休息呀。

爸爸,
你不管我和姐姐,
一直勇敢地冲在前面,
我知道你是爱我的,
我也知道你更爱我们这个家。

爸爸妈妈,
我爱你们,
你们就是我的
天和地。

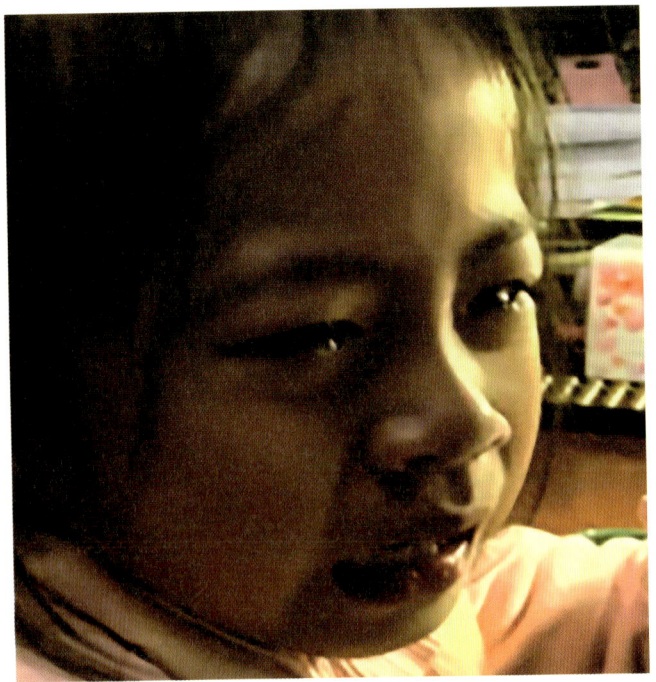
因想念爸妈而哭泣的古泉晓

妈妈，我要妈妈，
我想你了，
我多希望你早点回家。

爸爸，我要爸爸，
我想你了，
我希望你早点回家抱抱我。

爸爸！妈妈！
我等你们回家！
　　　　　　你们的女儿

你们忙吧！家里的事有我们

● 江西省南昌市新建区交通运输局退休干部 夏贤瑚

> **【家书背后】** 夏贤瑚是江西省南昌市新建区交通运输局的退休干部。他的儿子夏夏和儿媳熊小丽都是交通运输部门的普通职工。自新冠肺炎疫情暴发以来，夏夏和熊小丽从大年初一就被双双召回工作岗位。虽然一家人住在一起，但是儿子昼夜轮流值班，儿媳也是每天加班到深夜，遇到紧急事情更是随叫随到、拎包就走。他们回到家中，总是老人带着孩子早已入睡，留着一桌饭菜。大年初七的晚上，熊小丽回到家，发现饭桌上不只有饭菜，还多了一封爸爸手写的叮嘱信。

我的儿子、儿媳：

你们自从大年初一接到紧急通知返回工作岗位，全力投入抗击肺炎疫情以来，家里就很少见到你们的身影，也顾不上说几句话。疫情的发展，心里的担忧，都来不及多问，多叮嘱几句。我知道你们很忙，交通工作量大、面广，疫情防控一线更是责任重大，我和妈都理解支持你们。疫情就是命令，岗位就是战场，希望你们服从命令，听从指挥，认真负责，不辱使命，坚持胜利。同时希望你们做好自身防护，特别是儿媳，你一直处在手术后恢复期，还要每天服药，一定要注意自己的身体。

你们都是奋斗在抗疫一线的好孩子，你们忙吧！家里的事有我们，我们是你们坚强的后勤保障，同时我们也会做好防护工作，教育和管好小孩，勤洗手，不出门，注意卫生，做好自我防护，你们放心吧！

我知道，你们现在都是入党积极分子了，作为一名有着45年党龄的老党员，我全力支持你们用实际行动做好工作，在抗击疫情一线接受党组织的考验，不忘初心，牢记使命，为党的事业、为交通建设做出突出贡献，不辜负党组织的培养，不辜负局领导的教育和同事们的帮助，争取早日加入中国共产党。

你们的父亲

2020年1月31日晚

夏贤瑚写给儿子、儿媳的家书

湖南检验人员在抗疫一线写给父亲的家书

爸爸，对不起，陪您过年的承诺，我食言了

● 湖南省疾病预防控制中心检验人员　李轶

> 【家书背后】2020年，武汉首发的新冠肺炎疫情揪住了全国人民的心。无数医务工作者成为"逆行者"，奋战在抗击新冠肺炎疫情的最前线。湖南省疾病预防控制中心检验人员李轶就是其中之一，他春节主动放弃了与家人的团聚，通过家书写下新年对父亲的祝福和挂念。

亲爱的爸爸：

您好！大年初三晚上，我接到中心办公室电话，要求第二天到应急办协助抗击新型冠状病毒肺炎疫情工作，这次安排我协助应急办的同事们收集整理病例的个人基本信息及他们的流行病学史。这项工作听起来简单，但每名病例的活动情况不同，有些人的活动情况还比较复杂，需要通过细致耐心地分析病例的报告才能准确整理出他们的流行病学

李轶在工作中

史。详细完整的流行病学资料可以帮助我们了解新型冠状病毒肺炎疫情的传播规律。

  按照惯例，您是要回老家过年的，我劝您今年在省会长沙过年，感受一下省会热闹喜庆的节日气氛。2020年的新春是您第一次在省会长沙过新年，可是我食言了，每天早出晚归，没有陪您过好这个新年，您并没有见到节日里大红色的喜庆。都说父爱如山，父亲总是用深沉和含蓄的方式默默地表达着自己对子女的爱。可是，当您知道我要提前回单位工作时，您变得唠叨起来，每天都在关注电视新闻和网络上的疫情信息。我知道您是在担心我会感染上这种传染性强的新型冠状病毒，但也在默默地支持我。1月23日，湖南省启动重大突发公共卫生事件一级响应，各部门都积极投身于此次新型冠状病毒肺炎疫情阻击战。请您把"少出门、勤洗手、戴口罩"的要诀记在心中，我也会做好个人防护再出门。

  每天我都会被新型冠状病毒肺炎疫情阻击战中的事迹感动。从国家主席到普通老百姓，从中央政府到地方社区，大家承担好自己的角色，为抗击新型冠状病毒肺炎疫情努力着，抗击新型冠状病毒药物和疫苗也在研制中。我相信用不了多久，新型冠状病毒的"好日子"就会到头了，阴霾即将散去，春暖花开的美好生活终将到来。

  祝好！

您的儿子 李轶
2020年1月31日

浙江妹妹写给一线交警哥哥的家书

写给我那个傻乎乎黑乎乎的哥哥

- 浙江省宁波市北仑区交警大队新碶中队交警李洪波的妹妹

【家书背后】李洪波是浙江省宁波市北仑区交警大队新碶中队的一名交警。疫情发生以来，他和妻子（北仑区人民医院的医生）一直奋战在抗击疫情的第一线。2020年1月31日下午，李洪波的妹妹和一批志愿者一起来到北仑高速出口，配合相关部门为防控疫情开展的联合设卡清查工作。其间，她惊喜地发现哥哥李洪波恰好在执勤，兄妹俩开心地合了张影！晚上回到家，李洪波的妹妹回想起和哥哥一起成长的点点滴滴，内心感慨万千，就给哥哥写了一封信，发到了朋友圈。

对了
我有一个很傻乎乎的哥哥
毕业没干两年就辞去舒适的室内活儿
毅然参加公务员考试
差点挤破头
终于打入做梦都想当的交警内部
成为他少年时想成为的人

好了
原本不白的人更黑了
原本偶尔见的人更难见了
每年过年
这个黑乎乎的哥哥
是家里那个唯一被嫌弃得一塌糊涂的那个
缺席者！迟来者！
可是每次他出现

他面对家人的口（明）是（明）心（心）非（疼）的"抱怨"
他总是笑呵呵一副好脾气地说
"我这不回来了么？"

巧了
做了那么多年的兄妹
从没想到会在今天
会在各自的工作岗位上偶遇
当戴着口罩的哥哥悄悄出现轻拍我脑门一下，是惊喜
当被口罩帽子挡了大半张脸的哥哥露出弯弯的笑眼，是温暖
当没说两句话的哥哥留下迅速跑回工作岗位的背影，是责任
看着不远处的那个"小黄人"哥哥频繁地挥舞着手势
很想冲过去给他一个大大的熊抱
可是我毕竟是个文气且矜持的小女纸
得忍
转身离开眼泪就要掉下来
看了
离他完成今日的值守任务还有不到半个小时的时间
听着隔壁老樊的《别怕，我在》
眼泪突然吧嗒吧嗒
管他
反正哥哥也看不见

多少个日日与夜夜
多少个炎夏与寒冬
多少个平凡时光与特殊时日
我那傻乎乎黑乎乎的哥哥和他的小伙伴们站在路上
比画比画手 踱来踱去脚
自认为很 MAN 很 COOL 很 POWERFUL

李洪波与妹妹的合影

而现在
我不能再认同更多!

睡了
我傻乎乎黑乎乎的哥哥
接下去的日子请继续加油!
让我们在打赢这场防疫攻坚战后
像儿时那样面对面肆无忌惮地丑笑
毫不留情地揍来揍去
虽然我知道每次你都悄悄让着我
到时如果我没忘记的话
还你一个大大的熊抱

晚安,我的傻黑老哥

    爱你的老妹儿

北京医生此生第一封家书

这仗我不打，面对不了自己

● 北京市北京医院急诊科副主任医师　文力

> 【家书背后】北京医院急诊科副主任医师文力在大年初二驰援武汉。作为北京医院医疗队的一员，在临行前，他和父母说了谎：告诉他们自己要去南方出差。在武汉的隔离病房完成第一次值守工作后，文力带着歉意给父母写了第一封家书。

爸妈：

不好意思。大过节，家里装修，又有传染病的时候，家里现成的"劳力"+"大夫"就这么没影了。

我还要告诉你们的是，我并不在自己所说的南方某城市出差。实际上，作为国家医疗队的成员，我已经在武汉新型冠状病毒肺炎病房里开始救治患者了。你们问的俞姐姐、白姐姐都说了假话。别怪她们，是我请她们帮我圆谎的。

现在新的工作进入了正轨，有了点儿时间，你们也可能在网络媒体上看见了我的身影，谎言不攻自破，那就希望你们担心之余少一点被骗的伤心吧。我也一把年纪，检讨就免了。写此生第一封家书，表达歉意吧。

在这里挺好的，能吃能睡，还能帮助到他人。不过还是对不起，说了假话，还在别人阖家团聚的日子让你们担心我的安危，着实是不得已。从接到通知到踏上飞机只有十来个小时，出发前还有太多的业务准备，时间紧迫，我没有精力面对作为儿子的责任和内心深处的波澜。所以，我就干脆"忽悠"了你们一下，"溜"了。

我比普通民众更深知这次疫情危险，我也怕感染，可武汉离咱们的家乡长沙那么近。作为重症专业的资深工作者，"战火"烧到老家门前，这仗我不打,着实面对不了自己。看到你们不知情地积极为我准备深入"险境"的行李,内心的愧疚感又岂是百爪挠心能够形容的。对家而言,我跑得像个"逃兵",挺狼狈的。但是请宽心,对国家而言,我们是武装到牙齿的"先锋部队"。儿子不是"出走",而是胜券在握地"出征"。所以请原谅我这个成年人犯的"孩子错"。

有多年医院培养的专业技术做支撑,有单位及国家如此坚强的后盾做依靠,我一定能够战胜疫情,平安回家。

儿子 文力

文力与父母合影

陕西援鄂医生全家互通书信，相互鼓劲儿加油

● 陕西省人民医院呼吸科医生段进进及其家人

> 【家书背后】春节本应是阖家团圆的日子，但今年的春节对陕西省人民医院呼吸科医生段进进一家而言尤为不同。2020年1月26日，她作为陕西省援鄂医疗队的一员驰援武汉。家人时刻牵挂着前线的段进进，全家人一起写信，彼此加油打气。
> 一个家庭也是一个国家的缩影。为了国家，我在前线奋战；为了家庭，你在后方坚守。众志成城、抗击疫情，每个人都是英雄。

段进进父亲给女儿的家书

Hello，2020。

Hello，进进。

今天是大年初六，你在武汉还好吗？古时称今天为"挹肥"，意味着该上工的上工，该开业的开业。可今时不同往日，疫情严峻。我和你妈还是老样子，响应号召，居家隔离，这日子啊，还真是挺无聊。当然，比起你援鄂抗疫来说，我们的生活，真是挺幸福的。

其实我和你妈很想知道你的工作状态、心理状态、下班后的生活状态。老人爱操心，也希望你能理解。还是你妈豁达一些，她说你们出发前已经接受了专业的培训和心理辅导，有很周详的应急预案，所以，我们还是把这些担忧留在心底，等你回来再说吧。

对于绝大多数人来说，你现在所经历的一切，是没有任何经验可以参考的。但是你要记住，你有一群好领导、好同事、好战友，你们共同筑建起这个优秀的团队，在最艰苦的地方学习和进步，这些经验对你一生都会有帮助的。

孩子，好好干，你是最棒的！老爸会做好你最爱吃的菜，等你凯旋！

段进进母亲给女儿的家书

Hello，我的闺女。

孩子，妈很好。早上呀，我去早市买菜了，咱家跟前就有一个保障菜投放点，和往年好像差不多，唯一区别就是每个人都戴着口罩。我的腰毕竟做过手术，还是有些酸疼，不敢负重，没买多，全当遛弯了。日常还是老样子，按照你叮嘱的，开窗通风、洒扫消毒。

好几个老同事都知道你们驰援武汉的事，微信上也收到了很多祝福的话，当然，还有担心。妈统一回复说，你们是最专业的、最棒的，有很多很多同事在背后默默地支持着你们，一定没问题！可是心里啊，妈还是很担心。这么些年，你是第一次没在家过年，往年虽然科室要值班，但毕竟没离开家这么远，时间这么久。

打小你就想当个医生，这些年，通过自己的努力，你完成了梦想并且做得很不错，相信这次疫情一定会被千千万万个与你一样、胸怀梦想、热情专业的年轻人，彻底打败！

段进进丈夫给妻子的家书

Hello，亲爱的老婆大人。

我刚值班回来，实在太困了。但听到爸妈说给你写信，我举双手赞同。

你们是与死神赛跑，防控疫情；我们儿科是一元复始，迎接生命。咱们的共同点就是：累！你出征后，最小的新型冠状病毒肺炎感染者已经出现，才8个月大。这个消息像一块大石头，狠狠地压在我们身上，真正体会到了什么是压力山大，也突然明白了什么是负重前行。

今天院领导慰问了我们。说句心里话，你走的时候我并没有什么感觉，我们都是医生，救死扶伤是每个医务工作者的天职。直到我被当作援鄂医生的家属来慰问时，我才突然明白了你的不易。你不仅仅是一个女儿、一个妻子、一个妈妈，更是一个医生！一个勇士！

关注疫情的最新情况已经成了一种本能，目前来看，还要度过一段困难时期，但好消息是全国各地组织了很多医疗队奔赴湖北，奔赴武汉。"非典"时，我们还是学生，无法体会这种万众一心、众志成城的感受。但现在，作为最前线的医生，我想你比我更能体会到什么是医生的勇气，什么是医生的责任，什么是医生的信仰！大难兴邦，一切都会好的！

咱的小毛豆也很乖，也不闹着要看动画片了，家里的电视频道总放在新闻台，因为姥姥说那里能看到妈妈。他总是特别认真地看着那些戴着口罩、配着护目镜、穿着防护服的叔叔阿姨们，希望能看见你，可总是失望。不过姥姥说，没关系，别的小朋友会在镜头前看见他们的爸爸妈妈啊。

家里一切都好，你无须记挂，安心在前线做好本职工作，加油。不过多矫情了，下面是你的宝贝儿子要跟你说的话，由我代笔。亲爱的老婆大人，你辛苦了。最后说一句：早日凯旋，我们爱你！

段进进孩子给妈妈的家书

Hello，妈妈。

今年过年，爸爸值班，你也不在。所有人都戴着口罩，我也有自己的口罩哦，可惜不好看。今年没有红包收，没有新玩具，也没有小朋友，好没意思哦！

姥爷告诉我你要对付什么病，我不太明白，只是觉得它好像很厉害似的。不过爸爸说一切都会好的，不管是什么疾病你们都能对付它们。妈妈，你什么时候回来呀？我很想你，但是我不会哭的，你是最棒的。

姥姥说你从小就想当一名医生，问我想不想，我还没想好呢，当医生好辛苦啊！还是当警察吧，当个警察好神气。我不说啦，等你回来带我玩！

妈妈，我爱你！

段进进本人

Hello，2020。

我叫段进进，是一名医生。

2020年新年伊始，新型冠状病毒肺炎从武汉席卷全国。突如其来的疫情考验着我们每一个人，而我作为一名普通的医生，肩负重任，驰援武汉，在疫区第一线和万千同事们一起，认真工作，尽职尽责。

我们恐惧的其实只是恐惧本身。

赢得这场战役很难。医疗硬件、防护物资、人口流动……种种因素集合起来，让这场与疫情拼刺刀的战役看起来格外惨烈！

赢得这场战役也并不难。只要我们坚定信心、同舟共济、科学防治、精准施策，便可无往而不利，取得最终胜利！

Hello，2020。我准备好了！

北京护士写自武汉的家书

瞒着父母上"战场"的护士

● 北京市首都医科大学附属北京世纪坛医院护士　刘英

> 【家书背后】北京世纪坛医院医疗队于2020年1月27日下午启程奔赴武汉参与一线救治工作。其中一名护士刘英瞒着父母上"战场",她的勇气离不开丈夫的支持、公婆的理解。在这个全民战"疫"的特殊时期,刘英以家书的形式向家人表达了平时"羞"于启齿的爱。

爸爸妈妈:

我现在很好,医疗队的领导们把我们照顾得非常好,生活很方便,吃的用的都给准备得特别充分,工作也不累,上班时有参加过"非典"时期抗疫工作的老同志帮我们,防护装备也特别好,这儿没你们想的那么可怕。真的,跟平时上班一样,无非就是穿得像宇航员一样,您不觉得这身衣服特别酷吗?下了班也能休息很长时间,你们一天别瞎看网络的报道而担心,很多不一定是真的,您亲闺女的汇报才是最真实的。

北京带队的有好多领导,虽然咱也都不认识,但是给我们准备的吃的喝的用的特别全,想得可周到了,连队员的生日都想到了,绞尽脑汁准备生日礼物表达心意。我们医院的领队是丁主任,人特别温和,细心周到。也多亏了您闺女心灵手巧,拿小剪刀给主任剪了个平头,他比以前帅了好多,现在主任是"大明星"了,顶着我的手艺在各大媒体露面。主任答应了,以后我第二职业如果要开理发店,他做形象代言人。还有一个专门负责我们职业装备合不合格的苑主任,"非典"时就在隔离病房工作过,我上班,防护服都是他帮着穿的,多踏实,我都不怕你们还担心什么?我们队员也可好了,互相帮助,现在大家都熟了,我特别喜欢这个环境,在有爱的集体里一起干着有意义的事。爸妈你们是不知道,这儿的医护人员太可怜了,他们已经上了很长时间班没有休息了,我看着他们的时候都心疼得不行,幸亏我们来了,多少也能尽点力帮帮他们。

闺女也有做得不对的地方,我来这儿不跟你们说不是故意瞒你们,我是怕你们没事瞎担心,妈您也是,来就来了呗,您还吓得肚子疼,怎么就那么没出息,那么大岁数了,什么没见过。这个时候您闺女像缩头乌龟一样您就高兴了?您也不是这样的人啊!我之前是不知道,要是知道你们已经知道了我来武汉的事,早就给你们打电话了,不是以为你们还不知道吗,我答应你们,从现在开始每天给你们报个平安。

老公,谢谢你啊!我就说我命特别好,找到你就是我最好的运气,不过你一切由着我只能让我更任性,看着你眼圈都红了的时候我还挺不好意思的,可是你那么积极地给我准备行李,车开得跟飞一样地送我,就说明你是支持我的啊。我没事,你照顾好爸妈就行,开导点他们,看住了,别让他们出门,老实在家待着就行了,难得暂时不用上班。

代我和爸妈(公公婆婆)说声抱歉啊,那天我突然就走了,也没给他们个心理准备,估计吓着她(他)们了。爸妈想各种理由阻止我来的时候我态度也不太好,他们害怕,我也没安抚他们一下,不过我这几天也给他们报平安了,

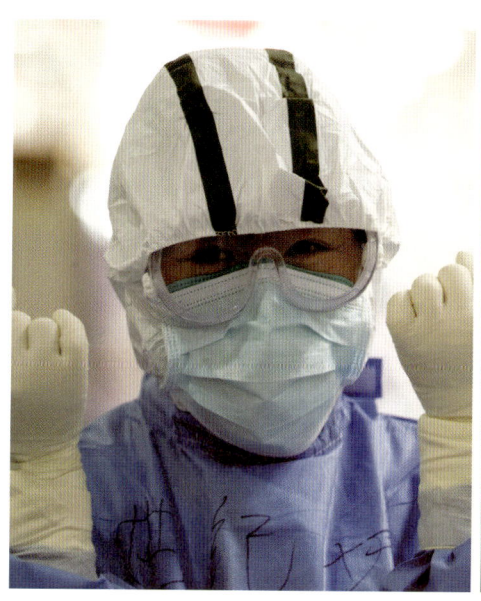

刘英的工作照和生活照

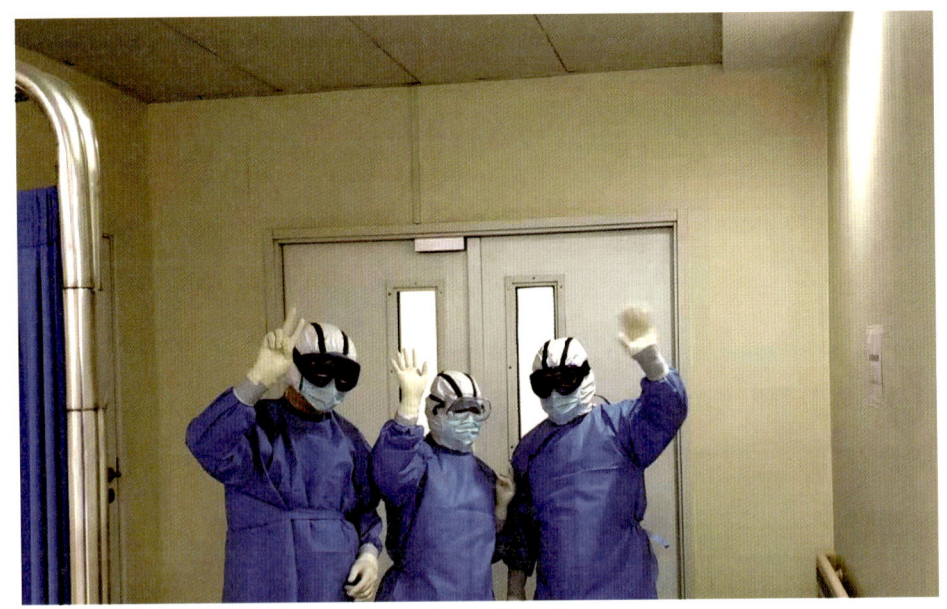

工作中的刘英与同事

爸说我是家里的骄傲,看样子也没有怪我。还要帮我跟他们说,我内心特别感激他们,对我太好了,我亲爸亲妈还大大咧咧地不咋管我,公公婆婆都快把我宠天上去了,跟他们说,谢谢他们!不过对我好这件事要一直做下去啊!跟你说,你也得加油对我好,在这儿,我又有了两个崇拜的男神啊,丁主任和苑主任现在就是我们队的男神,尤其是我,老喜欢他们了。今天生理期,有点不舒服,躺床上也不舒服,好在不当班,闲着没事给你们写写信,表达一下从来未表达过的爱。我觉得很幸福,有那么多爱我的家人,有我喜欢的同事,也有我想干的事,我被这个世界爱着,又怎么能不去爱这个世界,对吧?

行了,就写这些吧,天天聊微信,别的情况你们也都知道。

勿念,保重自己,在家待着别出门,等我回去了,疫情过去了,我带你们去旅游,让你们好好散散心。

刘英

2020年2月1日

宁夏援鄂医疗队队员写给家人的信

- 宁夏回族自治区固原市人民医院医生　张娟娟
- 宁夏回族自治区银川市第一人民医院护士　卫夏利　高娜　马丽

【家书背后】宁夏援鄂医疗队出征后，队员们全部投入紧张的工作中。有的队员出发时，不敢告诉家人，怕他们担心。每天忙碌的工作结束之后，他们才有空想起远方的家。几封从湖北省襄阳市战"疫"一线发回来的家书，寄托着他们对家人的思念和感谢。

张娟娟：说好的春节回家我又要食言了

爸爸、妈妈：

好久不见，也好久没有以这样的方式给你们写信了，想想我都已经3个月没回家，3个月没有见你们了。本来说好的春节要回家的，又要食言了，我知道您二老一早就盼望着我春节回家的，非常抱歉在这个阖家欢聚的日子里，不能回到你们的身边。

转眼间我已经出来工作两年了。一直以来，因为工作的原因，很少陪伴在你们身边，原本打算春节和同事调班，在大年三十和初一值完班、初二下夜班后就回家跟你们过春节。但是面对突如其来的新型冠状病毒肺炎疫情，我感受到一种深深的责任感和使命感。我是一名医生，治病救人是我的职责，所以我放弃了休假，决定跟随医院援鄂医疗队来到疫情一线。

爸、妈，我永远忘不掉跟你们视频告诉你们我的决定时，你们脸上浮现出的震惊及不知所措，还有眼睛里浮现的泪花。我知道弟弟的离去给你们留下了永远难以愈合的伤痕，你们不想我出任何差错。但是，爸、妈，我永远忘不了我为什么学医，我学医的初衷就是为了不让发生在我们自己身上的憾事再次发生在别人身上，我忘不了 7 岁弟弟在我身边叫我姐姐时的情景，即使这么多年过去了。

爸、妈，你们要照顾好自己，照顾好奶奶，做好自己的防护，不用担心我，我和我的战友们一定会打赢这场仗，平安地回到你们身边。我向你们保证，等这场没有硝烟的战争结束后我一定找个好人家嫁了，哈哈哈，都有点不好意思了。

爱你们的娟娟

2020 年 2 月 1 日

卫夏利：妈妈，谢谢您

妈妈：

今天是来湖北的第 5 天，工作慢慢步入正轨。原谅我决定援鄂的时候没有告诉您，我是怕您担心。当您知道我来湖北疫区的时候，您没有一句责怪的话，只有 5 个字"妈妈支持你！"短短的 5 个字，道出了您对我的关心和担心。

从我呱呱坠地开始，您就开始为我操劳了。在我的印象中，您不善言谈，总是默默无闻地在我的身后，无微不至地照顾这个家，从来没有听您说过一句怨言。自我记事起，爷爷的一日三餐，都是您亲自送进房间，然后再过去收拾餐具，日复一日，年复一年。还记得爷爷生病了卧床不起那次，我早晨要去帮爷爷倒便盆，您拦住我说："这个脏，我来吧！"我当时差点哭了，我说："我是一名护士，本来就是护理病人的，这个早已经习惯了，现在给我爷爷做护理，我怎么会嫌弃。"

因为我是一名军属，生完孩子后，您又肩负起为我照顾小孩的责任。我现在工作了，您本应该享福的，却为了我的孩子又开始操劳，害怕我工作累，总是帮我把家里收拾得干干净净，下班回到家总是能吃上香喷喷的饭菜。我的老家在陕西，我工作在银川，就这样，您带着小孩银川—西安、西安—银川来回奔波，为此坚持了 4 年！

哪有什么岁月静好，不过是有人替你负重前行。感谢您为我们负重前行守住小家，我和爱人才可以负重前行为大家的岁月静好贡献自己的一份力量。我们不是生而无畏，而是生命值得敬畏，有我们在，没有什么打不倒的病毒！

最后我想说，母爱是无私的，是用金钱买不到的，谢谢您！现在，我的孩子也长大了，等我平安归来，以后的日子里我来照顾您！

卫夏利

2020年2月1日

高娜：下了飞机才告诉妈妈自己援鄂

妈妈：

今年是我第3年没有回家过年，原本计划是今年回家，可是疫情的出现阻止了我回家的计划。

每天看着新闻，感染的病人从几十个增长到几百个，几千个……看到医护人员那么辛苦地工作，我只能在被窝里偷偷掉眼泪，但心里已经有了自己的一些想法。

年三十，您打电话说："娜，最近这个疾病传染厉害得很，你们医院有没有啊，你可要注意啊，每天要好好吃饭，可不要减肥啊，你可不要去接触那些病人啊……"我当时很肯定地告诉您，知道了，我肯定不会去。可是，您想都没有想到，我是多勇敢，我主动报名来湖北支援了，知道您肯定不会同意，所以，我下飞机才告诉的您。

自从来了湖北，您每隔一小时便发信息、打电话、发视频，不停地在联系我，问我吃了没，饭好不好吃……连平时不善交流的爸爸，每天都发消息问我状况，让我有什么事别告诉妈妈，给爸爸说。妈妈还说："这次回家一定要催你赶紧结婚，自己一个人，没人管着你，想干吗就干吗，我看你有了家庭，有了孩子，还会不会乱跑。"

即使您是担心我，但心里还是挺为我自豪的，平时自己一个人过马路都害怕的我，没想到现在这么勇敢。我是不是很棒！

自从我走后，您每天都在关注着新闻，学习怎么防护，然后告诉我，应该注意这个，注意那个，我笑着说您都快成专业人员了。我知道，您是在担心我。

你们放心吧，我肯定会好好照顾我自己，每天吃饱喝好，休息好，防护好自己，然后安安全全回家。上次爸爸走的时候在冰箱里给我包的饺子和卤的猪蹄我还没吃完呢，我回去得好好吃呢。

老爸，老妈，老妹，等这次疫情结束了，我们一起去旅行吧！

高娜
2020 年 2 月 1 日

马丽：我不是共产党员，但早已心向往之

爸爸、妈妈：

"打胜仗，零感染，武汉必胜！"是振聋发聩的口号，更是所有抗疫工作者的信念！我不是共产党员，但早已心向往之，此时此刻，我已经写好了入党申请书，随时准备接受组织和人民的考验，在这场磨难中淬炼自己。

当我知道要组队千里驰援湖北，我义无反顾地报名参加，来到襄阳后，切身了解到湖北现在面临的严峻形势，我更加笃定我当初的选择。

自从 2020 年 1 月 28 日我刚加入这支队伍到现在来湖北已经有 5 天了，我只和父母通了一个电话，不是我不孝顺，而是我知道，我会听到对方说话时令人揪心的哽咽声……虽然我远在湖北，但我每天都在我的家族微信群——温馨小窝里，宣传新型冠状病毒肺炎的预防小知识，也了解到我的家人每天都在关注湖北疫情发展的新闻，而他们也只能眼巴巴地在新闻中寻找有关我的蛛丝马迹，只能在视频中寻找我哪怕是一闪而过的身影。

而就在刚刚，我看到了父亲在他的工作岗位，做了一个可以供大家用流动水洗手的小发明，我顿时感觉我每天的唠叨没有白费，也为我的父亲点赞。这里我想告诉你们，我在给患者带来健康的同时，也会做好自身防护。爸、妈，女儿已经长大，能帮助别人，也能独立承担社会责任，也请相信，我会永远是你们的骄傲！待我凯旋时，我要吃你们亲手做的羊肉臊子面，要给你们讲我的襄阳故事。

马丽
2020 年 2 月 1 日

安徽省池州市援鄂医疗队队长写自武汉的家书

我在武汉，我们一起加油

● 安徽省池州市人民医院感染科副主任　刘晓玲

> 【家书背后】"非常时期，作为一名老党员，就应该主动站出来。这也是我的初心和使命！"刘晓玲，安徽省池州市人民医院感染科副主任，2020年1月27日，有着14年党龄的她主动请缨，参加池州市抗击新冠肺炎疫情紧急医疗队出征，并担任池州市援鄂医疗队队长。她响应国家号召，逆风而行，驰援武汉。2月2日，她发回了首封家书，用最真挚的语言表达了一名共产党员在党组织的带领下舍小家为大家的情怀。

我至亲至爱的家人们：

一转眼，入鄂支援已经一个星期了，很想念你们，希望你们一切安好，我很平安，勿念。

爸爸妈妈，过年没能回家，不能陪伴在二老身边。因为我们年前就开始了新型冠状病毒肺炎疫情的排查，年三十医院就来了新型冠状病毒肺炎的患者，年初二就接到去武汉支援的通知。我一直不敢告诉你们，知道年迈的你们不能接受这些，你们肯定不愿意看见快50岁的女儿冒险去前线。但是爸爸妈妈，我是感染科专家，我是科室负责人之一，我是共产党员，我还是科室的党支部书记，我不去谁去？没有人比我更合适。出来一个星期了，我让你们的女婿多跟你们视频，多关照一下你们的生活。我不敢打你们电话，不敢跟你们视频，我唯一遗憾的就是没有跟你们吃顿年夜饭。如果你们知道我来了武汉，一定要相信你们的女儿，你们也一定要好好保护自己，等着我回来。

宝贝女儿，出行武汉前，远在国外的你就像有心电感应一样，打开视频第一句话就是："妈妈你在哪儿？"我知道瞒不住，便轻描淡写地说："妈妈正准备跟你说，妈妈准备去武汉了，那里特别缺医生，妈妈去支援他们。"

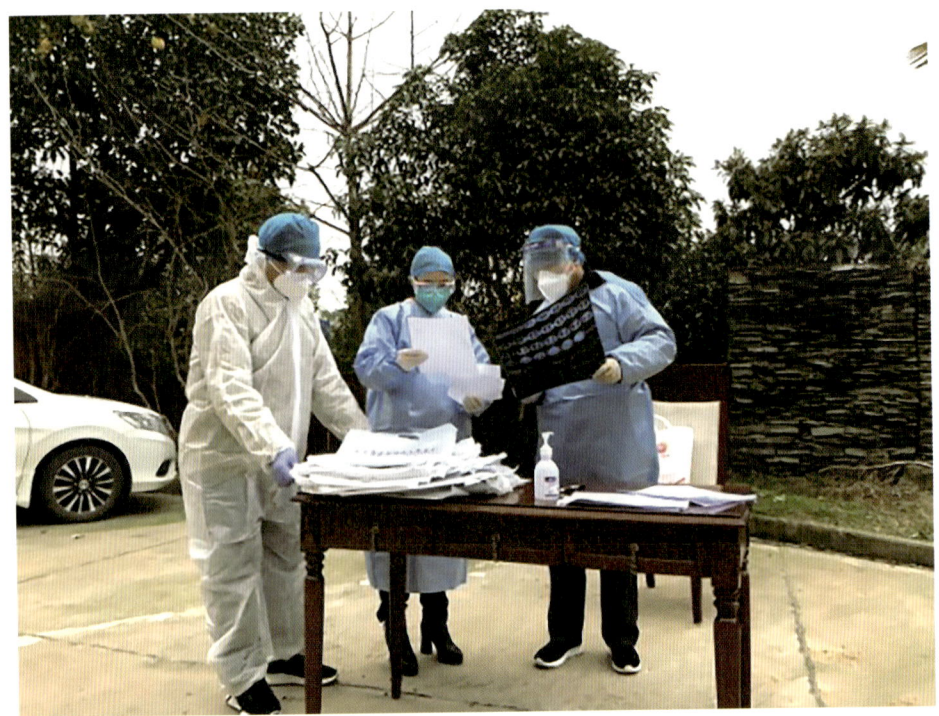

工作中的刘晓玲和同事

刘晓玲和共同战"疫"的战友们

你的眼泪让我揪心，你说："妈妈，宝宝一直很乖的，妈妈一定要保护好自己，我和爸爸等着你平安回来。"后来听你闺蜜的妈妈说你打电话给闺蜜，哭得惊天动地……亲爱的女儿，你一直都是妈妈的骄傲，你坚强乐观，自律自强。一路走来，你从来都是妈妈的榜样，因为有你，妈妈才从来不敢懈怠，不能让你觉得妈妈拖了你的后腿。妈妈相信你一定能理解妈妈、支持妈妈，并且会更加努力地学习，等着妈妈回家。

陪伴 20 多年，当知道我准备来武汉支援时，最不能接受、最失态的就是老公你了。因为只有你知道我近一年身体状况不好，只有你知道我天天在吃治疗咳嗽的各种药物。你担心我，从接到指令到出发只有十几个小时，当时你百般阻挠，抢着要打电话给领导让你代替我去。最后两小时你突然问我："你真的决定去了？"我说："嗯。"你再也没有说第二句话，默默地给我炖了你的止咳秘方——冰糖麻油炖鸡蛋，默默地下楼给我买了牙膏、牙刷、药物等，默默地把我送到集结地点。这就是你，不善言辞的你。你总是默默地把我宠着，不能让别人怠慢一点点。你说接送我上下班都 20 多年了，突然不用接送真的不习惯。你说天天听我叽叽喳喳都 20 多年了，突然一点声音都没有不自然。老公，这辈子最得意最满足的事，就是嫁给了你，成为你的老婆。你说："臭老婆，你一定要完完整整地把自己带回来。"我保证：我一定完完整整地把你老婆带回家。相信我，相信我们。

说了这么多，就想告诉我的家人亲人们，我在武汉，我很好，你们也要好好的，我们一起加油！

刘晓玲
2020 年 2 月 2 日

爸爸，长大后我也要成为你那样的人

● 甘肃省中医院脾胃病二科（肝病科）副主任马国珍的女儿　马跃

【家书背后】这是15岁的马跃写给奋战在援鄂抗疫一线爸爸马国珍的信，字里行间充满她对爸爸的关心和想念，流露出对像爸爸这样的"逆行者"的崇敬之情。爸爸的行动就是对女儿最好的教诲，马跃在信中许下了自己的成长心愿：长大后成为爸爸那样的人！

亲爱的爸爸：

窗外，冬日暖阳依旧，北方的冬天和历年一样，安静而平和。然而，撕去表面的波澜不惊，街道里散乱的人影是"印象中的冬天"特有的色彩，人们脸上的笑容也被"回忆"收入囊中。如今的街道中难得一见的人儿的面容被厚厚的口罩遮掩，马路上亦车辆萧条。

爸爸，你说你有责任驰援一线，于是你逆着人潮，无畏向前。去武汉已经一周了，你可还好？

我眼前仿若闪过一个裹在厚重防护服里的身影，忙碌地在病房间奔走。他之后还有无数和他一样的身影，在纷扰喧嚣中毅然挺立，将一切被疫情控制的风雨飘摇隔绝在外，为迷茫的人们重新筑起希望的城墙。他们就是患者的精神依靠，在无数期盼的目光和温暖的祝福下，一个个都成了三头六臂、百毒不侵的勇士。但深夜休息室里，脱下防护服，他们眼里布满了血丝，面颊上是口罩压出的印痕，浑身湿透。坐在桌边扒拉迟到的晚餐时，人们才看清——他们也都是肉体凡胎，是芸芸众生中的一员，只因承担着重于泰山的责任而显得伟大。

我看到这些天感染人数不断上升，医生的负担也在加重。爸爸，你肩上的担子更重了！

我将手伸出窗外,指尖微弱的温度被风打散,冬风不远万里,给"逆行者"们送去我的一丝温暖。你们是永不坠落的启明星,为我们领航,去迎接明天的太阳。爸爸,长大以后我也要成为你那样的人!

百二秦关终属楚,三千越甲可吞吴。我相信,在大家齐心协力、众志成城的努力下,航船终能抵达迷雾之下的彼岸。爸爸,加油!

爱你的女儿 马跃
2020 年 2 月 2 日

马跃和爸爸马国珍

江苏防疫一线警察写给父母的家书

疫情结束，我立刻去看你们

● 江苏省宿迁市公安局宿城分局太湖路派出所教导员　赵晓荣

【家书背后】赵晓荣是宿迁市公安局宿城分局太湖路派出所教导员。在疫情防控时期，她一直坚守岗位，夯实党支部这个战斗堡垒，持续深入辖区开展防控宣传工作，用实际行动践行着"人民警察为人民"的铿锵誓言。想起许久未见的父母，她写下了一封饱含亲情、蕴含力量的家书，表达了对亲人的牵挂和无法陪伴亲人的缺憾。

赵晓荣在工作中

亲爱的爸妈：

夜已深，刚才值班调度结束，楼上楼下我转了一圈，顺便又给值班大厅消了毒，此刻在办公桌前工作，看着窗外静寂的夜，我有点想你们了。

重回派出所的这几年，每年的除夕我都和兄弟们一起度过。本想初一给你们拜个年，结果忙了一夜的禁燃，就被初一的疫情指令打乱。接着取消休息，全员在岗，核对排查，同时加强自身的疫情防范，每个人都忙成了陀螺。

到了初五，才给你们拜了迟到年。你和老爸都只有关心，没有责备，让我不用担心，你和老爸都挺好的，让我自己注意身体，注意保暖，戴好口罩，每天和人接触时要注意个人的安全，不要给别人添麻烦，也要关心照顾好身边的同志。在你们眼里，不论女儿多大都是个孩子。我刚虚心地听您在电话另一侧的"絮叨"，不禁眼睛微酸。

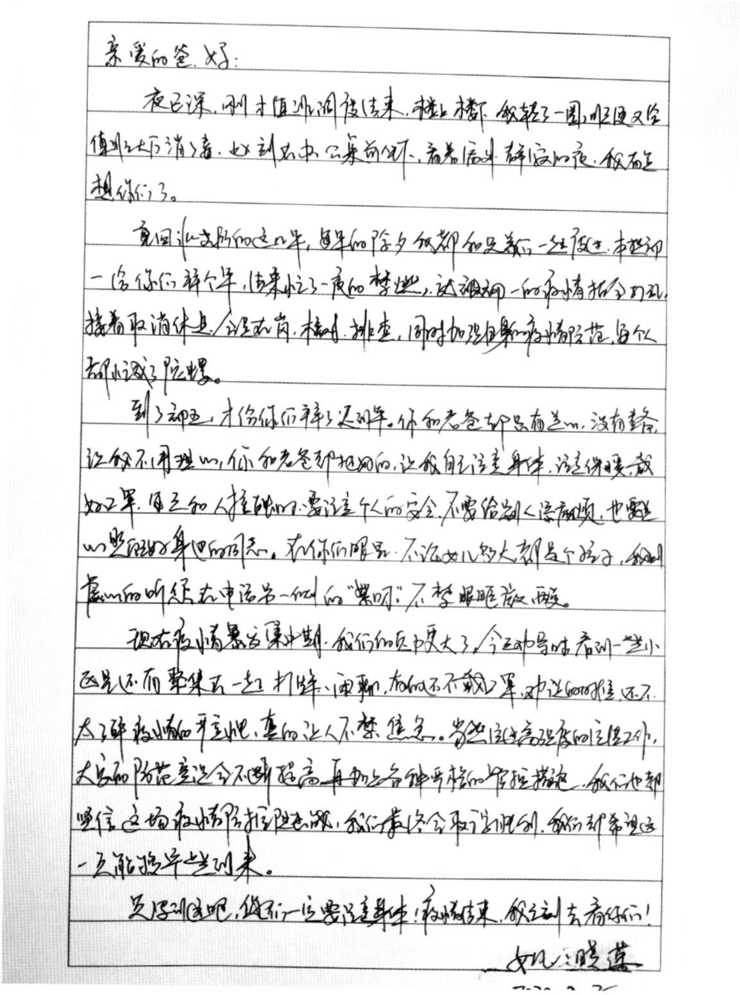

赵晓荣写给父母的家书

现在是疫情集中暴发期，我们的压力更大了。今天劝导时看到一些小区里还有聚集在一起打牌、闲聊（的人员），有的还不戴口罩。劝说的时候，（他们）还不太了解疫情的严重性，真的让人不禁焦急。当然，通过高强度的宣传工作，大家的防范意识会不断提高，再加上各种严格的管控措施，我们也都坚信这场疫情防控阻击战，我们最终会取得胜利。我们都希望这一天能够早些到来。

先写到这吧，你们一定要注意身体！疫情结束，我立刻去看你们！

女儿　晓荣

2020 年 2 月 2 日

安徽巢湖女孩写给一线父亲的留言条

爸爸,想我们就看一眼照片

● 安徽省合肥市巢湖市银屏镇国土所副所长王平的女儿

【家书背后】2020年的春节,新冠肺炎疫情暴发,银屏镇全员行动对抗疫情。身为一名党员干部,王平在紧急时刻主动向镇党委、镇政府请缨,奔赴抗疫一线。在抗击疫情工作的间隙,王平最牵挂的还是他的"小棉袄",他已经好几天没回家了。2月3日清晨7点,刚值完夜班的王平正准备休息一会,枕边的手机响了,妻子用微信发来了女儿写给爸爸的留言条,还附上了照片和女儿亲手制作的手工玫瑰花。妻子说:女儿想你了!

留言条

想我们就看一眼

打电话要电话费

少打电话多看照片

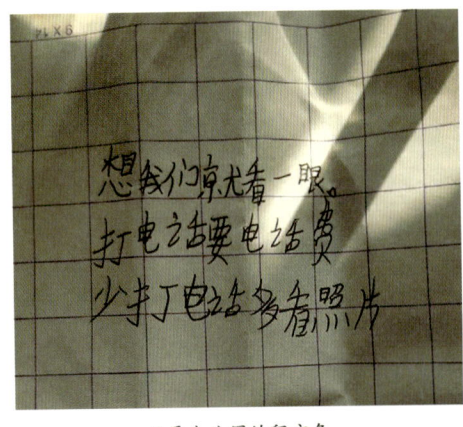

王平女儿写的留言条

王平女儿亲手制作的手工玫瑰花

陕西8岁男孩写给社区疫情防控一线母亲的家书

好想和妈妈吃一顿火锅

● 陕西省宝鸡市凤县双石铺镇新建路社区副主任罗瑞的儿子　陈旭尧

> 【家书背后】2020年2月3日，陕西省宝鸡市凤县双石铺镇新建路社区的微信工作群里，一封儿子写给妈妈的信，感动着微信群里的每一个成员。这封简短而温暖的信，字里行间透露着孩子对妈妈的想念。这封信是8岁的陈旭尧写给他的妈妈罗瑞的。罗瑞自疫情防控工作开展以来，就一直奋战在一线工作岗位上，早出晚归。看到孩子给自己写的信，罗瑞很欣慰，她说："我知道家人无时无刻不在关心我，我很感动。我也会带着感恩之心，把温暖带给更多的群众。"

亲爱的妈妈：

　　您好！

　　您还没有下班吗？你都七八天没按时回家了，我想你了，晚上下班回家注意安全。

　　今年的春节太不一样了，再没有了往年的热闹和祥和，那是可恶的新型冠状病毒让武汉生病了，让中国生病了。

　　正月初二的中午，我的妈妈对我说："宝贝，对不起，我不能陪你过生日了，妈妈要去上班了。"从那天起妈妈便忙碌得没有停下来过；从那天起妈妈就在我没醒来的时候就出门了，晚上很晚才回家；从那天起妈妈总（在）电话里说："别等我回家吃饭，我要加班。"

　　都这么多天了，我好想妈妈给我一个拥抱，好想和妈妈吃一顿火锅，可是妈妈总是说："我要入户排查，我要在网格值班，我要统计数据……"

　　我好失望，但是爸爸告诉我，妈妈和她的同事们是守护美丽凤县最勇敢的战士！

　　我在这里给妈妈和社区的叔叔阿姨敬一个少先队礼，你们真的辛苦了。

这场战役你们一定能胜利的。冠状病毒一定会被消灭的。

中国加油！武汉加油！妈妈加油！

爱你的儿子　陈旭尧
2020 年 2 月 2 日 21：00

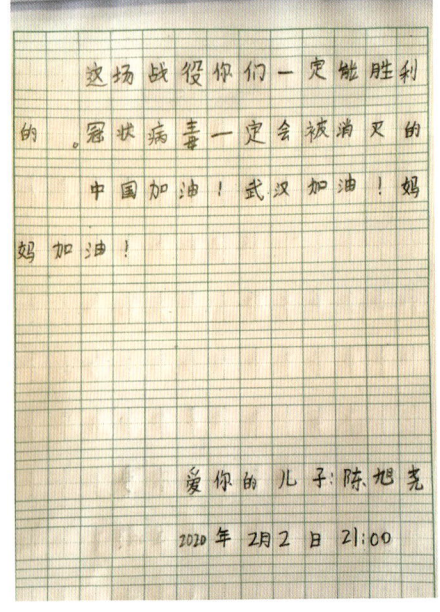

陈旭尧写给妈妈的信

上海援鄂医疗队队员写自武汉的家书

家书有情，大爱无疆

● 上海援鄂医疗队队员　唐彩芳　姚晖　吴海燕

> 【家书背后】上海是全国最早派出医疗队支援湖北的地区，截至2020年2月7日，一共派出了4支医疗队。这里选录的是几位上海医护人员的家书，她们既为人女，又为人妻，也为人母，她们有牵挂，也有恐惧，但她们毅然前行，舍小家为大家，她们是最可敬的"逆行者"。

（一）

1月23日傍晚，我们全家正围成一桌吃年夜饭，一通电话使我变得严肃起来，老公问我怎么了，我说："我报名了，要去武汉支援。"

老公随即问我几时出发，我说随时待命。他很支持我，出发前的两天都是老公与婆婆为我整理行李箱的，他们整天在想那里冷不冷，这些要不要带，那些要不要带，还缺什么……

公公在我出发当天的一早去超市给我买了个热水袋让我带着，怕我冻着，让我着实感动。平时我是个不善于表达情感的人，这次我想对你们说，谢谢你老公，我爱你，谢谢你们，公公婆婆，帮我们照顾孩子，照顾整个家，像（宠）女儿一样宠我。还有，我的爸爸妈妈，我也爱你们，自从我结婚后，基本不与你们一起住了，沟通也没有之前多了，但是我依旧很爱你们，希望你们都健健康康，快快乐乐。

现在你们一定很担心我，担心我累不累，安全不安全，吃得好不好，睡得好不好，几时才能回家，等等。虽然你们一直没有明显地表现出来，一直很支持我，但我都明白。

我很好，刚上班的一两天，我确实十分害怕，担心自己会被传染。但现在，我不那么害怕了，因为我们院感组（医院感染管理组）老师十分敬业，举办了很多次的防护培训，在我们穿脱防护服的地方都有专人指导检查，我现在穿戴都是很规范的，在病房中我也十分注意防护及消毒工作，因为只有保护（好）自己，才能帮助更多的人！现在我们每天4小时班，穿着一层又一层的防护服，（戴着）口罩、帽子，确实有些闷热，走起路来像企鹅，但是下了班回忆当天的工作还是很欣慰的。吃住更不成问题，每位队员的吃的用的，后勤保障组每天都会安排好。

还告诉你们，我已经向党组织递交了入党申请书。我相信，在党的领导下，很快就能战胜疫情。我亲爱的家人们，请放心，我会照顾好自己，平安归来！

上海市松江区泗泾医院　唐彩芳

2020年2月4日晚

（二）

亲爱的爱人：

从离家到武汉也快一周了，思念你，也思念儿子，每次出发，都有你不放心的眼神。

临行前，车出卫健委的门口，以为你走了的我透过车窗看到你挥手的瞬间，有点感动，坚强的我泪水在眼里打转。这几天，出病房打开手机总能第一时间看到你的微信：上班了吗？感觉怎么样？要保护好自己……关切的话总让我有点泪目。

我知道，你无时无刻不牵挂着我，每次新闻上的动态你都会截图给我看，我能感受到，关心时事的你有多么担心我。你关心着松江的媒体，你也总问我："为什么没看到你的身影？"因为我知道，一直被你宠着的我，想看到我有没有"缺斤少两"。

深深的口罩印我有，皲裂的双手我有，初来时的恐惧我有，穿着隔离衣时的窒息感我也有……但相信，此时，我不是弱女子，我是身负使命的医务工作者。亲爱的爱人，不用担心，此刻，我们有坚强的后盾；此刻，谈不上英雄精神，因为武汉需要我们；此刻，我会好好保护自己的，好身体才是奉献的保障。

夜深了，休息了，放心，我在这里都安好！

上海市第五康复医院　姚晖
2020 年 2 月 4 日晚

（三）

亲爱的女儿：

女儿，当你听到妈妈要去武汉支援的消息时，你当时放声大哭的情景还历历在目，妈妈在没有跟你商量的情况下就决定参加援鄂医疗队，是妈妈的不对，在此妈妈向你道歉。

不过就像妈妈跟你说的一样，妈妈作为医务工作者，当国家需要我们的时候，我们没有时间迟疑和考虑。有什么理由逃避呢？你哭着反复跟我说：为什么是你呢？为什么是你呢？……是的，在这个世上妈妈是你的全部，你不想妈妈有任何的意外，妈妈理解你。可是如果每人都这样想的话，那当我们自己需要别人帮助的时候，还会有谁来帮助我们呢？妈妈也是医务工作者，现在患者和武汉更需要我。

我错过了 SARS，错过了汶川大地震，这次的新型冠状病毒我不想再错过了。以前都是看别人在为灾区奉献，这次我要亲自来武汉，用我微薄的一份力，给新型冠状病毒肺炎患者一句亲切的问候、暖心的嘱咐和精心的护理……你从最开始的抗拒到慢慢地理解妈妈，你是个懂事的孩子，每天像妈妈以前嘱咐你一样地嘱咐妈妈应该休息了、应该吃维生素 C 啦。你长大了，妈妈谢谢你，妈妈很爱你！

在武汉的这些天，我看到武汉的大街上空空荡荡，许多的商店都大门紧闭，街上行人寥寥无几。武汉所有的医务人员都超负荷工作，从防护眼罩里根本找不到他们的双眼，因为眼罩内充满了雾气，看东西都是要凑近才能看清楚，汗水从眼罩内滴落、从后背流淌。新型冠状病毒肺炎确诊病人无助时身边没有亲人，陪伴的只有护士和医生，所以我们的每一句鼓励的话语都会给他们信心和希望。当我们的治疗和护理得到他们的肯定时，当听到他们的一句句感谢的话语时，妈妈觉得所有的艰辛都是值得的。

在这里吃的穿的你完全可以放心，有许多的爱心人士知道我们是上海医疗队的，都给我们送来了大衣、水果和营养品……还会有上门的理发服务等，完全保证我们每天的日常需求。

你每天的电话和问候都会让妈妈心里暖暖的，相信妈妈会平安回来，这场灾难会过去，武汉一定会战胜灾难，中国一定会胜利！

上海市第五康复医院　吴海燕
2020年2月4日晚

你们的儿女都是好样的

● 内蒙古自治区兴安盟科尔沁右翼前旗计划生育协会工作人员　李波

【家书背后】李波在抗击新冠肺炎疫情的关键时期坚守岗位,深入各苏木、乡镇监测点协助排查登记外来人员并测量体温,下乡督查防疫工作,统计防疫工作相关数据。因工作繁忙不能探望父母,她给父母写了一封感人至深的家书。

李波的父母

爸妈好:

　　这是闺女第二次给您二老写信,记得第一次还是在大学,写的都是各种不适应,各种不舒服。而这次不一样,因为新型冠状病毒肺炎疫情把我们暂时性"隔离"。

　　新春佳节,是你们最最盼望的日子,一家人终于可以围坐在一起谈天说地,可以听听爸爸的教诲,听听妈妈的唠叨,还有孩子们你追我赶地争抢红包。而今年,所有的美好画面都被这场突如其来的疫情打破了。但是,爸,您是一名老共产党员,有着一般人没有的敏锐视角,从新闻报道疫情开始,您第一时间就命令我们注意卫生,注意防护,别给国家添乱。我们为有您这样一位父亲而骄傲。

　　大年初二,本是出嫁的女儿回娘家的日子,可是我们早早儿地就接到老爸的通知:各自在家里待着,电话拜年。而我由于疫情的缘故,已回到工作岗位。从那一刻开始,您二老时时惦记。几天过去了,各项工作已经步入正轨,我

李波在工作中

才惦记起老妈的降压药按时吃了吗，老爸的腿好点没。由于特殊时期不能离岗，所以今天差您女婿去看望二老，没想到被小区的防控人员拦下，没能见上面，您女婿只能在大门口电话问候。电话里老妈说："家里都好，回去吧！"当我知道这个消息时不禁笑出声来，为老妈乐观潇洒的性格点赞！

爸妈，小弟在疫情防控第一线，我在自己的岗位上做疫情防控宣传工作，就连大姐这样一位退休医生都在为抗击疫情做贡献。你们的儿女都没有白养，你们的儿女都是好样的！

爸妈，虽然我们没有陪在你们身边，但您二老要保重身体，合理安排在家的时间，出门戴口罩，回来要洗手，三顿饭要少放油、少放盐，做到清淡饮食，别忘记按时服用降压药。

爸妈，相信国家，相信政府，相信我们一定会打赢这场防疫阻击战！

爸妈，闺女祝福您二老健康平安！

爱你们的女儿　李波

云南医务人员写自湖北的两封家书
"爸爸妈妈,你们安心也放心"
"儿子,你要坚强"

● 云南省昆明医科大学第二附属医院重症医学科护士　钱嫦娥

> 【家书背后】由来自云南各医疗单位的 135 名医护人员共同组建的云南首批援鄂医疗队,于 2020 年 1 月 27 日上午前往湖北开展医疗救援工作,钱嫦娥就是其中的一员。这是身在湖北抗疫一线的她写给父母和儿子的信。

钱嫦娥写给父母的信

写给父母的信

亲爱的爸爸妈妈:

你们好吗?很多年没有以书信的形式和你们沟通了,这是我在湖北给你们(写)的第一封信。转眼间来湖北支援已有一个多星期了,我知道你们很牵挂、很担心我。我现在一切安好,没联系你们只是因为太忙了。今天没给你们打电话而是写信,是因为我不忍心也害怕听到妈妈隐忍的哭声,害怕听到妈妈又担心我又不想我担心的哽咽。

爸爸妈妈我很好，现在抗疫工作正在一步一步推进，我们都知道我们的职责和使命，请爸爸放心，以前很遗憾没有像爸爸一样参军保家卫国，现在的我们不是军人也可以保家卫国，我很自豪。妈妈你安心也放心，我知道只有好好保护自己才能帮助更多的人，妈妈请你们在家静候佳音，等待女儿返家。

爸爸妈妈，你们在家也要响应国家号召，不给国家添乱，安心待在家里尽量不出门。你们也要好好保重身体！这封信特殊时期不能邮寄，只能拍照发给你们了。最后说一句：爸爸妈妈保重，女儿很好，不用挂念，等我回家。

此致
敬礼

不孝女
2020 年 2 月 4 日书

写给儿子的信

亲爱的儿子：

见信好，转眼妈妈已经到湖北一个星期了，这些天因为太忙，妈妈都没来得及跟你打个电话，每天妈妈忙完的时候你都已经睡下了。今天有个空档就很想给你写封信。

儿子，对不起，寒假过年都没能陪陪你，跟你好好说说话。但是儿子，面对疫情，妈妈作为医务人员，义不容辞，只因为"健康所系，性命相托"。国家有难，匹夫有责。现在国家有难，就是妈妈保家卫国的时候。你作为医务工作人员的子女，这个时候与妈妈分别也是你的使命，所以儿子你要坚强些，不要想妈妈，妈妈在这边很好。

儿子，现在疫情不容乐观，我们云南也有疫情，你要响应国家号召，待在家里，不要出门。现在是特殊时期，不要给社会、国家增加负担。妈妈知道这对于天性好动的你很难受，但一定要忍耐，在家写写作业，练练字，和爸爸下棋，吹葫芦丝，自己想办法娱乐一下，得空锻炼身体。总之，就是尽量不要出门了。

另外，儿子你已经 12 岁了，该承担一些责任了。妈妈不在家，你要帮我照顾好爸爸，因为我不在家爸爸很担心，心情也不好，你要体谅他、照顾他。你们互相照顾等我回家。爷爷奶奶外公外婆年龄大了，因为我他们担惊受怕的，你要经常给他们打电话，安慰一下他们。妈妈相信，你一定会做好的，辛苦了，宝贝！

更多的话，都不够表达妈妈爱你的心。宝贝加油！你会是一个勇敢的小朋友。妈妈很好，会保护好自己的。记住：妈妈爱你。再见！这封特殊时期的信没有办法邮寄给你，妈妈拍成照片发给你吧。

此致

妈妈爱你

2020 年 2 月 3 日

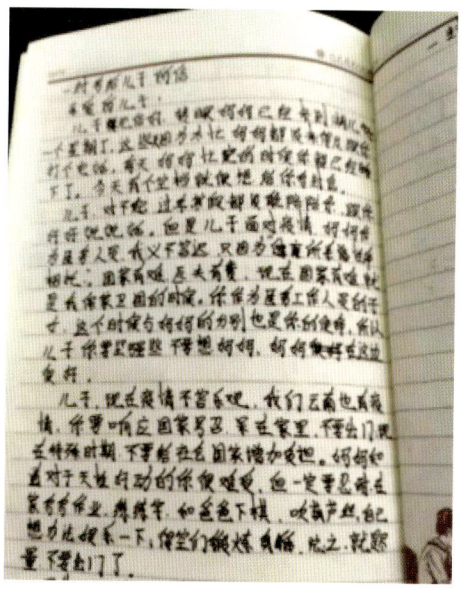
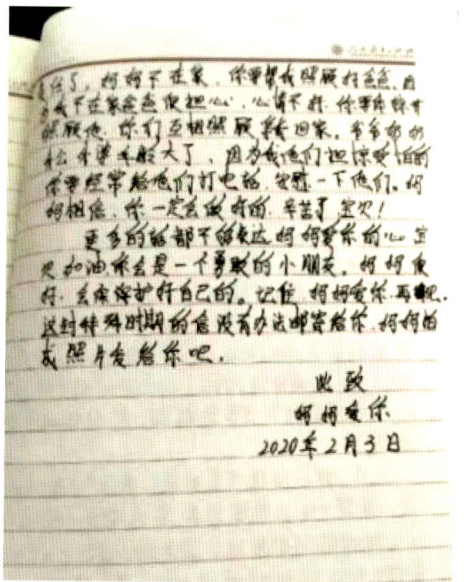

钱嫦娥写给儿子的信

爸爸、妈妈，等战"疫"结束，女儿再向你们"赔罪"

● 广东省深圳市中山大学附属第八医院隔离留观病区护士

> 【家书背后】这是广东省深圳市中山大学附属第八医院隔离留观病区的一位年轻护士写给远在四川的父母的一封家书。在这封信中，女儿向自己的父母袒露了心声，表达了作为一名医护人员的责任与担当，以及作为一个女儿对父母的歉意与担忧。

我至亲至爱的爸爸、妈妈：

首先，请你们原谅，这些天来，女儿没有跟你们说实话。

几乎每天，你们都会打来电话问我近况，叮嘱我虽然不是"最前沿"，但是也一定要做好防护。每次我都告诉你们"我挺好的"。我理解你们的担心，可是，你们的女儿是护士呀！从2011年9月，一纸《录取通知书》把我"征离"故土。踏上学医之路的那一刻起，女儿的肩上就多了一项救死扶伤的使命。疫情来临时，别人可以躲，医护人员不能躲，女儿不能躲，如果连我们都躲了，老百姓怎么办？我的父母怎么办？

2月2日，我主动报名进入医院隔离留观病区一区，迄今已经4天了。病区很"冷"，危险就像一个"阴冷的无形杀手"，不知躲在哪个角落；病区又很温暖，医护团队亲如家人，党政领导关怀体贴。爸爸、妈妈，在这里我要为自己的"欺骗"行为对你们道一声"对不起"，等战"疫"结束，女儿当面再向你们"赔罪"！

SARS那一年，我小学5年级，记忆里只剩下不停地测体温、白白的棉布口罩，还有就是漫天的消毒水味。只记得那时候父亲跟我说："上学不坐公交了，爸爸每天送你。"我好开心，因为爸爸你总是很忙，很少有机会送我。

汶川地震那一年，我高一。成都所有的学校都停课了，我随着你们一同进入灾区支援。看着那一个个无助的眼神、残缺的身体，看着医生、护士勇敢的背影，那一刻，一束职业的光芒把我照亮。

天下所有的父母，都祈愿自己的儿女生活在宁静祥和的时代。然而，人类社会就是在与自然、灾害、疫情的一次次搏杀中发展繁衍。此次新型冠状病毒肺炎疫情，就是摆在我们国人面前的又一道"坎"，我们没有退路，"跨"过去，我们前路远大。

1月31日，张晓瑜护士长在群里发出"集结令"，号召大家报名增援隔离留观病区。三五分钟不到，接龙已逾18人。我们护理团队就是这样一个集体，过年期间每个科室都可以减班，只有我们按兵不动，大家平时也都会抱怨怎么这么累啊，可是一旦有需要，我们都在。

看着这份接龙名单，要么初为人母，要么初为人妻，要么初出校门。只有女儿我单身一人，工作数年，经验尚可，较少牵挂，更何况我还是党员。爸爸、妈妈，你们说，我不上谁上？

隔离留观病区一区位于医院1号楼11楼。进去的第一天，游莉护士长告诉我们："在我们病房，最重要的是一定要保护好自己。"大姐姐的这一番话，仿佛让我们吃了一颗"定心丸"。在罗姐姐指导下，我们学习穿脱隔离衣，这是医务人员自我保护的重要一环，半点马虎不得。N95口罩、防护面屏轮番上阵，手戴双层手套，身穿防护服，套上鞋套。一整套流程下来，原本相熟的同事一下子认不出彼此了。

一线的工作，那是"生命之线"，一不小心，就有可能感染。发热门诊一个接一个的电话打来，疑似病人一车接一车载来，不断透支着我们的体力。在防护服紧张的情况下，有的医护人员宁愿挨饿也不吃饭，甚至憋着尿不去卫生间。结束一天工作后，脱下防护服，整个人像是被汗水泡过一样，我们看到的是被勒得紫青的面部，一条条印痕触目惊心。

爸爸、妈妈，你们可能会觉得女儿参加工作不久，经验不足，怎么能担此大任？其实，许多护士长跟我们在一起，有危险时，也都是她们挡在前面、冲在前面。何晓芳护士长怕感染家人，自进入病区后没有回过一次家；游莉护士长自身免疫力不好，她把孩子扔给老人，始终冲在最前面；第一批进入病区的徐颂菲护士，双手长满红疹，仍轻伤不下火线；为了保证工作环境安全，肖晶晶护士一丝不苟地消毒，汗打湿了面屏。爸爸、妈妈，你们知道吗？就连病区保洁阿姨，也在主动努力学习隔离知识，为我们提供力所能及的帮助。在隔离病房里，这群可爱的人用较平时三倍以上的工作量和心力奋战着，在有限的时间空间中，去拯救更多的生命。

爸爸、妈妈，这场席卷全国的特大疫情，对我们是一场劫难，同时对女儿而言，是一次磨砺。你们总是说我"永远长不大"，我相信，经过这次历练，女儿将不再是那个说话细声细语、走路杨柳细风的柔弱女孩儿，女儿将变得有毅力、有坚韧、能担当。等战"疫"结束，女儿回到成都，站在你们面前时，你们一定会对我刮目相看。

爸爸、妈妈，女儿走出校门 4 年多，经历了 5 个春节，因为要值班，未能跟你们一起过过一个团圆年。当你们看到这封信时，也将是抗疫胜利的时候，女儿一定会回到成都，咱们一家三口补吃一次"团年饭"。

女儿　写于隔离留观病区一区
2020 年 2 月 5 日

你们才是闪闪发光的明星

● 陆军军医大学支援湖北医疗队队员刘远桥的女儿　刘旭焱

> 【家书背后】面对疫情，广大军队医务工作者闻令而动，舍小家，为大家，生动演绎了特殊时期的家国情怀。2020年1月24日，陆军军医大学抽组150名医护人员组建抗击新冠肺炎疫情医疗队，连夜乘机奔赴武汉，刘远桥便是其中的一员。2月7日，他在微信上收到了女儿写来的一封信。

亲爱的爸爸：

今天是2020年2月7日，你去武汉支援已经14天了，我十分想念你，也十分担心你，你在那边忙吗？

记得除夕夜那一天，本是阖家团圆的日子，妈妈对我说你要去武汉，我听后立马慌了，立刻给你打电话："不准你走，现在感染病毒的概率这么高，你能照顾好自己吗？不能去。"不经意间，我的泪水从眼眶流下，冷冷的，冰冰的，夹杂着害怕和担心。但你还是背着行囊义无反顾地去武汉支援了。

你刚走那几天，我十分想念你，常常给你打电话，可是大多数打去的电话都被你挂断了，只留下"在忙"的讯息。终于，我经不住想念，去问妈妈有没有和你聊天，妈妈却说有过。我立马吃醋大声说道："为什么爸爸跟你通了电话，而对我却总是在忙！"

后来你终于接了我的电话，看着你疲惫的身躯、快要合紧的眼皮、数个疲劳的哈欠，我感到十分痛心。你对我讲述了你没有接电话的原因，你们这些天有多么劳累和辛苦，以至于睡觉的时间都很少。虽然很想跟你多聊聊，但我还是说："那你去休息一下吧，每天记得戴口罩，勤洗手，就不和你多说了。"

我在一次采访你的新闻中看到你说："我们保卫国家就从来没有平时和节日之分，人民有难，我们就会赴汤蹈火，在所不惜。"爸爸你真伟大，我为

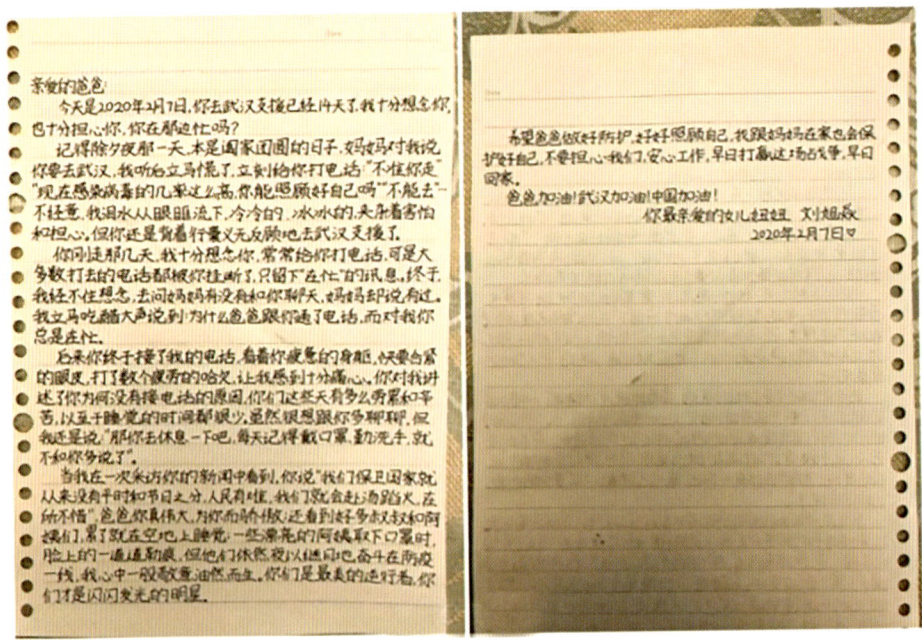

刘远桥女儿刘旭焱写给爸爸的信

你而骄傲。还看到好多叔叔和阿姨累了就在空地上睡觉，一些漂亮的阿姨取下口罩时脸上留有一道道勒痕，但他们依然夜以继日地奋斗在防疫一线，我心中一股敬意油然而生。你们是最美的"逆行者"，你们才是闪闪发光的明星。

希望爸爸做好防护，好好照顾自己，我跟妈妈在家也会保护好自己，不要担心我们，安心工作，早日打赢这场战争，早日回家。

爸爸加油！武汉加油！中国加油！

你最亲爱的女儿妞妞 刘旭焱

2020年2月7日

爸爸，我一点都不想你

● 浙江省杭州市桐庐县第一人民医院院长吴国平的女儿　吴斐辰

> 【家书背后】浙江省杭州市桐庐县第一人民医院院长吴国平看完女儿的这封信，热泪盈眶。十多天里，他一直忙于医院抗击新冠肺炎疫情的部署工作，没有时间回家，更谈不上陪伴家人，只在女儿来院时，隔着车窗，见了一面。看着女儿字里行间的懂事，他感到欣慰，但更多的是歉疚。

吴斐辰在给爸爸写信

爸爸：

　　您好！

　　从大年初一开始，你就没有回过家，到今天已经有15天了，不过，你不用太担心，我一点都不想你。

老爸，你不在家的日子，我其实过得很充实，每天睡到自然醒，看电视，玩手机，在厨房折腾各种好吃的。放心，我还是记得你的，每次我都会多烤几块小饼干，多做一个小蛋糕，多烤一个鸡翅，然后，再帮你吃掉！所以你不用太担心，我一点都不想你。

老爸，昨天通电话，你说这个寒假没有办法陪我出去玩了，很抱歉。其实在我心里你从来都是"鸽子王"，从我记事起，你说

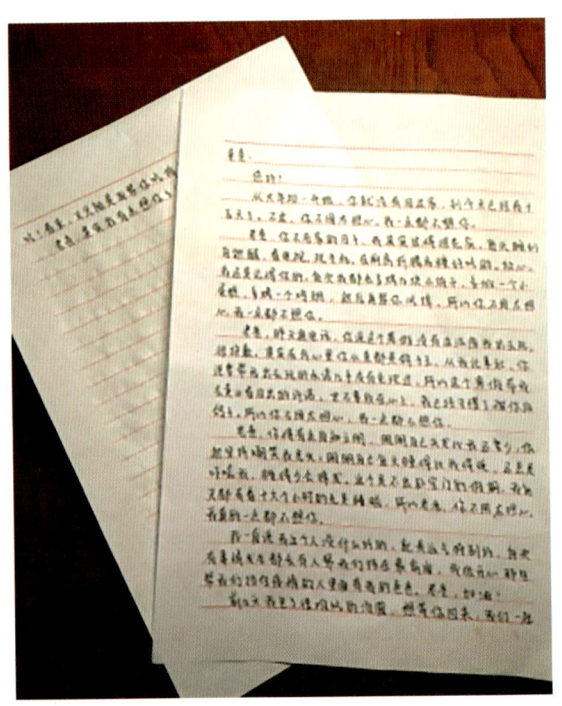

吴斐辰写给爸爸的信

要带我出去玩的承诺几乎没有兑现过，所以这个寒假带我去黄山看日出的许诺，也不要放在心上，我已经习惯了被你"放鸽子"！所以你不用太担心，我一点都不想你。

老爸，你得有点自知之明，明明自己头发比我还要少，还坚持嘲笑我发量少；明明自己每天睡得比我都晚，还总是吓唬我睡得少会掉发。这个足不出户的假期我每天有着16个小时的充足睡眠，所以老爸，你不用担心，我一点都不想你。

我一直说我这个人没什么好的，就是运气向来特别好，每次有事发生都会有人帮我们挡在最前面，我很开心那些帮我们挡住疫情的人里面有我的爸爸。老爸，加油！

前几天我包了很难吃的汤圆，想等你回来，我们一起吃！看来，又只能是我帮你吃掉了！

老爸，其实我有点想你了！

您的女儿　吴斐辰

敬上

请微笑着，等我回家

● 云南省红河州第三人民医院援鄂医疗队队员　钱玲巧

> 【家书背后】人在疫区心系家，亲情永远是内心最柔软的地方。每个抗疫战士都有自己的多重身份。云南驰援湖北医疗队队员钱玲巧在武汉向千里之外的爸爸、妈妈、弟弟，说出了自己内心最真实的想法。

我不善言辞的爸爸、妈妈，弟弟：

我在千里之外的武汉想念着你们，而你们在故乡，又该是多么地担忧着身在疫区的我。从今天的通话里得知，家乡又是个爽朗的大晴天，家乡今晚又该有一轮圆月吧！而我在武汉抬头往窗外一看，外面是雾蒙蒙的天空，只有那倔强的霓虹灯，孤单地散落在这个城市的各个角落。今年，我无法欢欢喜喜陪着你们一起忙活、过年了……

我曾经想过要对你们隐瞒自己志愿报名前往疫区的事，甚至在医院已经进行了一段时间的培训后，才向妈妈隐约开口……妈妈在电话那头沉默了几秒钟，哽咽地说："如果已经到了需要你们支援那一步，那你去吧，你一定一定要注意保护好自己……"知女莫如母，听着母亲的回答，我心里五味杂陈，担心自己明显的情绪变化会被妈妈猜到，草草说了几句便找借口挂了电话。作为一个普通的农村妇女，明明也舍不得我去冒险，不像作为党员的爸爸，有着"战时状态绝不能当逃兵，否则将要被定在历史的耻辱柱上"的觉悟，却忍痛不干涉我的选择，理解我的选择……

还有爸爸，我也想你了。父爱深沉，爸爸您却只是默默地把对我的担忧藏起来，在打视频电话的时候不露面，不让我看到您担忧的表情……其实，弟弟悄悄告诉我了，你们听说我确定要去支援湖北的时候，脸色都凝固了……

作为最先知道我支援武汉消息的臭弟弟，在这个时节，家乡的桃花、杏花、樱桃花应该已经开得十分绚烂了吧？臭弟弟，我一猜就知道你会掐一把带回家插入瓶中，果真是亲姐弟，就是俩"花痴"。挺想你的，知道吗？即便你几乎能自己独当一面，每次你叫"我姐""老姐"的时候，我依然对你充满了保护欲：哼！这孩子我罩着呢！

单曲循环了李荣浩的《爸爸妈妈》，我一整晚泪眼蒙眬。知道爸妈想和自己说话，却不知道你们的话题要怎么接；想和爸妈聊很多，你们却已经落在时代的尾巴上；看到你们再变老心会疼；因为工作地点远不能常伴左右心会疼；你们年纪大了经常头疼脑热的，担心你们身体心会疼。其实心里真的很爱很爱你们，让我深信不疑的是，就算我到了60岁，在你们眼里我依然还是个孩子，我真的很想很想你们可以一直陪着我……

前两天有一个话题是"当疫情结束，你要做的第一件事是什么？"这句话隐喻着一种"一切终将过去"的美好气息，给了我们些许盼头。但也有些人却永远等不到了。你们看，这边有很多人需要我守护，尽管你们是我最想守护的人。希望你们保护好自己，等打了胜仗的我回来陪你们。

请你们微笑着，等我回家！

爱你们的玲巧

这是我的家,我们守护它

● 云南省红河州第三人民医院援鄂医疗队队员　普杰

> 【家书背后】普杰是云南驰援湖北医疗队队员,一位90后的年轻小伙子,在战"疫"中实践着自己"为天地立心,为生民立命,为往圣继绝学,为万世开太平"的理想和抱负,在战"疫"中成长着,在战"疫"中牵挂着远方的父母。2020年元宵节这天,他将自己的种种感受写作家书,送给父母。

亲爱的父亲母亲:

儿行千里母担忧。还记得刚跟你们说我要来武汉支援时,你们在电话里惊慌失措后又坚定支持的场景。如今,来到武汉抗疫第一线的我,一切安好,望父母亲勿念。等抗疫胜利的那一天,儿子定会凯旋。

我曾看到过这么一段话:"这是我的家,我们守护它,如果有一天,它也需要我,搭把手就过了。我的城市生病了,但我依然爱它。"是啊,那座满是樱花的城市如今生病了,作为医护人员的我们又怎能坐视不管呢?它不只是武汉人的小家,更是我们中华儿女共同牵挂的祖国大家啊。

还记得读书时,老师跟我们说过:"为天地立心,为生民立命,为往圣继绝学,为万世开太平。"这是我们每一个中华好儿女的传统,正如今天抗击疫情的神圣而又光辉的使命。天地本无心,但人有心,看着曾经车水马龙的城市失去了往日的热闹,看着一个个曾经幸福美满的家庭饱受病毒的折磨,我就知道,该我们这些年轻的孩子站出来,保护更多的生命,为祖国母亲分忧。都说,没有大家又哪来的小家呢,祖国妈妈保护好了,武汉保护好了,咱们的小家也才会更加幸福。

在我的心中,父亲是坚强勇敢的,母亲是温柔善良的,以前一直都是你们在宠爱着我,保护着我,让我感到幸福美满。现在不同了,我长大了,是25岁的男子汉了,我要孝敬和回报你们了,等我在前线把病毒击退后,等我平安回来后,往后的日子,让我好好尽孝道,我们一定会更加幸福美满。

我不后悔我的选择,愿雨过天晴,冬去春来,山河无恙,人间皆安。

儿子　普杰

致战"疫"一线爸爸的一封信

我听到了春风敲门的声音

● 山东省泰安市第一人民医院首批援鄂医疗队队员孙胜的儿子　孙同鑫

【家书背后】孙胜是泰安市第一人民医院首批援鄂医疗队队员,当新冠肺炎疫情发生时,他与队友一同奔赴战"疫"一线。他的儿子孙同鑫在担心父亲安全的同时,更多的是对父亲的理解。在家中做好自身防护的同时,孙同鑫给父亲写下了这封信。

亲爱的老爸:

今天早上,您微信告知我们:已抵达湖北武汉,昨晚安顿好睡下的时候已经是凌晨3点多了。若是在平时您出发开会,每当告诉家人您顺利抵达目的地时,我和老妈的心是高兴踏实的,可是这次,您离目的地越近,我们的心

出征仪式前孙胜一家的合影

就越焦虑担忧，因为您这次去的是战场，虽然看不到硝烟，却危险重重。

您前一天半夜接到命令，第二天上午就要出发，那么匆忙，那么不容易。老妈一夜未眠，擦着眼泪反复叮嘱您千万保护好自己，把您的行李添了又添，生怕带得不够齐全。而我，脑袋一直都是蒙的，我害怕，我担心，声音颤抖着，带着哭腔问您："一定要去吗？太危险了！"您笑着搂着我的肩膀说："一定要去，我是医生，这是我的工作和责任，疫情那么严重，武汉急需要救助，只有大家齐发力，疫情才能被击退，不用担心我，没事的！"

是啊，春节本该是祥和欢庆的节日，却仿佛是一夜之间，病毒向我们发起了猛烈进攻，手机上微信上充斥着病毒、疫情、感染、蔓延等等字眼，看到每天持续上升的确诊病例、疑似病例和死亡病例，多么地让人害怕！但又很快，人们的恐慌被一声声一阵阵的冲锋号声驱散了，全国统一领导，上下一盘棋，全民联动共驰援，一场防控疫情、抗击病毒的战争全面打响了！

医护人员、警察叔叔、党员干部、爱心企业、爱心人士、志愿者、生产工人……全体总动员，纷纷用自己的方式为战"疫"助力，与时间赛跑，与病毒较量，不论生死不计报酬，坚守在抗疫第一线。我每天都被一些或伟大或平凡的人和事迹感动着、震撼着！当然也有一些人瞒报病情、恶意传播虚假消息！在中国，绝不允许这样的人为所欲为，逍遥法外！他们都受到了人们的严厉指责和法律的制裁！

疫情之下，没有旁观者。每个人都应该是战士！想想此时我是多么幸福，有吃有喝地待在家里，当我们因为窝在家里觉得无聊烦躁时，却不知有多少人主动请缨，抗战在一线上，透支体力没日没夜地跟病毒作斗争，保卫着我们，保卫着这片家园。我常常在想，作为一名学生，不能出征抗战，那我能做些什么呢？我想此时能做的首先是听指挥，别出门添乱，先保护好自己，不给病毒传播的机会。非常时期谁放松，谁就是对病毒的放纵！千万不能再给保护我们的抗疫者加码了，他们实在是太累了。其次，就是在家要好好学习，立志高远，停课不停学，只有学好了本领，才能在国家需要我时能出一份力。读圣贤书有三不避，为民请命，为国赴难，临危受命！少年强则国强，少年富则国富，少年屹立于世界，则国屹立于世界！鲁迅曾经说过，中国自古以来，有埋头苦干的人，有拼命硬干的人，有为民请命的人，有舍身求法的人，这就是中国的脊梁！我想，我们每一个中国人特别是青少年都应该立志做国家的脊梁！

　　老爸，您有没有觉得我又长大了成熟了呢？您在病房里一定要保护好自己，救治病人的同时也要适当休息。您的处境让我和老妈，还有爷爷奶奶很揪心，您的劳累让我很心疼，但我知道您有很多的战友，千千万万的医护人员，千千万万的抗疫英雄都在共同战斗着，我坚信病毒一定会无处遁形，一定会被击败的。我们全家都等着您凯旋！

　　很喜欢一句话：春天的脚步不会因为一场风雪就停下来。

　　我听到了春风敲门的声音！

　　好了，老爸，咱爷俩先聊这些吧，您多保重！

您的儿子　孙同鑫
2020 年 2 月 10 日

旅美老兄的大爱，
跨越千山万水而来

● 湖南省岳阳市中共汨罗市委文明实践服务中心主任、汨罗市归国华侨联合会副主席 朱仲文

> 【家书背后】朱克和，美籍华人，美国纽约州立大学奥尔巴尼分校教授，国际知名数学家。本次新冠肺炎疫情暴发以来，在国内防护物资异常紧缺、美国舆论哗然的情况下，他心系家乡，捐赠1000套防护服给家乡汨罗。他的堂弟汨罗市归国华侨联合会副主席朱仲文知道此事后，非常感动。为了表达心中的感激之情，为了激发海外侨胞的爱国热情，也为了畅叙兄弟之情，他给堂兄朱克和写了一封家书："请所有海外华侨们放心，有你们支持，我们定将众志成城，抗疫必胜！"

朱克和

克和哥：

　　全家好！

　　距离上次元旦匆匆一见，又已一月有余。那时，你从大洋彼岸飞回中国，到湖南师大、中南大学和汕头大学讲学，行程匆忙。来不及畅叙兄弟之情，来不及陪你看看汨罗的屈子文化园、长乐古镇、西长花海，来不及一起尝尝汨罗粽子、长乐甜酒、楚塘油坨，来不及带你感受龙舟故里的变化和发展。此时的我，只能拿起手中笨拙的笔给你写信，聊表兄弟之情，想必远在纽约的你一定正在关注着祖国抗疫的消息。

　　你从洛杉矶发往汨罗的1000套防护服不久就会抵达长沙，感谢老兄及所有旅美家人对家乡的关爱！国内的抗疫攻坚战已全面打响，我作为宣传系统、

侨联的一名干部,和汨罗三万党员一样,这个春节一天未休。在大家的努力下,汨罗疫情控制较好,家人安好。

朱仲文

过去,我一直以为你是一个专注学问、远离世俗的人。这次你对祖国疫情的关注和支持,远远超出了我对你的认识。2020年1月31日,你从大洋彼岸给我来电,详细了解汨罗新冠肺炎疫情,说想为家乡抗疫出点力。你的电话就像是部队的命令,简短、干脆、有力!

你一声令下,兄弟姐妹们便快速集结,投入战斗!2月1日晚,你组建"汨罗支援"微信群,将旅美汨罗籍家人冬和、伟和、新跃等兄弟姐妹与爱人拉进群中,一起筹划捐赠防护服的事。你不分昼夜,东奔西跑,联系货源。2月11日晚,办妥了防护服报关手续并通过南航从洛杉矶将防护服发往中国!

难以想象这短短10天时间里,你拨打了多少个电话、奔波多少路程、费尽多少周折,才能完成这次跨越千山万水的爱心传递!

我深知,你是一个心有大爱的人。你动员了所有旅美的兄弟姐妹参与募捐,我懂得,旅美近40年的你,心心念念的仍是祖国;身在他乡,也改变不了你的中国心!

每临大事有静气,每遇难事讲担当!正是因为炎黄子孙爱国报国的情怀,我们伟大的中国才谱写了1998年抗击洪水的史诗,取得了2003年战胜"非典"的伟绩!

涓涓细流汇聚成河,件件物资彰显大爱。我现在又要去参加抗疫值班,组织开展志愿服务了,不能跟你久聊了。请老兄放心,有你做表率,老弟我一定会坚守岗位,不辱使命;也请家人放心,我一定会按照捐赠要求,把物资直接送给 线医生;请所有海外华侨们放心,有你们支持,我们定将众志成城,抗疫必胜!

代问冬和、伟和、新跃家人好!

弟 仲文

2020年2月14日

90后选调生在抗疫一线写给同处抗疫一线的父亲的家书

爸,请你放心,我将不畏艰险,勇往直前

● 山东省烟台市昆嵛山保护区选调生　吴迪

> 【家书背后】上阵父女档,并肩抗疫情。疫情防控开始后,新婚的90后选调生吴迪放弃了和丈夫团聚,毅然来到大山深处防控疫情第一线,这一来就是近20天。无论是汇总片区随访摸查情况、上报信息登记情况,还是统计外来人员居家隔离期间体温情况、拍摄基层一线坚守影像……吴迪无怨无悔,任劳任怨。远在长岛的父亲、长岛海洋生态文明综合试验区疾控中心吴长财,从大年三十起就同样坚守在岗位上。疫情期间,同在抗疫一线的父女不能见面,每天只能通过发微信互相鼓励,通过电话互道平安。女儿写给父亲的这封家书,字里行间都是温情的牵挂,但是更多的,却是共产党员家庭的担当,是他们父女互相传递打赢这场战"疫"的决心。

爸:

　　见字如面,一切顺安。

　　提笔时,我已有很长时间没有见到你了,早上醒来看见你拍的照片,长岛下雪了。我拉开窗帘,昆嵛山这边的雪还要更大些。新年过去已有20余天,对家的思念丝毫没有削减。大年三十的早上,妈打来电话说你不能休班了,让我不要牵挂家里,我眼泪就抑制不住地流……

　　从小别人就知道我有个在疾控中心上班的父亲,每年学校体检的时候,大家都会凑在我身边指着你说,看,你爸来了。每到这时,我都感到骄傲,我知道,这是一份值得尊重的职业。长大后,我在外读书,每次通话,知道你人在岗位,无论工作如何繁重和琐碎,从没听到过你的抱怨。对待身边的同事,你总能温言细语,并尽最大的努力帮助别人;在工作上面对患者和家属,你

吴迪在执行
防疫工作

吴迪的父亲在执
行防疫工作

会耐心地做好解释，让对方理解和满意。新冠肺炎疫情期间，妈说你身上经常充斥着消毒水的味道，消毒用的二氧化氯具有非常浓烈的特殊刺激性气味，腐蚀性很强，穿上防护服，年近六十的人了，背负几十斤重的消毒桶和药水，到公共场所、社区、码头进行消杀，消杀结束后都能出上一身汗，但你努力克服困难，在大后方为前线做好保障。有时晚上8点给家里打电话，妈说你已经睡了。早睡早起是你多年的习惯。这段时间，你更是要求自己比平时早到单位1个小时，提前到工作岗位分析疫情，根据武汉及全国发病数，画出疫情走势图，为单位做防疫预案做好参谋。你总说，这是场与时间赛跑的战役，要时刻准备着，容不得半点懈怠和马虎。都说疾控人员是这场战役的"侦查兵"，你们站在最危险的"前哨"，冒着随时被感染的风险对可疑人员进行排查，核实疫情。你们的职责不是救治感染的病人，而是让更多的人避免感染，但请你一定要记得，不管多忙，保重身体。

  我时常告诉自己，长大了我要成为像你一样的人，做一个热爱自己的工作并对工作认真负责的人。大学毕业后，我选择了基层，在疫情下，我也选择了回到工作岗位，看着每日不断上升的死亡人数，我的内心也有些许恐慌，在与你的通话中，你只说了一句："'疫情就是命令，防控就是责任'，我作为一名共产党员，更应该到一线去，与大家一起坚决打赢这场没有硝烟的战争！"回到岗位，我负责把片区随访摸查的情况进行汇总，每天及时更新并上报信息登记情况，配合片长统计好外来人员居家隔离期间的体温情况。同时我还用镜头记录了很多一线基层干部的感人瞬间，他们舍小家为大家，放弃个人安危为了大众安全，义无反顾，一往无前。我很庆幸，我作为其中的一员，看到群众由最初的不明白不理解，到现在懂知识、会防范，我方知我们的努力没有白费。爸，请你放心，我会用自己的行动践行共产党员"不畏艰险、勇往直前"的铮铮誓言。

  窗外的雪又大了些，转眼就成了白色的世界，眼下正是一年中颜色最为单调的时节，目之所及，到处都是光秃的枝丫、裸露的土地，但没有一个冬天不可逾越。立春已过，下次见面，定是春暖花开。

女儿 吴迪
2020 年 2 月 16 日

我一定会保护好自己，你们就当我上大学去了

● 河南省新乡市第二人民医院重症监护病房护师　贾亚群

【家书背后】贾亚群是新乡市第二人民医院重症监护病房护师，当新冠肺炎疫情发生时，她第一时间递交了请战书，与7名医疗队员一同驰援湖北华中科技大学同济医学院附属同济医院中法新城院区，该院区是武汉市新冠肺炎危重病人救治定点医院。2020年2月15日，贾亚群给家人写了一封信，信中告诉父母不用担心，并叮嘱父母做好防护，保护好自己。

亲爱的爸爸妈妈：

见字如面。

很荣幸能够成为你们的女儿。感恩父母多年来给予我的培养和教诲，育出有爱心、自信、乐观、开朗的我。儿行千里母担忧，这次来武汉支援，原谅我并未提前通知你们，我只是轻描淡写地给你们说，去郑州"小汤山"。决定出发前，爸爸打

贾亚群（右一）和家人

电话要来送我，我说不用的，我已经长大了，出门在外，我一定会保护好自己，你们就当我上大学去了。

来到武汉这些天，生活和工作慢慢步入正轨，我适应了奔波在驻地和医院两点一线的日常。医院领导和河南队的老师们对我们非常关心，时刻保持联系。每次上班前，感控老师会帮助我们检查防护服是否穿得到位，保证我们在病

贾亚群在武汉防疫一线

区的防护做得全面、相对安全。战友们互帮互助、团结有爱、协同工作、共同奋战。

平常的工作虽然有些辛苦，但是看到患者眼中期待的目光，以及他们对我说感谢的话语时，瞬间让我疲惫的身体又充满了战斗力，干劲十足，觉得我们医护人员的付出都是值得的。就像钟南山爷爷说的：一个护士好不好，最重要的是那颗心，很多病人在走的时候都舍不得护士。为什么？是护士在他们最困难的时候，温暖了那颗心，护士们暖心的安慰、美丽的微笑、轻柔的话语，使得病人看到了希望、看到了阳光、看到了未来。这就是我们护士默默的贡献。

爸爸，您的身体不好，平常要记得按时吃药，好好吃饭，规律作息。妈妈，您是家里最勤快的人，但是不要太过劳累。

每天看到你们的问候，都会让我很心安：认真接受培训，注意学习好每个操作细节，才能在以后的护理工作中，工作好，保护好自己；辣椒和苹果不可同时吃……一句句的问候，藏着一颗颗温暖的心。

疫情当前，女儿能够支援前线出一份绵薄之力，真的倍感荣幸。强烈的使命感和责任感告诉我，一辈子很短，有想做的事，能够得到家人的支持，是幸运的。

感恩，能遇见如此好的你们！

此致

敬礼！

爱你们的女儿 亚群

2020年2月15日

女儿和援鄂一线医生父亲的往来家书

"您把我的名字写在防护服上"
"我们一定会安全胜利地回来"

● 广东省广州市中山大学附属第三医院临床营养科主任卞华伟和女儿卞悠然

> 【家书背后】卞华伟是中山大学附属第三医院临床营养科主任，2020年2月8日（元宵节当天）随援鄂医疗队前往武汉同济医院光谷院区支援，其间，他把女儿卞悠然的名字写在了防护服上。卞悠然看到父亲发来照片的那一刻，感动不已，饱含深情地给爸爸写了一封信。很快，卞华伟也回了一封信。

女儿写给爸爸的信

亲爱的爸爸：

最近怎么样？一定会很累很忙吧。前一阵来的寒潮虽然过去了，但您还是要注意保暖，千万千万不要感冒了！

实话实说，我根本没想过您也会被选去武汉支援。专业不对口，虽然重症病人确实需要补充营养，但也应该轮不到您去。所以当元宵节那天晚上，您把我叫醒，说您要去武汉时，我完完全全觉得这是在做梦。直到早上醒来，发现家里少了行李箱，看见您发的朋友圈，我才确信昨晚的记忆属实。我的第一感受，就是担心！我当然会担心！

2003年"非典"时期，我出生在传染隔离病房的隔壁。而您当时作为一个在一线工作的医生有多忙，被感染的可能性又有多高，我是完全不知道的。我记忆中的"非典"，都是"听说"的，来自大人们已经被时间冲淡了的记忆。

在这17年里，您好像亲身示范了何为"忙"。早上我去上学了，您没有起床；傍晚我回家了，您还在单位，甚至10点多我要睡觉了，您还是没回来。

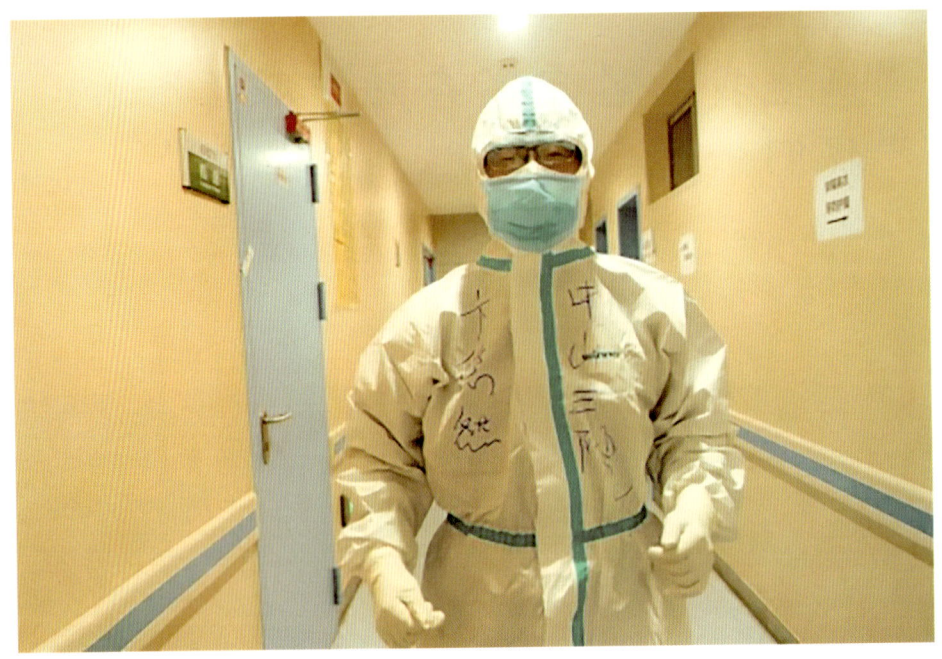
父亲的防护服上写着女儿卞悠然的名字

是不是感觉像在发牢骚？对，没错，我确实有点意见。但是，我又记着每当我生病的时候，您问完状况就脱口而出吃什么药，然后把药送到我身边，我的病就好得很快。从健康饮食、营养搭配到坚持运动、体质锻炼，从身体健康到心理健康，您都一直在默默地关心着我。在我心目中，您既是一个好医生，也是一个好父亲。也正是因为您，我对医生这个职业，总是有一种特别的敬畏和向往。我想，此时此刻，我真的有点想您了！

2020年的春节，和往年很不一样。除夕当晚，您所在医院派出一支队伍去武汉支援，而您虽然在家，但是一个电话接一个电话，信息也是忙着一条一条地回复。但这次，在疫情的阴霾下，我没有抱怨，我理解您为什么放假还会这么忙碌。所以，我尽力地乖乖扮演好一个女儿的角色。毕竟这时，您还在广州。

然而，元宵节当晚，您去了武汉。开始的几天，我真的好担心，好担心！也许正是因为您是医生，从疫情暴发以来，家中一直没有恐慌压抑的情绪。慢慢地，我也没有那么担忧了，日子该怎么过还是怎么过。只是睡前多了一通电话，或者是视频，或者只是语音，用最简单的词汇，说些最普通的事情：

今天气温怎样，今天的盒饭好不好吃，今天在病房里看到了什么……只要能听到您熟悉的声音，抑或是看到您新剃的光头，我总是有一种心安的感觉。每当这时，我都会突然觉得其实没什么好怕的，也会坚信：疫情总会过去，您会平安归来。

"没有人想家人是英雄，但终有人须负重前行。"这次您去武汉支援，大概就是作为一名医生，肩上所要扛的责任的体现。我要说，其实，我为此感到很自豪！在为患者的健康努力，在接收物资、调派人员的人中，有我的爸爸。这临危受命、救死扶伤的事，够我记一辈子的了。爸爸，我觉得您就是我心目中的英雄！

防护服上要写名字以方便认人，而实际上就凭您露出来的那双眯着的眼睛，我便可以一眼确定您，就像您能在班级合照中一眼看到我一样。然而，在从武汉发过来的照片里，我却看见您把我的名字写在防护服上。

感动？激动？心中充满着一时间说不清楚的感觉啊，我只知道，原来我们都在牵挂着对方，更重要的是，我懂得了其中的深刻含义：抗疫我也有责任，支持您就是我的责任！爸爸，虽然我身在广州，不在您的身边，可是，我已经把您的名字刻在了心里！您做的，我都能看到；您说的，我都能听到；您的一切，我都记着呢。

身在广州，心却和您一样在征途。

冬将尽，春可期。

愿山河无恙，人间皆安。

愿您尽早平安归来，祝身体健康！

女儿　卞悠然
2020 年 2 月

爸爸给女儿的回信

亲爱的女儿：

忙碌的工作停下来，半夜给你写这封信，就是想你了，也想家了。姥姥、姥爷、妈妈陪你过了一个只能留在家里的史上最长的寒假，长到你可以选择过农历生日还是公历生日，总之两个日期都可以用到了！

首先爸爸得向你道歉！半夜叫醒你只简单地同你说："接到医院的通知，爸爸需要明天出差。"忍不住吻了一下你的额头，却没敢同你说，爸爸这次出差时间可能会很长，回程日期未定，只能辛苦妈妈陪你！相信你会听妈妈的话，好好学习，锻炼好身体。

从元宵节（你过生日的第二天）到达武汉，经过紧张的筹备工作和接管病区，我们的医疗工作有序地推进着。在武汉听到第一声春雷，迎来的却是一场大雪。寒冷并不是南方人不可克服的困难，2020年2月17日，经过5天的治疗，病区有了第一例治愈出院的患者，也是同济光谷院区接收重症患者后的第一例出院患者。爸爸这次的工作，除了要负责患者的营养治疗，还要负责对外联络，保障队员的生活交通等。虽然千头万绪，很忙很累，但（爸爸的）积极性很高，（工作）一步一步地顺利推进，步入正轨。

当天晚上回到驻地，学校的李老师把你填写的学校调查表截图发给我，并附上了一句话：悠然同学在调查表上写着爸爸支援武汉同济光谷院区，写得多自豪！我突然就忍不住落眼泪了。

突然的告别，没有让你埋怨爸爸，真的要谢谢你能理解爸爸的工作，没有反对爸爸作为医生的那份执念，治疗疾病是没有条件之分的！有时我也想，你是否应该表现出一种担忧的神情，更能让我感觉你在想我呢：这个连衣服都叠不整齐的爸爸，出门时间长了会不会照顾不好自己？

爸爸平时很少同你谈心，主要是不想让我自己的想法强加于你，影响你对今后发展道路的选择，从而给你太多压力。爸爸也知道你想成为一名医生，这意味着你今后需要学习的时间更长，今后工作压力较大，要值夜班，要抢救病人以至于不能按时下班，或者需要随叫随到，等等。这些困难，都是可

卞华伟发的朋友圈

以克服的。但是当医生,还可能会面临在未知风险下去抢救病人的事情,就如2003年的"非典"和现在的新冠肺炎,而这也在无形中要求你要更透彻地了解医生的职责。爸爸支持你的选择,也希望成为你心目中医者的榜样,在大疫面前没有退缩,保护好自己的同时击退疾病。

  进入隔离病区前,可以在防护服上写上自己想写的内容,我很自然地写上了你的名字(希望妈妈不要生气),你要管理好自己,听妈妈的话。老师已经给你们上课了,认真学习啊!

  在大家共同努力之下,武汉的一切都在变好!我们一定会安全胜利地回到广州!

  勿念!

爸爸

2020年2月22日

战"疫"中的母女家书

阴霾会散去，让我们共盼春来

● 陕西省西安市西安交通大学第一附属医院皮肤科护理师冯利和女儿杜泉曦

【家书背后】2020年2月7日，西安交通大学第一附属医院133名医护人员再赴湖北支援，在武汉大学人民医院东区开展医疗救援工作，冯利就是其中的一员。2月14日，在战"疫"一线，她为15岁的女儿杜泉曦写下了一封家书。不久，她也收到了女儿的回信。

冯利给女儿杜泉曦的信件

泉宝贝：

　　印象中咱们母女从来没用这种方式交流过，因为从来没有离开你这么久过，那就开始我们的第一封书信吧！

　　先跟你说说妈妈的近况，来武汉一周了，我已基本适应穿着三层防护衣、戴三层口罩、顶着雾气模糊的眼罩工作。还记得我来时准备了纸尿裤，你觉得不可思议，现在看来确实是多余的，因为一个班下来，里面的衣裤全部湿透，有时候还会被身体再暖干，身体里的水分变成汗液了，纸尿裤用不上了；好几位叔叔、阿姨被护目镜、口罩压得耳朵、面颊、鼻梁红肿破溃，看着让人心疼。但是你放心，大家都在咬牙坚持中，各种不适会被我们克服的，要以我们为榜样哦！生活上更不用担心，我们医院的后勤保障非常给力，没让大家受一点儿委屈。

　　寻常日子里，妈妈唠叨着你的学习与生活习惯，而你也在抗争中将青春期的叛逆发挥得淋漓尽致，甚至一次争吵都会让你委屈半天，而我也生气许久，生活在咱娘俩的斗智斗勇中、在柴米油盐中日复一日。然而，这一场突如其来的疫情，却让我想与你谈谈其他的事情，比如生命、爱与责任。

也许此刻，你还沉浸在作为"白衣战士""最美逆行者"女儿的自豪中，就像我们院长所说的那样："此次作为国家医疗队的一员，使命光荣，是每名队员人生中宝贵的经历……"其实这不仅仅是一种赞誉，更多的是鼓舞士气，激励斗志。闪光灯下的高光时刻只是瞬间，接下来就要投入具体的工作当中。隔离病房中，患者除了治疗，饮食起居都需要医护人员的照料，人生病的时候最脆弱，一个40多岁的昔日壮汉，躺在病床上，面罩吸氧，稍加活动就气喘不适，妈妈给他打好饭送至床头，他摇头拒绝，说不想吃，自己肯定扛不过去了。我知道对他而言，此刻安慰大于治疗，这也让我记起了选择这个职业的那份初心。

在这里每天都在感动与被感动中，我们援助武汉，武汉的爱心人士又在生活中关心和照顾着我们，秦鄂兄弟，同气连枝。我虽年近不惑，但成长在盛世，享受着时代的红利，以前从未像现在这样真切感受到个人命运与国家命运的息息相关。疫情肆虐，学校不能按时开课，工厂不能正常复工，商场停业，市井失去往日的繁荣，国家蒙受巨大经济损失，许多商户也在此劫中受损。所以只有早日战胜疫情，生活才能恢复往日的祥和，"我为人人，人人为我"，作为医护人员我们责任重大。

最近待在家里20多天，你可能为"禁足"在家而苦恼，也许还会向往日常上课的生活，哪怕是作业如山的挑灯夜战。所以，正常的生活就是能够自由出行，大人努力工作，孩子认真上学，大家各尽其职，扮好自己的角色。在你哀叹生活好像被按下暂停键，这样的日子什么时候是尽头时，这里的病患正坚强地与病魔作斗争，医护人员挥汗如雨与死神抢时间。所以，不妨换位思考一下，对比一下，能"禁足"在家又何尝不是一种幸运呢？

面对疫情，妈妈相信你也和大家一样为武汉加油，为中国加油，精神的鼓舞固然重要，可是抗击疫情，我们必须行动起来，在这场斗争中，市民居家不外出活动，就是尽责，而更多的人民子弟兵、党政机关人员、一线医护等为我们提供生活保障的岗位上的工作人员却以更加忙碌的状态投入工作中，所以在你理所当然地享受着静好的同时，奉献者在负重前行。

我还想说一下平时念叨最多，也是你觉得最逆耳的话题——读书。曾子说过："士不可以不弘毅，任重而道远，仁以为己任，不亦重乎？"读书人是要刚强而有毅力，要有社会责任感，知道任重而道远，把实现仁道作为己任。妈妈希望你能读懂，并躬行，成长为有家国情怀的读书人；妈妈还希望你能珍惜少年时光，不辜负，不虚度，在爱的萦绕中，丰盈自己的头脑，健壮自己的双臂，在日后或平淡或跌宕的生活中，练就担当的勇气与本领，向上、向善，撒播爱、传递美好，而不是困难来临时束手无策与逃避。

最后共享一个好消息，西安今天的新增病例为零，阴霾会散去，让我们共盼春来！

妈妈

2020年2月14晚

杜泉曦给妈妈的回信

致敬爱的远在武汉的妈妈：

2020年2月5号上午10时，单位通知你将成为陕西第7批援鄂医疗队队员，战斗的号角吹响，疫情就是命令！你将要披上白色战衣，和战友奔赴武汉这场没有硝烟的战场！

我们家是一个普通家庭，我是一个普通学生党，你和爸爸也是普通上班族。我没有想到，这一场突如其来的战"疫"会和普通的我们有关。

支援武汉这个消息让我震惊，更多的是激动，或许这件事对于我和我的家庭过于不平凡，加上以前在电视上看到医护们在病房奋战的身影，让我肃然起敬，我出于骄傲的心态发了一条QQ动态："我妈妈终于也要踏上去支援武汉的征途！"你却责怪我：我还没有去呢，就先臭显摆起来了。我却没有说话，谁能体会到我当时心里的骄傲呢？我当时就想向全世界宣布：这次抗击疫情的战士里有我亲爱的妈妈，你们知道吗？

接到通知后你迅速收拾行李，我也匆忙帮你整理，看着还未用过一次的箱子被你准备的东西装得满满的，其实我还在纳闷，为啥要准备这么多东西呢？匆忙收拾完东西，你就送我回家，在车里我还给你念了大家在动态里的评论，或是给我的私信，最多的是让你多注意身体，我脸上骄傲的笑容久久不能散去。

回到家里，你向爸爸、奶奶说了这件事，我等待他们的加油、呐喊、掌声或是拥抱什么的！但是面对的却是爸爸的沉默、奶奶的泪水。我很诧异，这都哪跟哪呀！

　　时间很快定格到了当天晚上，医院决定明天你们就出发。我拿出手机，想看看武汉的天气情况和新闻，想看看还有没有啥准备不周到的，我想你今晚肯定要好好休息，大抵也顾不上看了。

　　我看着看着，手却不敢往下划了。我突然间明白你要去的是什么地方，你要做的工作是多么危险。我看到了你转发的你们医院前几批医护人员写的报道：战斗下来，医护人员的脸被隔离器具压得变形；还看到武汉有多名医护人员被病毒感染的消息，看到她们的CT片子上一块块白色病毒的样子。这个时候，我的心里咯噔一下，浑身像被冻住了似的，眼睛也渐渐模糊起来，我流泪了，我才明白了为何爸爸沉默不语，奶奶淌下了泪；我才知道你去工作的地方是多么辛苦和危险；我才知道这场战"疫"其实就是生死的决斗！

　　我轻手轻脚推开你的房门，默默地钻进你的被窝，此时此刻的我，只想抱着你！然而没有睡的你却说："这是妈妈的职责，我什么都不怕，但是就怕你学习不自觉，怕我走了之后你不能好好学习。"你还告诉我一个秘密，其实这次疫情来了后，你是和我爸爸商量过的，很早就报名了，也取得了家人同意，因为这是你职业的使命！而这时候，我在为我的幼稚脸红，我这时候悄悄地想，我怕失去你——妈妈！

　　第二天早晨六点钟，起床为你送行，我将写着"加油妈妈！加油武汉！加油中国！我和爸爸等你凯旋！"的祝福语，以及有你星座幸运颜色的祝福卡片塞进你的口袋。你和爸爸出门后，奶奶对着家中的菩萨雕塑，双手合十，喃喃自语！

　　你走后这几天，我们也视频了几次，你还给我写了一封战"疫"家书。首先你说到生命、爱和责任这个话题时，我明白了爸爸的沉默，明白了奶奶的眼泪！我明白了你这次逆行的意义！我应该还是像原来那样为你加油，为你喝彩！因为我感觉你在完成你职业赋予你的使命、担当以及社会赋予你的责任！其次你也谈到我的学习，你很了解我，我的确是个学习不太自觉的人，但是这次我也想和你在不同地方共同战斗，你的战场是武汉，需要你认真上好每一个班；而我的战场就是中考考场，需要认真上好每一节课。你和我，我和你,让我们一起奔赴我们的战场,做一个勇士,打赢这场战役吧!

妈妈,我告诉你个好消息,今天化学网课老师说到,天气已经变暖,病毒也快猖獗不起来了。这说明冬天已经过去,春天还会远吗?不远的将来你平安凯旋,而我会重返校园,继续奋战!

加油,在家中备战中考的我们!加油妈妈!加油武汉!加油中国!

此致

敬礼!

爱您的女儿
2020 年 2 月 20 日晚

战"疫"中的母子家书

妈妈的职责就是救死扶伤

● 北京市首都医科大学宣武医院呼吸与危重症医学科陈洪云和儿子

> 【家书背后】2020年1月27日晚,首都医科大学宣武医院呼吸与危重症医学科陈洪云作为援鄂医疗队队员紧急出征武汉。时间紧,任务急,陈洪云没能跟家人好好道别。一周后,她收到了儿子发来的一封信,信里满是对妈妈的惦念。身处抗疫一线,陈洪云细细思考了两天,写下回信,信中她对11岁的儿子说:"妈妈的职责就是救死扶伤。"

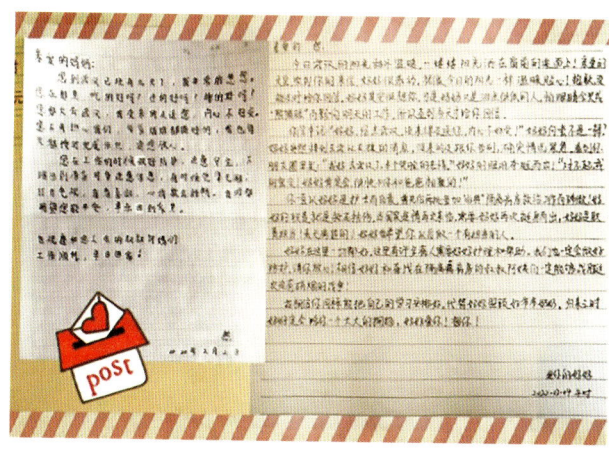

家书原件

儿子给妈妈陈洪云的信

亲爱的妈妈:

您到武汉已经有几天了,我非常地想您。您在那里,吃得好吗?住得好吗?睡得好吗?您那天去武汉,我没来得及送您,内心不好受。您不用担心我们,爷爷奶奶都挺好的,我也每天都按时完成作业,请您放心。

您在工作的时候做好防护，注意安全，下班回到酒店时多注意休息，有时候觉得无聊，打开电视，看看喜剧，心情就会舒畅。我们都盼望您能平安，早点回到家里。

也祝愿和您工作的叔叔阿姨们工作顺利，早日回家！

然

2020年2月2日

陈洪云给儿子的回信

亲爱的然：

今日武汉的阳光格外温暖，一缕缕阳光洒在窗前的桌面上！亲爱的大宝，收到你的来信，妈妈很感动，你的信就像今日的阳光一样温暖贴心！抱歉，没能及时给你回信。妈妈其实很想你，可是妈妈又是泪点很低的人，怕写信时眼睛会哭成"熊猫眼"，而影响明天的工作，所以直到今天才给你回信！

你信中说："妈妈，您去武汉，没来得及送您，内心不好受！妈妈何尝不是一样？"妈妈突然接到去武汉支援的消息，没来得及跟你告别，确实情况紧急。看到你在朋友圈里发："我妈妈去武汉了，十个哭脸的表情。"妈妈的眼泪夺眶而出！对不起，我的宝贝！妈妈肯定会很快与你和爸爸相聚的！

你一直以妈妈是护士而自豪，为妈妈曾先后两批参加"非典"隔离病房救治工作而骄傲！妈妈的职责就是救死扶伤，当疫情再次来临，需要妈妈再次挺身而出，妈妈是职责担当！责无旁贷！妈妈也希望你以后做一个有担当的人！

妈妈在这里一切都好，这里有许多病人需要妈妈护理和帮助。我们一定会做好防护，请你放心！相信妈妈和奋战在隔离病房一线的叔叔阿姨们一定能够战胜这次疫情！

我相信你同样能把自己的学习安排好，代替妈妈照顾好爷爷奶奶。归来之时，妈妈定会给你一个大大的拥抱。妈妈爱你！想你！

爱你的妈妈

2020年2月4日

来自重庆市合川区首批驰援湖北医疗队员的6封"家书"

放心，我们一切都好

● 重庆市合川区人民医院援鄂医护人员
　黄翔　刘伟　甘力坪　向晓燕　何林飞　曾思兰

【家书背后】新冠肺炎疫情发生以来，许多白衣战士奔赴抗疫一线。在合川区人民医院，也有6位白衣战士主动请缨，驰援湖北。在艰辛繁杂的工作外，他们也通过一封封家书向惦记他们的家人、同事、朋友报声平安："请放心，我们一切都好！"

（一）

我想告诉家人，我一切都好！来这里，我不曾后悔过！

科室内收治了一名重症新冠肺炎患者，患者因脑梗死而偏瘫，生活不能自

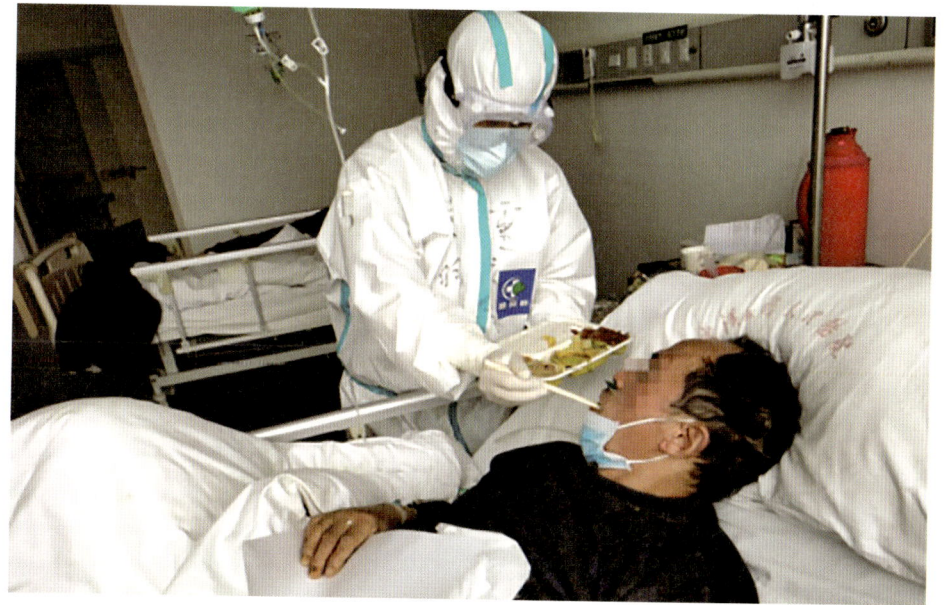

黄翔正在给患者喂饭

理，我们为其更换床单、做康复训练、给他喂饭。患者远在国外的儿子回不来，时常给我们打电话询问老人的病情，并对我们的悉心照顾致以谢意，还给我们加油鼓劲。我很期待这位患者能和家人早日相聚。

老婆，儿子在家怎么样？你跟他说，昨天武汉下了很大的雪，爸爸好想给他堆个大雪人，可是爸爸还在和病毒打仗，等我们胜利了就回来，就陪他出去看雪，堆雪人。再告诉他，让他在家把弟弟照顾好，现在他已经是大哥哥了。

请你转告爸妈，我们合川的6名队员现在都很好，不用担心。他们的儿子一定会完完整整地平安回来。

黄翔

2020年2月16日

（二）

来武汉的第一天我失眠了。但我相信，我们不是孤军奋战的"兵"，因为身后有太多人的关心。今天已经第14天了，我已逐渐适应了这里的工作。戴着两层手套的手打针输液变得更加灵活，穿脱防护服的速度变得更加迅捷，被近视眼镜和防护眼镜双重遮挡的眼睛变得更能适应。

为了利于工作的有效开展，我和同事们在厚重的隔离服胸前写上了自己的名字，在背上写上了"武汉加油"的誓言。请同事和家人放心，我很好！

记得有一天，一名女患者忽

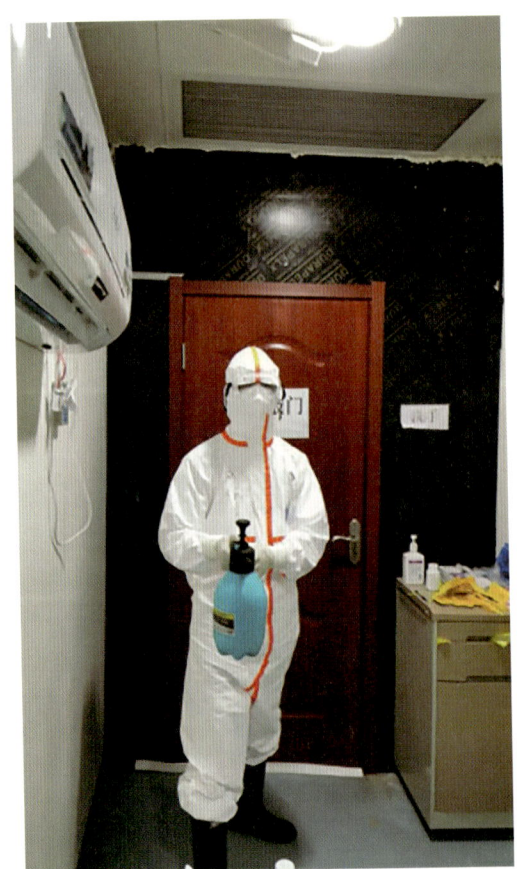

刘伟正在消毒

然提出要求,想让医护人员为她录一段视频。当我举起手机的那一刻,她说:"在疫情面前,你们丢下自己的家庭来帮助我们,我会永远记着你们,非常非常感谢,你们辛苦了……"回想起那时的情景,我十分感慨,患者的肯定就是对我工作最大的鼓励,更是支撑我无畏奋战一线的信念,再苦再累都值了。

刘伟

2020年2月16日

(三)

主动申请到武汉市来已经10多天了。输液本是基本功,来到这里就成了技术体力活,有雾气的护目镜、厚厚的手套、积水的筒靴,都给工作带来一些困难,还好患者都很理解!

武汉市温差大,重庆市卫健委给大家都买了羽绒服、保暖衣。另外,白夜班的轮换造成睡眠颠倒,很多队员睡不好,每天的睡眠时间不超过6小时。但是这个对我影响很小。不过这里的每个菜都是带甜味的,这真的是个问题。还好有家乡送来的老干妈。生活用品上,说实话从来没缺过,后勤部门都是24小时待命的。

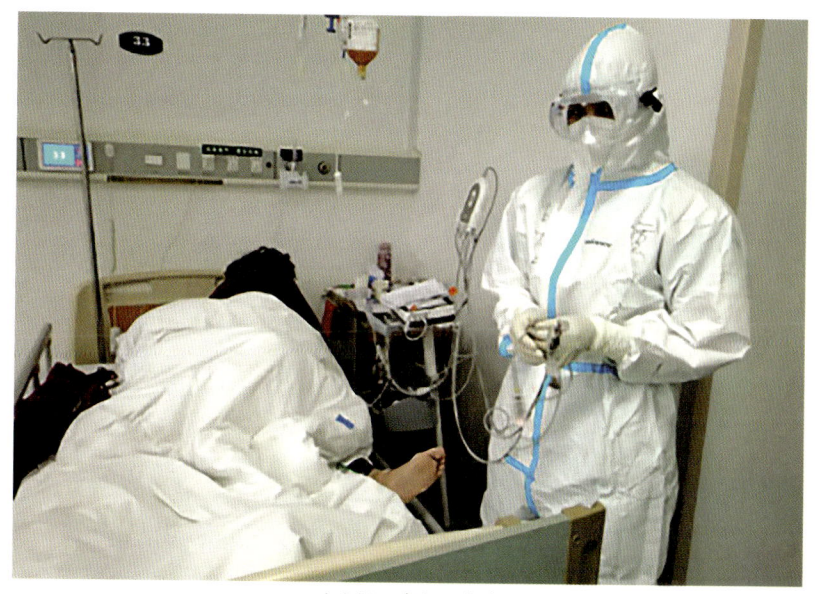

甘力坪正在护理患者

在 ICU 见惯生死的我在这里看到好多患者都是全家感染,有些是不知情,有些是因为照顾。不过,乐观的心态是战胜病毒的法宝,我相信春暖花开时,我们将一起回家!

甘力坪

2020 年 2 月 16 日

(四)

接到驰援任务的时候是 2 月 2 日凌晨,说下午就飞武汉市,那时我还在上夜班。尽管之前写了请战书,但是一切都来得太突然,没有任何准备,急匆匆地就走了。

来到武汉市至今已经有 14 天了,记得第一次上感控班的时候,我进去不到 40 分钟就出现了氯气中毒的现象,全身发麻、直冒冷汗、恶心想吐。多亏了同行队员们的照顾,我很快恢复了正常。这十几天我们互帮互助,一起努力照顾好患者的同时也保护好自己,所以,请放心,我很好。

另外,要特别感谢院领导及各位同事们,前几天我丈夫因输尿管结石入住泌尿外科,在他住院期间,方方面面都得到了关心和照顾,让我没有了后顾之忧,十分感谢!我想告诉我的家人,我在这边一切都好,请勿担心!等到春暖花开时,我们会一个不少的平安归来!

向晓燕

2020 年 2 月 16 日

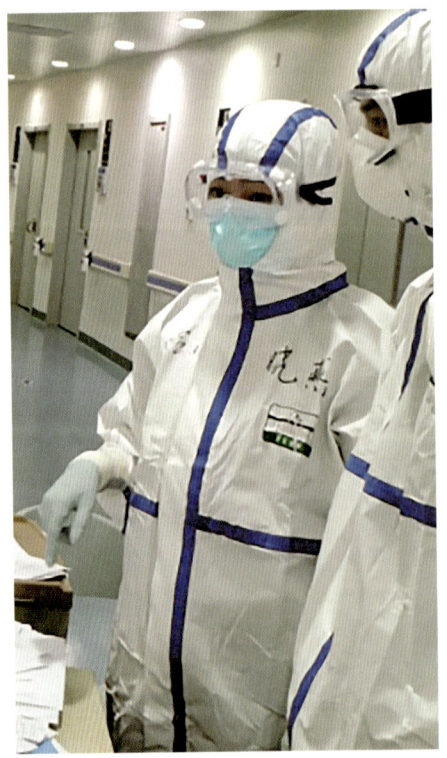

向晓燕在工作中

（五）

在武汉市已经14天，刚开始各种身体不适，到现在已经能适应上班的节奏，之前防护服的闷、护目镜和口罩的压痛都不愿给你们说，我不想让你们担心。每次有空和儿子视频时见他哭闹，都会安慰儿子说："要乖乖哟，等妈妈打完'怪兽'就回来了！"

儿子似乎听懂了我说的话，对着视频立马高兴地笑起来……我希望这场疫情能早日结束，大家都平平安安。

何林飞

2020年2月16日

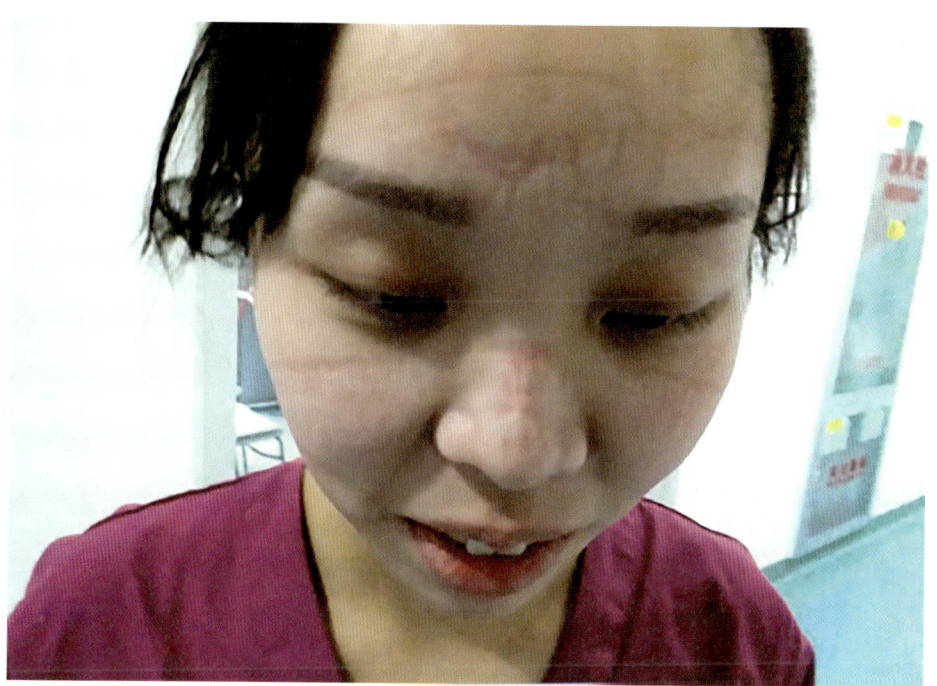

何林飞鼻梁和额头被防护用具勒出水泡

（六）

昨天我看了一个视频，一个小女孩撕心裂肺地哭着说："我没有爸爸了，怎么办呀……"一个老者给了她一个拥抱。我哭了！作为一名医务人员，在平时的工作中难免遇到病情危重患者离开，本该给他们安慰、一个拥抱，但在这里我们什么也做不了！现实就是如此残酷！在这里工作的十几天里，我们一夜的觉要分成几次才能睡完，有时不能按时吃饭，穿着严实的防护服，不能喝水吃东西，不能上厕所……我们所有的人都在挑战自己的极限，但是我坚信我们一定能够战胜病魔。

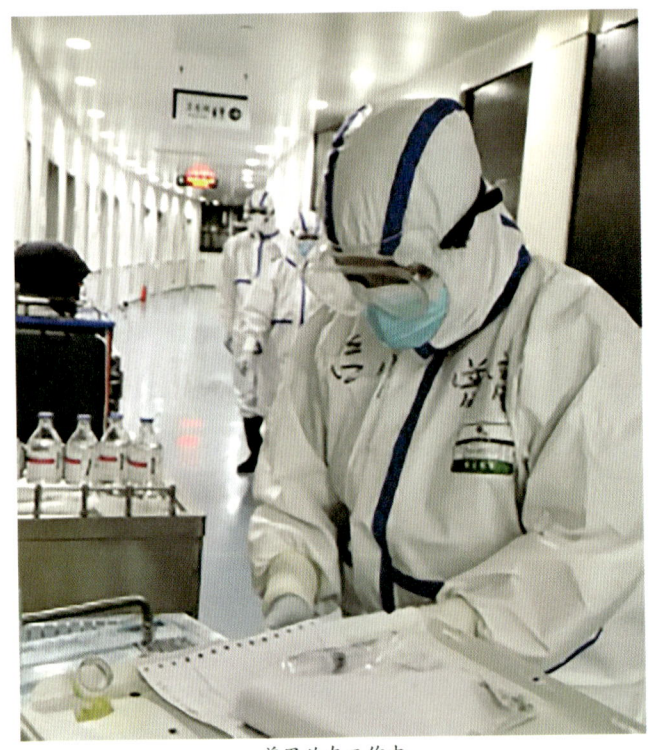

曾思兰在工作中

我离开年迈的父母、幼小的孩子和爱人，最终目的只为了帮助患者早日逃离病魔的魔爪，让大家能在安全的环境里生活，我想对家人说：我真的好想你们，一定等我！我一定平平安安回家！

曾思兰

2020年2月16日

江西援鄂医生写给父母的家书

在时代洪流中，做到不负自己

● 江西省妇幼保健院产科主任医师　余腊梅

【家书背后】余腊梅毕业于华中科技大学同济医学院，对武汉有着深厚的感情，2020年2月11日晚随江西省对口支援随州市医疗队火速奔赴湖北。就在3个月前，她刚刚结束中国第23批援突尼斯医疗队任务回到祖国。得知要向湖北派出医疗队后，她向医院提交了请战书，写道："为人在世，有三件事不能避。为民请命不能避，为国赴难不能避，临危受命不能避……我恳请组织批准前往武汉抗疫一线，与我的同学们并肩共战，服务湖北的孕产妇。"在湖北，她被任命为随州市中心医院第二批援随医疗队党支部书记，带领同事们奋战在抗疫一线。

亲爱的爸爸妈妈：

见字如晤。

此刻，随州上空飘起了纷扬的雪花，这也是春节后这里落下的第一场雪。

这真是一个不一样的春节，2020年2月2日，正月初九，我瞒着你们，偷偷交上了一份请战书。

但你们应该是有预感的吧，那几天我一直在收拾行李，去年双十一刚结束了为期一年的援非，行李都还放在那儿没动呢。你们问我在干吗，我说只是整理一下东西，然而手里拿的却是28寸的大箱子，把厚衣服一件件往

余腊梅与她的父亲

里放。你们默默地看着我，仿佛有了预感。

离别那天还是来了，出发当天我把消息告诉你们时，爸爸沉默，妈妈哭成了泪人，儿子把碗一放躲进房间不出来了。

最终是爸爸劝服了大家，他说："决定去做的事情就去做吧，你从小到大都是一个特别独立的孩子，每一次做的决定都是对的。"

40多岁的人了，还被父母叫成孩子，真让人羞愧。与其说我每一次的决定都是对的，不如说是人生每一步的选择，都受到你们的影响，有你们为我指引方向。

无论是5岁时，目睹你们把亲友的孩子从偏远山区接过来照顾，你们说，为人在世得善良，为他人着想；还是10岁时，跟着数学老师兼图书管理员的妈妈在图书馆里值班，妈妈说，虽然生活清贫，但书籍就是最好的大餐；还是20岁时，你们送我和妹妹上大学，最后我们一个当了医生，一个成为大学老师，因为你们觉得，治病救人与教书育人，都是对社会有用的。

及至现在，我已经是主任医师了，还被你们照顾着，每天中午，年届七十的你们，要步行下五楼，走路到医院，挤进永远拥堵的医院电梯，只为了给你们的女儿送上热腾腾的饭菜。医生的家属，真的不容易，但你们总说，我在做对的事情，你们得支持我。

哪个中国的孩子，不是这样，在关爱和理解中一步步长大的呢！

你们塑造了我，塑造了今天这个爱打抱不平，喜欢东奔西走，勇敢无畏的余腊梅。

所以，当更多的中国孩子有了危险，当我的同学们、同事们纷纷走上一线的时候，我站了出来，选择与他们共同分担。这是职责所在，也是从小刻在骨血里的精神传承。

爸爸是退伍军人，我是白衣战士。按照爸爸的说法，在家国大义面前，我们就是要舍小家顾大家的。

然而人非草木，焉能不挂念，不害怕？

来到湖北后，你们总是会问我为什么不通个视频，让你们看看样子，听听声音。我也想，但我不敢。因为妈妈爱哭，我怕她哭起来爸爸又要劝半天，而我可能也会忍不住，还是间接一些的方式比较好。

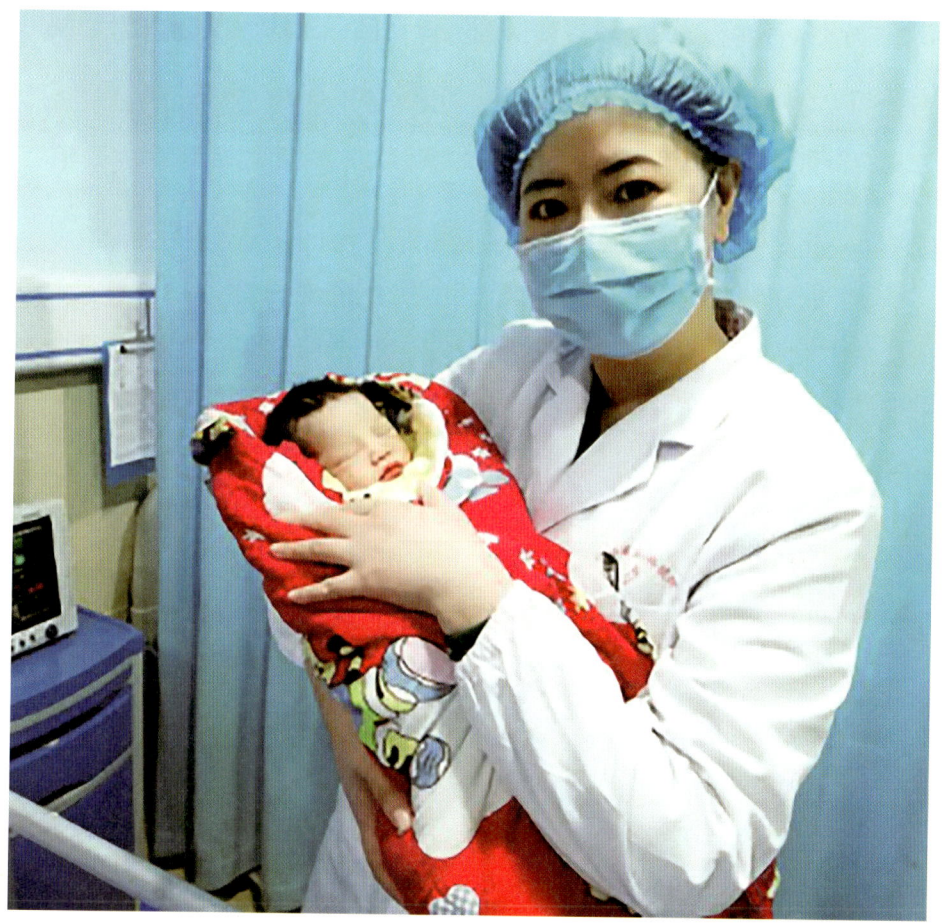
工作中的余腊梅

来湖北后,我养成了每天发朋友圈的习惯,一写几百字,还要配上当天的工作照。因为下班晚,往往发出去时,已经是凌晨一两点了,但我一直在坚持。

其实,这朋友圈就是写给你们看的,不只给你们,也给一直关心我的朋友们。在这场没有硝烟的战役中,我想当一个"战地记者",记录下我和战友们的工作点滴。时代的洪流中,平凡如我们,或许激荡不起一些涟漪,但至少能做到不负自己。

2月14号那天,我就在朋友圈里记下了这样一个瞬间:

一个四次剖宫产史合并瘢痕妊娠的患者清宫不成功,需要开腹手术,黄主任请我搭台帮忙,虽然手术粘连严重,但是第一次的赣鄂医生手术合作很顺利。

16点16分,我的双手接住了华丽的初啼——3公斤的男宝宝。

这也是新冠肺炎疫情期间江西援鄂医疗队帮助湖北接生的第一个新生儿。

孩子妈妈说,她给这个孩子起名"冠冠",让他不忘记自己的来处,懂得生命的可贵。

捧着这个新出生的孩子,我想起了前些天刚落地武汉时的情景,夜里7点的天河机场空荡荡的,不复往日的人头涌动、熙熙攘攘,我曾在这座城市求学5年,留下了鲜活沸腾的青春记忆,而它现在的样子,让我陌生而感伤。

这个冬天我们遭遇了病疫的严寒,付出了很多牺牲,而生命的延续,就像清晨照耀大地的第一缕阳光,让我感觉温暖。人类的全部智慧都包含在两个词中:等待与希望。

爸爸妈妈,期待春暖花开时,我们再见。到时候,我一定为二老补上错过的69岁寿宴。到那时,一定是大地逢春,山河无恙,我们可以和所有摘下口罩的家庭一起,出门展欢颜,再叙好时光。

女儿 腊梅
于2020年2月16日大雪漫卷时

爸爸，等春来，盼您归

● 上海华山医院感染科主任张文宏的儿子　小洵

> 【家书背后】新冠肺炎疫情防控期间，有位上海医生火爆网络，红遍全国，他就是上海医疗救治组组长、上海华山医院感染科主任张文宏。他的"耿直""硬核""正直"……超强的表达能力、各种频出的金句，让网友发自内心地喜欢上了这个"黑眼圈"医生。自张文宏投入抗疫工作、奋战在一线以来，儿子小洵从大年三十（2020年1月24日）晚上开始就再也没有见过爸爸"真人"了。怀着对爸爸的思念，小洵通过家书联结父子情缘，表达内心的牵挂。

亲爱的爸爸：

您好！一转眼，我们都快有一个月没见面了，家里很久没有响起您那幽默的话语，我还真是不习惯。以前，我只知道您是一个医生，只知道您很忙，有看不完的病人、查不完的房，即使回到家里，大部分时间也待在书房，查资料、写文章，总是到夜深，甚至天亮……

爸爸，妈妈跟我说，这一次，您是去跟一种新型病毒作战啦！这种病毒挺厉害，是个"长跑健将"，到处瞎跑，感染的人不少。妈妈说您白天要查房会诊、救治病人，晚上还要写文章……有好几次，我想跟您视频聊天，可又怕耽误您的时间！爸爸，我就想跟您说，在电视里看您还是挺帅的，就是大口罩都遮不住您那两个大大的黑眼圈。

爸爸，那天我跟妈妈聊天，我说我想快点长大，也能像您一样治病救人，我现在什么都不能做。可妈妈说，我可以做的事情有很多。真的有很多吗？是啊，就像您说的那样，我们每个人都是战士，在家里和病毒战斗。我会戴口罩、勤洗手、锻炼身体、学做家务，不到处乱跑……我现在每天都背一首古诗，等疫情过去了，再见到您，我们还玩飞花令，到时候您肯定比不过我！

老爸，您安心地在前线工作吧，妈妈和我都是您最坚强的后盾！虽然我没有去过武汉，可是我想，那里的人们一定很勇敢。等大家一起把病毒打败了，您能带我去武汉吃热干面、看黄鹤楼吗？

昨天，妈妈和我在你们科室的公众号上听到一首歌，叫《唯一的可能》，妈妈听着听着就哭了。虽然我不能完全明白歌词的意思，但我特别喜欢最后几句："每寸土地，我们心之爱之所依，共命运，你若呼唤，我必倾尽我所能……"雪莱说："冬天来了，春天还会远吗……"不会的，没有一个春天不会来到，待樱花盛开，待雀鸟欢鸣，您，也会和春天一起，回到我们身边……我们期待着那一天！

祝您身体健康，工作顺利！

您的儿子 小洵

2020年2月16日

写给驰援武汉雷神山医院的父亲

我会照顾好母亲，与她一同，等您凯旋的那一天

● 上海市居民经济状况核对中心工作人员　郑一泓

> 【家书背后】突如其来的新冠肺炎疫情打乱了所有人的生活节奏，武汉的疫情更牵动着全国人民的心。在这场抗疫战斗中，来自四面八方的医护人员一路"逆行"，驰援武汉，郑一泓的父亲就是其中一员。郑一泓为父亲能够支援一线救治同胞感到欣慰与自豪，同时也为父亲的安危焦虑和担忧。怀着这样复杂的心情，郑一泓给抗疫一线的父亲写了一封家书。

敬爱的父亲：

您好！

2020年2月16日晚10点，您的手机铃声长鸣不断，在我得知您要带队出征援鄂的那一刻，一时间不知该对即将离开上海的您说些什么。作为女儿的我只希望您与同为医生的母亲在这场战"疫"中健康平安，共渡难关，却不曾想过重任在肩的您即将奔赴的是那疫情最为严重、防控形势最为严峻的武汉一线——雷神山医院。

2月19日凌晨2点，身兼多职的您为了物资装箱工作忙至深夜，即使是这样，也不忘在出

郑一泓父亲与同事在武汉雷神山医院

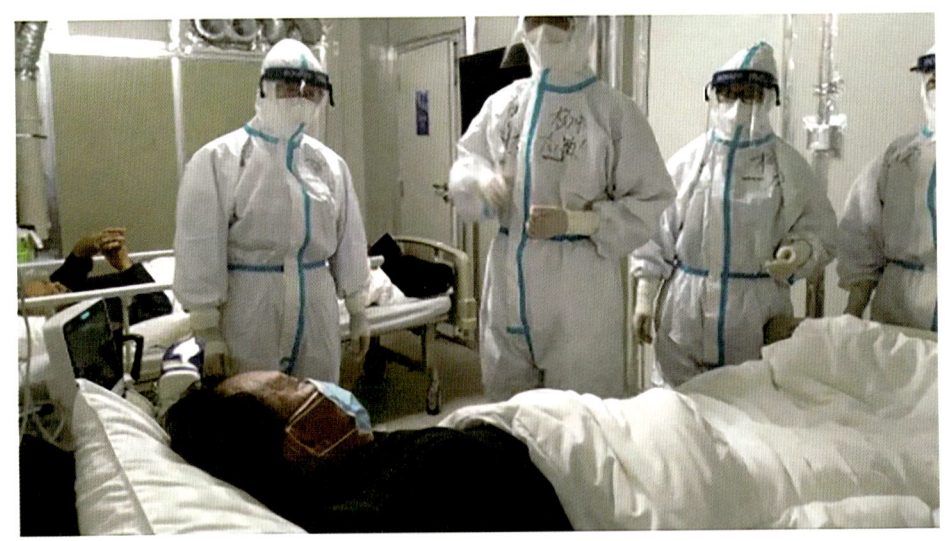

郑一泓父亲与同事在武汉雷神山医院隔离病房

发前给我与母亲准备了接下来3日的菜肴。直到出发,我也未能找到机会,将我心中最真实的感受当面说给您听。

我虽然知道"身在其位,必尽其责"的道理,但真正落实到自己家人,尤其是我的父亲(身上)的时候,我难免会紧张、担忧、焦虑。在您赴武汉的那天,母亲将您在出征仪式上的发言告诉了我:"我是一名医生,而且是一名党员,又是一名党培养的干部,用自己的专业技术去救死扶伤是一份光荣的使命!我会尽忠职守,带好团队,平安出征,平安返回"。

这段话语虽朴实却让我倍感力量,更加深了我对您的了解,原来在战"疫"打响的那一刻您早已做好了准备!作为医生,治病救人是您的职责,患者至上的理念让您在疫情面前毫不犹豫,挺身而出;作为党员,您坚持以身作则,冲锋在前,以实际行动践行了党员的初心与使命;作为领队,您更是发挥了示范引领作用,出发前的郑重承诺不仅振作了士气,更是让团队成员们安心放心。

平日里由于您工作繁忙,加上我们俩都比较沉默寡言,两人间的谈心也只能放在难得的散步路上。记得有一次,您主动提到了您眼中的人生三阶段,我记得您曾这样对我说:"1岁到25岁,这一阶段的你要多出去走走,开阔眼界,不要局限在自己狭小的世界里,趁着年轻,去经历各种苦难与磨砺;

郑一泓

26 岁到 50 岁，希望你可以热爱你的工作，也许你会遇到家庭与事业难以抉择的非常时期，但我希望你能知道，每个人都有其应尽的责任与义务，家人的理解与支持就是你坚守岗位的最好动力；最后，到了 55 岁至 75 岁甚至更高的年岁，希望那时候的你再回头看这一生时，能体会当初经历的一切都是值得的。"

如今，第一阶段的我终于能深刻理解第二阶段的您曾给予我的这份教导，我也尊重并且全力支持您的选择。

今天是您出征援鄂的第 10 天，我很庆幸当下能通过各种媒体了解到您的最新消息。17 年前，您与母亲曾一同抗击"非典"，如今又再披铠甲迎战新冠肺炎，在此，我想对您说："带领大家抗击疫情的同时要注意照顾好自己，不要过度操劳，我会照顾好母亲，与她一同，等您凯旋的那一天。"

女儿　郑一泓

2020 年 2 月 29 日

抗疫一线护士写给在天堂母亲的信

妈妈一定是惦记我了，所以才会托梦于我

● 军队支援湖北医疗队队员　魏莹

> 【家书背后】军队支援湖北医疗队队员魏莹，是武汉火神山医院感染六科一病区的一名护士，梦到妈妈的第二天，她给在天堂的妈妈写下了第一封信。她在信中承诺："待抗疫胜利，女儿凯旋，一定会穿上军装，去您长眠地，有好多话要说给您听。"

妈妈，我有好多话、好多话，想跟您细细说。

那天，我们前往火神山医院学习医护信息系统，这里是我的新战场。看到我们队伍走过，有位工人说："解放军来了，真的来了，看到希望了！"

一天的培训结束时已是华灯初上。我们听到有人喊："为军人点赞！中国加油！武汉加油！"我的眼眶湿了。

他们和我们虽然工作分工有区别，却都在分秒必争对抗当前疫情。若不是这场疫情，这些可爱的人此时应该在温暖的小家和家人在一起。

抵武汉第9天

早晨睁开眼第一件事就是测量体温，体温正常。今天又可以奋战在病区，心情不错。

患者都很善良、很坚强，他们总是把"辛苦啦""谢谢"挂在嘴边。看见他们病情转好，心情一天天好起来，我们感觉所有的付出都是值得的。

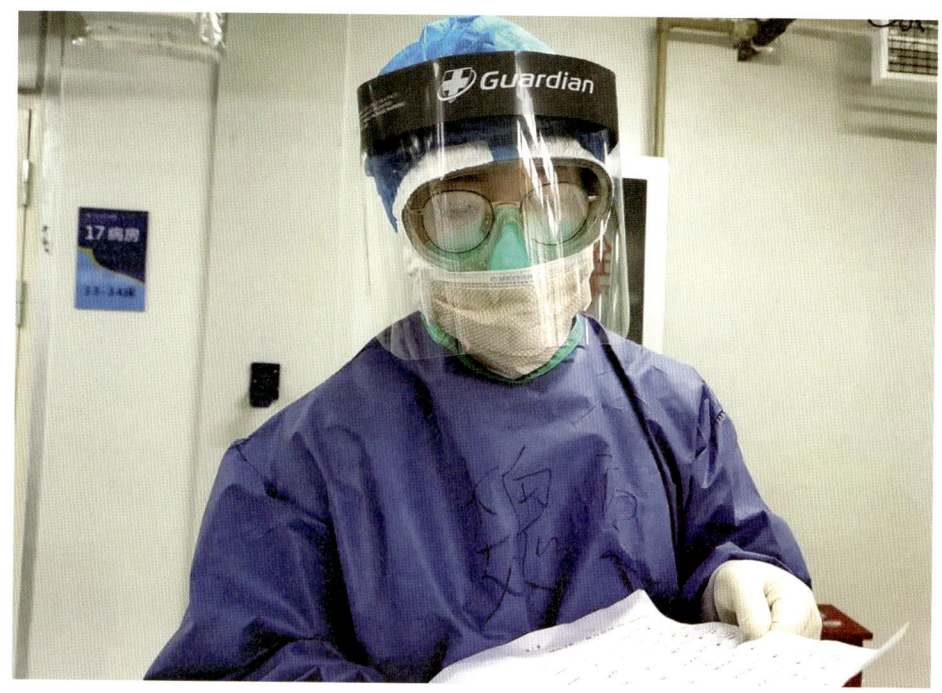

工作中的魏莹

抵武汉第 14 天

今天一进病区看到病员们挥手、点头打招呼，我精神倍增。我们不仅要提供治疗护理，还要了解患者的心理活动。

患者的事情无小事。有位奶奶不会拨电话，让我给她女儿拨打电话。电话接通了，电话那头的姑娘连声道谢。打完电话后，奶奶过来表示感谢，还搬来凳子，让我坐下稍休息一会儿。

有位阿姨拿着手机让我看，是她自己剪辑的视频，文字和配图都很美、很用心，满满的都是感谢。奶奶和阿姨们在旁边你一言我一语地表达感激之情，感谢我们不远万里来救她们。听她们这样说，我哭了。

抵武汉第 19 天

首批康复患者出院了！这给患者增添了信心，对医护人员是莫大的鼓舞。

抵武汉第 25 天

今天值小夜班。收拾垃圾的时候，看到一个纸箱子上写着一段话："官兵一致同甘共苦，护士医生个个都是热心肠，感谢你们！"我心里特别温暖。

今天是 2 月份的最后一天。这次疫情让我体悟到危急多情、危难多志、险恶不惧，岁月不居，未来可期。我要继续努力，树军队文职新形象。

我也在努力地做一个好女儿。经过层层考核，我成为军中文职人员，穿上了军装。您曾说，想看我穿上军装的样子。如果您看到现在的我，一定会很开心、很骄傲吧！

我想对您说："感谢您把我带到这个世界，含辛茹苦把我养大，培养成才。"

6 岁时，您用一层层手绢包裹的积蓄把我送入学校。

8 岁时，我体弱多病，爸爸在城里工作，您时常在农忙之余用您那瘦弱的身子背着我去看医生。后来我们聊起当年，您说那时候都快要把医生家的木门槛踏断了。

10 岁之前，我考试没有及格过。您一直没有放弃，总是劝我要多读书。就是 10 岁那年，我开始刻苦努力，在农田劳动之余挑灯夜读。

11 岁时的暑假，我们在山上最高的那块地里收割麦子。坐在田间地头休息的间隙，您望着远方对我说："一定要走出去看看大山外面的世界。"

我终于考上大学，真的走出了大山。我有了自己的孩子，做了母亲。养育孩子的过程中，我越来越懂您，越来越想跟您多聊聊，关于孩子教育，还有一些家常。

亲爱的妈妈，我第一次这样呼唤您。昨晚，我梦到您了，如此清晰。您尘满面、鬓如霜，我们相顾无言，唯有泪千行。转眼间，您离去近两年。

待抗疫胜利，女儿凯旋，一定会穿上军装，去您长眠地，有好多话要说给您听。

妈妈，我想您了。您也一定是惦记我了，所以才托梦于我。

爱您永远！

医生有千千万，我的爸爸只有您一个

- 湖南省第二人民医院（湖南省脑科医院）成人精神科主治医师周自强的女儿周琬祯

> 【家书背后】新型冠状病毒不仅侵袭身体，同时也影响人们的心理，心理援助是抗击新冠肺炎疫情的重要组成部分。湖南省第二人民医院（湖南省脑科医院）成人精神科主治医师周自强临危受命，前往武汉开展心理疏导。出于担心和挂念，女儿周琬祯给他写了一封信，信中道出了女儿对爸爸形象的新认识。

亲爱的爸爸：

您好！

今天已经是您去武汉支援的第9天了，我每天都在担心您。您有没有坚持做运动？有没有勤洗手？您那么胖，穿着厚厚的防护服、戴着紧紧的口罩会不会不舒服？您有没有心情不好的时候？

新冠肺炎病毒是一个"大恶魔"。我们躲在家里，不能出门，也不能去学校上学。一批又一批医护人员却出了门，奔赴抗疫一线，您就是其中的一员。我问妈妈："妈妈，爸爸是精神科的医生，为什么他也要去武汉呢？"妈妈告诉我："一旦感染了新冠肺炎，就会有生命危险，所以，患者很害怕、很恐惧。爸爸就是去抚慰他们心灵的，要让他们重拾信心，才能更好地配合治疗。"听了妈妈的话，我想：爸爸乐观开朗的性格一定能帮助到他们。

亲爱的爸爸，以前，您在我的心里就是一个喜欢看手机、爱玩游戏的普通人。这一次，我对您刮目相看。您真了不起！那天，我和妈妈在高铁站送您。一想到您去武汉，很长时间不能陪我，说不定还会有感染的风险，我当时真不想让您去。您告诉我："国家有需要，就要挺身而出。能够帮助别人，是一件很快乐的事！"爸爸，您是最帅的"逆行者"。

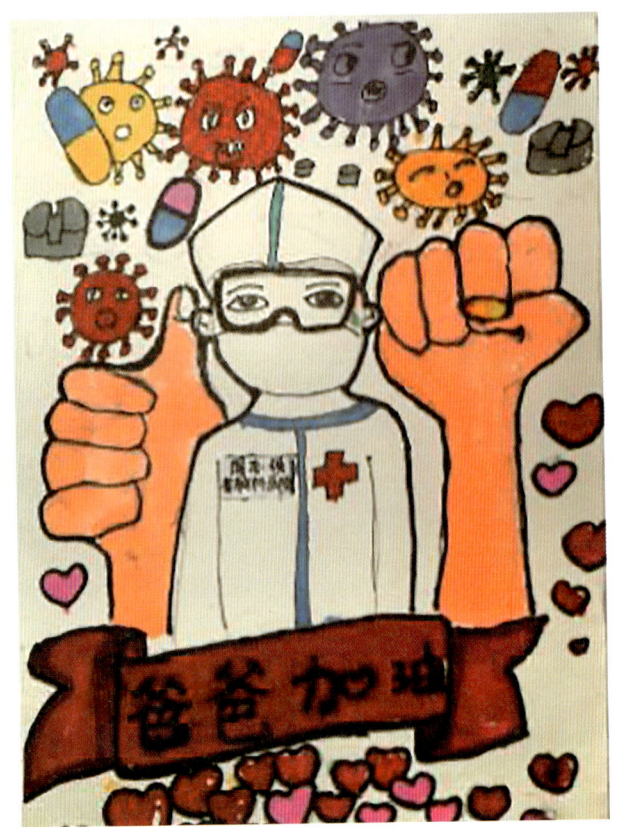
周琬祯给爸爸的画

  在武汉的这段时间里,您一定要好好保护自己,做好防护措施,不要马虎大意,千万不能被感染。医生有千千万,我的爸爸只有您一个。我在家里会好好学习,照顾好弟弟,请您放心!我们等您早日凯旋。

  对了,我还给您画了一幅画,希望您喜欢。

你的女儿 周琬祯

2020 年 3 月 1 日

家书节选

告诉您一个好消息
我们科里开始每天都有病人出院了
这个真的让人开心
仿佛胜利的曙光就在眼前

一

静静,你好!这几天工作很累很辛苦吧?吃得好、休息得好吗?一定要保护自己,注意安全。家里一切都好,安心工作。

每天接到你报平安的电话时,我们内心才会稍微放松,听到你疲惫而劳累的声音,让我们放心,不要担心你时,我们又感到心疼和欣慰。每次通话都有千言万语的叮嘱,又怕通话时间太长使你睡眠不足,对你第二天的工作造成影响,只能简短地说几句。要胆大细心,注意安全,保护好自己的身体。女儿加油!加油!加油!祝你和队友们平安,盼望你们早日平安归来。

> 节选自陕西省咸阳市中心医院护士静静的父母写给她的家书。当咸阳市中心医院接收首例疑似新型冠状病毒感染者,进行隔离救治时,静静义无反顾地进入隔离区工作。

二

亲爱的老婆,你选对了职业,选对了工作。从1983年穿上白大褂,救死扶伤是你的终身追求。哪里有伤病,哪儿有艰险,你白衣的身影就出现在哪儿。医者仁心,大爱无疆,是什么精神和力量支撑着你?

"终身纯洁,忠贞职守,防控疫情,医护责任,工作就是战场!我们是新时代的希波克拉底、南丁格尔,入职誓言永记,我是光荣的白衣战士!"你骄傲地对我说。

> 节选自民建重庆市委理论委副主任、北碚区政协委员赵宾写给妻子的家书。他的妻子陈文秀是重庆市北碚区精神卫生中心退休职工,新冠肺炎疫情发生以来,积极参与重庆市缙云教育矫治所疫情防控工作。

##

新型冠状病毒感染的肺炎来了,我不知道大家到底有多怕。起初我不怕,直到大年初一你被召回加班,我才开始前所未有地怕。

> 节选自山东沂水农商银行的一名女员工写给丈夫的家书。她的丈夫田相杰是山

东省沂水县院东头镇基层干部。新冠肺炎疫情防控期间，夫妻二人都坚守在自己的岗位上，努力为战"疫"贡献力量。

初八，你回来啦，隔着很远冲女儿招了招手，依旧是满面傻笑。妈妈把刚煮好的水饺放到餐盒里，你说让我们放下回家，你再过去取。你放了一个纸盒子，里面装着闺女爱吃的酸奶。

我们回到家，消完毒，没一会儿收到你的信息：吃饱了，我回单位了。

我又掉眼泪了，但这一次，我什么也不问。

我不知道你的心长什么样子。明明那么细心，可是在这些时候，你为何总是认真得跟"傻子"一样，傻到拿着消毒液把自己经过的地方都消一遍毒，傻到不敢回家，傻到把我也带得傻傻的。

是的，你是党员，我是"刁民"，很多事情我不懂。但是在一同携手走过的路上，我知道，你在慢慢地带着我变"傻"，变得执着，变得无所畏惧。

在我们一同成长的路上，感谢你一直以来的引领，让我跟着你一起拥有那种"傻傻的力量"。只愿经历诸多之后，我不再是你眼中的"刁民"。即便达不到党员的要求，也请给我新的定义——觉悟极高的"群众"！

四

节选自湖南省疾病预防控制中心检验员罗波写给儿子的家书。作为一位母亲，罗波在信里表达了对孩子的思念；作为一名医生，她告诉孩子自己的职责与使命，到病人需要的地方去，用实际行动履行"健康所系，性命相托"的誓言。

到刚才摁下挂断键，今天你已经给妈妈打了15个电话。有点后悔前几天给你科普了细菌和病毒知识，现在每通电话都是你满满的担心："妈妈，你要戴好口罩！""妈妈，你一定要记得多洗手！"……你是妈妈最最亲爱的宝贝，但妈妈不仅仅是你的妈妈，妈妈还是一名疾控人员，亦是一名光荣的共产党员。"健康所系，性命相托"，这是妈妈当初立下的誓言。疫情就是命令，防控就是责任。所以，我们之前说好一起看书看电影打羽毛球的约定,都只能交给爸爸完成。不是妈妈不守信,也不是妈妈不爱你了,而是因为妈妈有更重要的事情去做。在这个阖家团圆的节日里,也有很多叔叔阿姨跟妈妈一样,为了更多人的健康需要暂时离开家,离开自己的宝贝,去到最需要的地方。你不会怪妈妈,对吧?

疫情之下,每一个人的坚守是对抗疫工作最大的支持。没有一个冬天不可逾越,没有一个春天不会来临,我坚信我们的负重前行一定能够早日打赢这场没有硝烟的硬仗,迎来阳光明媚的春暖花开。

五

还记得腊月二十八,我背上行囊离开家回单位的时候,你和孩子出来送我,你叫我保重身体。我还答应你,等我下班了,一定陪你回老家拜年。孩子也让我早点回家,说他这几天好好学习,等我回家陪他过生日。看来,又要让你们失望了。

我答应你和孩子,一定会保护好我自己的。你也要多注意,尽量不要出门,如果非要出门,一定要戴上口罩,不要去人员密集的地方。我坚信,我们每一个人共同努力,一定会战胜疫情!

请你们放心,我一定会平安归来!

节选自贵州省广顺监狱三监区民警张开亮在战"疫"一线写给妻子的家书。由于防疫形势逐渐严峻,监狱开始实行封监管理,他成了第一批值班民警,一直奋战在抗疫一线,没有丝毫软弱。但钢铁汉子的这封柔情家书却饱含对妻儿的挂念和歉疚。

六

出发前的那一晚,当爸爸告诉你,妈妈要来到武汉奔赴前线的时候,准备睡觉的你,站在床上开心地蹦蹦跳跳,一直在兴奋地喊着:"救援、救援、救援……"

节选自吉林大学第二医院重症医学科护士康利波写给女儿的信。康利波是

> 吉林省首批援鄂医疗队队员，她在一线忙碌之余致信爱女，以表思念。

小小的你，虽然知道妈妈要去抗击病毒了，但你并不知道这病毒有多么厉害多么危险，你不知道妈妈要去到千里之外，要离开你很长时间。那一晚，你一直陪着妈妈收拾行囊，准备到了凌晨1点，不吵也不闹。入睡时，你紧紧搂着妈妈，不敢松开那双柔软的小手，你轻轻地和妈妈说了一声："妈妈，我爱你。"看着你熟睡的小脸蛋，妈妈有太多的不舍，但希望你能理解妈妈，支持妈妈，给妈妈加油！

今天妈妈终于抽出了一点时间能够和我的宝贝女儿视频了，镜头那边的你依然是那样羞涩，简单地和妈妈说了一声："妈妈加油，等你平安回来！"我已热泪盈眶……

感谢宝贝女儿给妈妈的鼓励，感谢宝贝女儿给妈妈的支持，妈妈一切安好，你的支持就是妈妈前进的动力。妈妈希望这一颗爱的种子能够在你幼小的心灵里慢慢地生根发芽，开花结果，让你慢慢懂得生命的意义！

七

> 节选自湖南省疾病预防控制中心检验工作人员钟旋写给肚子里宝宝的家书。钟旋是一名孕妇，自己的小宝宝预计还有116天就要出生了。但她毅然投入全国抗击新冠肺炎疫情的工作中，并给未出生的孩子写下了想说的话。

亲爱的宝贝，你好！今天是2020年1月29日，大年初五，距你从"小房子"里出来预计还有116天。虽然你我还未谋面，但你的闹腾，让妈妈感受到了你的活力，你很渴望见到外面的世界吧！妈妈要遗憾地告诉你：现在外面的世界病了。新型冠状病毒肺炎疫情在武汉暴发，伴随春节假期波及全国各地。不过宝贝，你不用太过惊慌，现在咱们国家已经举全国之力，控制病毒的进一步传播和扩散。

对了，宝贝，笨重的妈妈装着你，也参与到了疫情防控工作中。你在妈妈肚子里才6个月，也陪着妈妈上前线了！你可能是抗击疫情前线最小的战士！你要兴奋点，告诉妈妈你健康着，给妈妈鼓励，你的鼓励就是妈妈的动力。宝贝，妈妈和你一起尽忠职守，哪怕只能贡献一点微薄的力量，也希望不辱疾控人的使命。当然，妈妈也会倾尽全力防护好自己，保护好你的安全，让你平平安安地来到这个世界。

八

从春节到现在，您都没回过一次家，我知道您坚守在抗击疫情的第一线。每天我只能透过冰冷的屏幕倾听您对家的思念，女儿对您亦甚是思念。

我对您的工作，之前甚是不解，抗击疫情不是医护人员的责任吗？现在，我明白了，不，并不是这样。中国有170万警察，而您，是平实又不平凡的170万分之一。你们守护着民众的安康，承担着压力、质疑，无论在何时、何地、何处，都不向疫情有半丝妥协。

你们身前是能夺人性命的病毒，身后是无数普通群众。"没有什么岁月静好，只是有人替你负重前行。"爸爸您一直坚守在守护生命的第一线，请尽管放心，女儿定会理解支持您，为妈妈分担我力所能及之事。

> 节选自黄可可写给爸爸黄春光的家书。黄春光作为四川南充西充县公安局凤鸣派出所所长，从大年三十开始，一直守在抗疫第一线，重感冒都不下火线。13岁的女儿黄可可见不着父亲，提笔写下这封情真意切的家书。

九

今天是我轮休的一天，一个人在房间里，刚把房间消毒完，就心血来潮给您写一封寄不出去的信吧！因为转眼来到武汉也半个月了，一开始扛着适应，也没怎么跟家里联系，现在我已适应了这里的工作、生活，您无

> 节选自江苏省南京市高淳区人民医院第二批驰援湖北的医护人员周莉写给父亲的一封家书。出征湖北，成为今年春节高

须牵挂。有很多话想跟您说，当面视频又不好意思说，所以就想给您写封信吧，并且也不打算寄了！

首先我跟您道个歉吧！原谅我的不孝，当初报名也没跟您商量一下。但是我觉得，您作为一名老党员，也一定会支持我这么做的。并且出发也没告诉您一声，我一向不喜欢煽情的场面，怕你们来送我，就直到出发才通知了您。对不起啊老爸，请原谅我这没心没肺的女儿！

然后我再跟您报个平安！我们这儿很安全，生活上，我们医院倾尽所有，为我们保障一切，一听说我们缺什么，就一个劲儿地给我们寄。并且这儿我们有四个领队特别照顾我，知道我膝盖疼，纷纷给我建议，比在医院看病方便，怕我紧张，来给我疏导，我都不好意思这样麻烦人家了，感觉给大家添麻烦了！老爸您放心，我现在膝盖一点儿也不疼了，我已经能轻松应对各种问题了！我们那防护服里三层外三层，把我们保护得很好，很安全！

还有老爸，告诉您一个好消息，我们科里开始每天都有病人出院了。这个真的让人开心，这样自己上班更有动力了，仿佛胜利的曙光就在眼前！等到疫情散去，春暖花开，我们带上老妈和外婆一起来武汉旅游，赏赏樱花，看看黄鹤楼，再吃点热干面、面窝等等。

十

您归队后和妈妈视频的时候，我偷偷看了下您，发现您额头沾满的不知是雨水还是汗水，我满是心疼！当我听您兴高采烈地说人被救出时，敬佩之情油然而生。最近，听妈妈说，您也参加了单位组织的党员突击队！您在我的心里，永远都是我的榜样，我的英雄！我知道，

> 淳许许多多医生、护士决绝的行动，而周莉便是这其中的一位。她义无反顾逆向而行，她是一名白衣天使，更是一名真正的战士。

> 节选自湖北松滋市消防救援大队大队长熊文涛13岁儿子给他写的信。字里行间，感情充沛，除了对爸爸担心、思念，更多的是敬佩。疫情

在千千万万和您一样"逆行"的人的努力下，疫情一定会被控制。

十一

平时和你通话，咱们总是寥寥几句，你就得挂电话了，不是马上去开会，就是马上去赶班车，或者是太累了，需要休息一下。我很理解你，理解你在黄冈工作的辛苦。

每次通话我都会问你，今天收了多少病人，有几个确诊的，有几个是重症，你总是会敷衍我，把话题扯到别的地方；每次通话我都会问你，今天吃的什么饭，你总会眉飞色舞地一一告诉我今天吃了什么好吃的；每次通话，你都会把你因穿着防护服而不能做的一些事情当成笑话讲给我听。我知道，你不告诉我你工作的情况，是怕我担心；你告诉我你都吃了什么，是想让我放心；你给我讲笑话，是想让我开心。

我怎能不担心你呢，咱们的父母和孩子们又怎能不担心你呢！他们嘴上不说，但一看到有报道湖北疫情的新闻，父母和孩子都看得特别认真。

有一次，全家人在看报道武汉医护人员的新闻，妹妹跑到电视屏幕前，指着电视屏幕上一位穿着防护服从头到脚不露一寸皮肤，根本认不出是谁的医生兴奋地大声说："爸爸，这是爸爸，我终于看到你了，爸爸！"哥哥对着妹妹浇冷水："那不是爸爸，这是在武汉，爸爸在黄冈！"妹妹的表情瞬间变得很失落，但也就一秒钟而已，她又变成了笑脸，一边学着电视上大人们加油的手势，一边大声说："中国加油，武汉加油，爸爸加油！"哥哥也附和着："中国加油，武汉加油，爸爸加油，我们等你回来哟！"

突袭，计划回天门与妻儿团聚的熊文涛改变计划，带头成立党员突击队，深入定点医院、援助医疗队住宿地等处提供消防安全技术指导和咨询服务，虽疲惫却坚信"追梦的岁月总有花开，抗击疫情,我们必赢"。

节选自山东省援助湖北医疗队队员、滕州市中心人民医院于波的妻子深夜写给他的一封信。新冠肺炎疫情暴发，作为一名医生，于波夜以继日奋战在武汉黄冈的抗疫一线。妻子的这封信，饱含了父母的牵挂，妻子的担心，儿女的思念。除此之外，可贵的还有孩子们爱国爱家的种子已经悄悄发芽。

老于，你看，孩子们"心中爱国、爱家的种子"已经悄悄发芽了呢！

十二

节选自陕西省西安市西京医院呼吸与危重症医学科副主任宋立强的女儿宋美伦写给父亲的家书。两人平常交流不多，得知爸爸出征的消息，宋美伦特意要了一张父亲在前线工作的照片，告诉同学："我爸爸是个英雄！"

在得知您被派往武汉进行救助时，我的心中百感交集，既担心，又敬佩。看到您在收到通知的前一秒还在休息，后一秒立刻开始准备，没有一丝犹豫，我想，这应该就是军人的作风。军大衣、军帽、军靴，全副武装后的您急匆匆地冲出家门，只留一句"没事，别担心"。我和妈妈的心一直悬着，直到看见您穿着防护服、戴着口罩的身影，才渐渐松了一口气。

十三

节选自一位民警的女儿写给妈妈的信。她的妈妈是湖南省长沙市公安局岳麓分局梅溪湖派出所内勤民警何婧，自疫情防控工作开展以来，她忘我工作，全力以赴，为全所坚决打赢疫情防控攻坚战奠定了坚实的物资基础和装备保障。

可是，这几天，在电视里我也看见有好多好多警察叔叔和阿姨们在上班、执勤、排查，哪里有需要他们就去哪里，哪里有任务他们就出现在哪里。我觉得我的妈妈非常伟大，全中国的警察都很伟大，作为警察的孩子，我特别自豪和骄傲。

这个寒假我在老家收获了很多。我懂得了成长的道理，理解了什么是责任、什么是担当。妈妈我想对你说，你一定一定要记得锻炼啊！我知道忙碌一天会很累，但没有好身体怎么能跟病毒对抗呢！虽然不能户外跑步，但你可以做仰卧起坐，或者下载一个健身软件。同时，要好好吃饭，这样才能对付病毒。除了身体健康，心理也要保持健康，所以，不开心时请务必说给我听！白天你总是以火一样的热情对待工作和生活，是一个永远不知疲惫的女强人，但是回到家有我在的时候，你也可以把不开心都说给我听。我在努力长大，以后我会更努力，做个好女儿，像你曾经安慰我、包容我时一样，做你坚实的后盾。我不知道你什么时候有空，所以你想我了就给我打电话，我总是有时间的。不论怎样，你永远是我的英雄，我在家里等你凯旋！

十四

爸爸已经到达黄冈两天了，一切安好，你不要担心。爸爸第一次离开你和妈妈这么久，内心最放心不下的就是你。即将离别的那天，你用你的小手拉着我的衣角，一声"爸爸"，叫得我心里很是不舍。爸爸也不愿意离开你，但是还有更多的病人需要爸爸去救治，因为爸爸是一名医生，治病救人是我的职责和使命。

今天爸爸和同行的叔叔阿姨们忙着进行岗前穿脱防护服的培训，如果考核不过关，就不能进入隔离病房工作。防护服穿脱不好，就很容易被病毒感染。于是我和叔叔阿姨们不厌其烦地反复练习，终于在考核中顺利通过。谢谢你今天为爸爸画的穿防护服的画像，画得真好。我也会听你的话，时刻牢记安全最重要。明天我就要正式进病房了，接下来的日子，爸爸会很忙，可能没时间接你的电话，但是爸爸的心里是想着你的。

> 节选自湖南省妇幼保健院医生刘大民写给女儿的家书。作为一名父亲，刘大民在家书中表达了对女儿朵朵深深的爱和思念；作为一名医生，家书的字里行间透露出的是他身负的责任和担当。

一封封"逆行者"的书信,让我们感同身受。作为出版人,我们希望做点什么,为我们正在抗击疫情的祖国,为那些奋战在各行各业的同胞,更为了战"疫"前线的众多"逆行者",因此有了本书的出版。

本书的文章、图片从各媒体、平台公开发表的抗疫家书中采集整理而来,根据图书出版需要,对个别文字进行了适当调整。本书为公益出版,免费阅读,不涉及任何商业利益,在此对所有付出辛劳的作者和媒体朋友们致以谢意和敬意。感谢以下媒体的支持(排名不分先后):"学习强国"学习平台,人民网,新华网,中国新闻网,央广网,中央广电总台国际在线,安青网,百家号"宿迁警方",北京世纪坛医院新浪微博,大众网·临沂,东莞报道,封面新闻网站,凤凰网浙江频道,湖南省委宣传部、文明委主办的"潇湘家书"活动,凤网,佛山电台搜狐号,广西新闻网,哈尔滨同城新浪微博,海报新闻网,河南广播电台百姓头条,红网,红网鹤城站,红网汨罗融媒体,红网时刻,红网株洲站,湖南日报客户端,湖南省消防救援总队官方微博,华龙网—新重庆客户端,华商网,华声在线,吉林大学白求恩第一医院,娄底新闻网,南溪区融媒体中心,宁夏新闻网,农工党青海省委会,澎湃新闻网,齐鲁晚报,齐鲁网,人民网合肥,人民网—四川频道,荆楚网,闪电新闻,人生网,三秦网,陕西传媒网，内江市疾控中心网站，搜狐网，随州市人民政府网，网易新闻移动客户端，网易新闻客户端"网易安徽"，微信公众号"军报记者""湖南工人报""德政园幼儿园""华南师大附中""醴陵警方""健康山东""平安日照港""微高坪""西安交大第一附属医院""西安交大附中雁塔校区""宁夏女子监狱""宁乡市中医医院""桐庐一院医共体""中建五局""中山青浦分院""宿迁警方""镇街趋势""宁西风采""上海青春民政""学习军团""清远人医"，微信号"hdjyxw海淀教育"，文汇网，西部网，新湖南新闻客户端，新浪网，新浪陕西城市频道，新浪微博贵州省广顺监狱，新时报，新乡市第二人民医院，银川日报，岳阳网，云南网，长江网，掌上兰州，中国甘肃网，中国江西网，中国军视网，中国军网，民盟重庆市委网站，中国山东网，南充快报，新浪微博"高淳发布"，荆州日报客户端，岳麓新闻网等。

  本书由陕西师范大学出版总社40多位编辑参与完成资料采集、文稿编辑、音频录制等工作，所有工作都是大家通过网络完成。编辑过程中大家高度投入，日夜奋战，虽然辛苦，但每每被一封封家书所震撼、所感动，又力量倍增。我们感觉自己也在抗疫一线，与抗疫"逆行者"血脉相连，休戚与共。

  本书的出版体现着陕西师范大学出版人服务大局、出版抗疫的努力，本书多样的阅读模式体现着我们更好回馈社会、作好公益的责任。我们相信，有党中央的坚强领导，有全国人民的众志成城，有榜样的感人肺腑，有每个人的心系一处，我们一定能够共克时艰，打赢疫情防控整体战、阻击战。

谨以此书，向英勇奋战在疫情防控一线的工作者致敬！春天是一年的开始，我们期待阳春布德泽，万物生光辉。

2020 年 3 月

图书代号：ZH20N0199

图书在版编目（CIP）数据

战"疫"家书/薛保勤主编.—西安：陕西师范大学出版总社有限公司，2020.3
ISBN 978-7-5695-1358-5

I.①战… II.①薛… III.①书信集—中国—当代 IV.①I267.5

中国版本图书馆CIP数据核字（2020）第026835号

战"疫"家书
ZHAN YI JIASHU

薛保勤　主编

出 版 人	刘东风
出版统筹	杨　沁　侯海英　曹联养
责任编辑	王　越　景　明　付玉肖
责任校对	侯坤奇　郭建刚　刘　翠
出版发行	陕西师范大学出版总社
	（西安市长安南路199号　邮政编码710062）
网　　址	http://www.snupg.com
印　　刷	陕西龙山海天艺术印务有限公司
开　　本	787mm×1092mm　1/16
印　　张	18.5
插　　页	1
字　　数	283千
版　　次	2020年3月第1版
印　　次	2020年3月第1次印刷
书　　号	ISBN 978-7-5695-1358-5
定　　价	65.00元

读者购书、书店添货或发现印刷装订问题，请与本社营销部联系、调换。
电话：（029）85307864　85303629　传真：（029）85303879